浪基岛传奇

神秘的浪基岛，时而浮于水面，时而沉于海底，有美丽的**外星公主**，神秘的巨力人，教育孩子们从小要**热爱地球母亲**，多植树造林，**保护环境**，爱护自然，从而让孩子们懂得**热爱自然**与保护环境，对整个地球与人类的重要性……

柯梦兰 著

科学普及出版社

图书在版编目（CIP）数据

浪基岛传奇/柯梦兰著．—北京：科学普及出版社，2012.5
（新幻想故事选）
ISBN 978 - 7 - 110 - 07767 - 2

Ⅰ.①浪…　Ⅱ.①柯…　Ⅲ.①科学幻想小说—中国—当代
Ⅳ.①I247.5

中国版本图书馆 CIP 数据核字（2012）第 096701 号

策划编辑　鲍黎钧　马　强　岑诗琦
责任编辑　鲍黎钧　康晓路
封面设计　青华视觉
责任校对　林　华
责任印制　张建农

出　　版　科学普及出版社
发　　行　科学普及出版社发行部
地　　址　北京市海淀区中关村南大街 16 号
邮　　编　100081
网　　址　http://www.cspbooks.com.cn
投稿电话　010 - 62103115
购书电话　010 - 62103133
购书传真　010 - 62103349
经　　销　全国新华书店
印　　刷　北京嘉业印刷厂
开　　本　960mm×690mm　1/16
印　　张　15.5
字　　数　238 千字
版　　次　2012 年 5 月第 1 版
印　　次　2012 年 6 月第 1 次印刷
书　　号　ISBN 978 - 7 - 110 - 07767 - 2/I·265
定　　价　26.00 元

（凡购买本社的图书，如有缺页、倒页、脱页者，本社发行部负责调换）
本社图书贴有防伪标志，未贴为盗版

内容提要

　　故事讲述了一个出生在南海边的小男孩——浪儿，因为一次海难漂流到了神秘莫测的"浪基岛"上，认识了 V 星系"卡尔斯怪兽王国"的公主卡斯娜，他们一起与火鑫公主、小白龙、巨力人、小灵儿去 V 星系的"卡尔斯怪兽王国"，去拯救被宇宙公敌——"震嗣"所关押的卡斯娜的父母，从而乘坐太空飞船——"利箭一号"，在宇宙中，开始了他们惊险的太空魔幻之战的征途……

　　等待他们的将是惊险的太空魔幻之战，太空魔幻怪兽之战、太空魔幻机器人之战……一路上将是危机四伏、险境重重……他们能否战胜超强的宇宙公敌——"魔幻怪兽大王"震嗣，救出卡斯娜的父母呢？

　　故事在讲述惊险、有趣的故事情节的同时，也讲述了地球本身的自然环境，对整个地球的气温、气候、天气变化的影响，教育孩子们从小要热爱地球母亲，多植树造林，保护环境，爱护自然，从而让孩子们懂得：热爱自然与保护环境，对整个地球与人类的重要性……

　　故事情节很精彩哦！

一位擅长编写故事的精灵　序言

　　清明时节，春意盎然，某个深夜，我突然接到一个电话，是我多年的一位好朋友——柯梦兰。她在电话中说，她的长篇科幻探险童话《浪基岛传奇》要出版，希望我为她写一篇序言。放下电话，我并不感到惊讶，因为我一直觉得她是一位擅长编写故事的精灵，潜心修炼，必有一个展翅鸣唱的春天。

　　认识柯梦兰是多年前，我为一家杂志社做组稿编辑，那时，她还在东莞工作，投的稿子被我退掉了，具体的原因，可能是她所投的稿子与我当时编辑的栏目风格的要求不符吧。不过，她的文笔淳朴流畅，编写故事的能力相当不错，是棵很有潜力的写作苗子。当时，我就按规矩写了一封退稿信，鼓励她多读书，多练笔，多观察生活。

　　从那以后，她经常给我寄来习作，有散文，有诗歌，有小说，有故事，也有童话。慢慢地，我发现她编写故事的能力确实很强，想象力极为丰富，上天入地，钻山涉海，颇为精彩。最难能可贵的是，她写的故事极干净，很适合青少年阅读。针对她的特长，我便建议她专心写童话，确定自己的风格，才能在百花齐放的文坛脱颖而出。于是，她就悉心写童话，认真踏实，废寝忘食，每写一部都会发一份原稿给我，让我给她审阅。

　　柯梦兰是一个善于用行动去表现的人，她想做什么，就喜欢马上去行动。她说，与其想半天，还不如先动笔去写。这些年来，她一直都在默默地走自己的文学创作之路，摸索探究，辛勤笔耕，七年如一日，一口气写了十几部作品。其中有言情小说，写了两部；有历史传奇，如一部《鼓侠》；童话写得最多，竟然有了十几部之巨。她创作时从不先打草稿，而是在写的过程中，让故事中的主人公自己去演绎故事，情节感人，惊险有趣，而又寓教于乐，每一个看她写的故事的人都会爱不释手，在心灵上受到很大的启迪。

　　她的童话汲取了中国传统文化中真善美的精华，借鉴了几千年来民间神话的叙事技巧，经过巧妙构思、合理的连接和布局，辅以简洁明快的笔法，形成一个充满幻想、充满神奇、而又贴近童心的异域探险世界，是成年人与少年儿童都所向往的一种美丽的童话意境。她将侠肝义胆、圣洁纯爱、恩怨情仇等诸多细节巧妙地融于穿越时空的异域科幻探险的故事中，让故事中的主人公充满了生机与活力，有了正义善良的灵魂。她的童话，每一部都有与众不同的精彩，总能给人意外惊喜的故事体验，这也是她每写一部童话，都要求自己在故事内容方面有所突破的原因。所以，她的童话故事，无论是改编成动画片、动画电影，还是改编漫画图书，都将会是一部精彩的作品。

　　《浪基岛传奇》有美丽的大草原，有奇异莫测的地下石洞，有神秘的外星人，更有令人神往的外星飞船，奇异的外星巨力人……相信大家会喜欢《浪基岛传奇》，它将带给你一段非同一般的外星探险的体验！

古寒山
2011 年 5 月

评《浪基岛传奇》

《浪基岛传奇》的精彩，就在开卷之间……

童话世界，总是那样淳朴和美丽，充满神奇和诱惑，不仅令少年儿童神往，就是青年人也会因其如醉如痴。

童话故事，就是通话世界中一位善良的王子或美丽的公主，充满纯洁、美丽和质朴，它就像一件冰清玉洁的雕塑，牵动青少年的每一根神经，开启他们心灵的窗口，唤起他们探索的欲望，激发他们想象的冲动，积蓄幻想的潜能。

一本优秀的童话故事，既是青少年、儿童的良师，也是青少年、儿童的益友，它是青少年、儿童身心健康的天然营养品，也是青少年、儿童开启智慧大门的钥匙。它能够润泽儿童的心灵，让他们产生真善美的共鸣，引领童心走进充满善良、正义和美好的奇幻世界。

柯梦兰的童话故事，就是她心中童话世界和美妙幻想的结晶。书中有她童年时代对童话世界的感动，也有她成长过程中的幻想、思考和引伸。她的思想、她的灵魂、她的笔触已经深深扎进童话世界的土壤，每一次呼吸、每一次灵动，都彰显着童话世界的神秘、奇幻、晶莹和美妙。可以说，她的灵魂就是一个精彩纷呈的童话世界，她的思想就是构造美轮美奂的童话故事的基石。

她以童心为本，以少年的视角为广大青少年、儿童构筑了充满神奇、致人动情、因人思考、催人奋进的艺术空间。她创作了十二部让青少年感动的原创童话故事，而《浪基岛传奇》的出版，成了她的第一本问世的童话作品。

在这部作品里，鲜明的主题、美妙的故事、娴熟的写作技法，显现一种轻松、愉快、自然、流畅，既有天真烂漫的童年天地，又在亦真亦幻的科幻与神话空间中穿梭，可谓幻想与思考结合，现实与虚构共存，但却真实演绎了人世间的真爱和友善，传扬着善良、正直、感恩和正义的深刻内涵。

在整个故事中，柯梦兰汲取了生活中真善美的精华，借鉴了几千年文化和文明的积淀，经过巧妙构思、合理的连接和布局，辅以简洁明快的笔法，形成一个充满幻想、充满神奇、贴近童心的童话世界。

故事中出现的虚构场景，都是她受到童话影响而产生的奇妙幻想。她将侠肝义胆、圣洁纯爱、恩怨情仇等诸多细节巧妙融于故事之中，让故事有了活力、有了生命，从而产生了启发、影响和陶冶的意境，让读者能够与书中的主人公共命运、共呼吸，感受伸张正义的快乐，感受痛斥、鞭挞罪恶的开心，感受勇敢和无畏的自豪，感受畏缩和畏惧的不齿。

故事中友谊、爱情和鲜花共存，契合儿童心灵的向往。书中善良、自由平等、互助互爱、和谐共处和包容的情感因素，使本书处处涌动着激情，感悟着生命，为儿童提供了自我实现的平台，提供了现实中追求真、善、美的典范。

生活创造了童话，生命演绎着童话。柯梦兰，以童话的激情，为儿童打造了展开幻想翅膀的愿景，打造了一个让儿童心灵萌动的乐园，为青少年儿童，书写了一个《浪基岛传奇》的科幻探险世界。

蔡俊忠

2011 年 4 月 13 日

目录
CONTENTS

1 神幻浪基岛

故事发生在很久很久以前，在那茫茫的南海之中，有一个神秘的仙岛，名叫浪基岛。

这事说来可有点悬虚了……因为，这岛很是奇异，据那些在海上打鱼的老百姓说，那岛时而浮于海面，时而又沉落于海底。所以，时间长了，那方圆数百里内的渔民便把那个时隐时现的岛叫仙岛，起名为"浪基岛"。

但是，由于那岛神秘莫测，所以从来没有渔船敢靠近那岛，也从来没有人去过那岛上。因此，那岛对于这方圆数百里之内的渔民来说，一直都是一个谜……

就在那惊涛拍岸的南海边，有一个依山靠海名叫"龙洲村"的小村庄，那是一个绿林掩映的美丽而又淳朴的海边小村庄。

沿着村口一条绿草丛生的蜿蜒小道，往那村南边的沙洼地再走一两里，来到那"沙堆坡"上，便可以看到有一片很宽阔的金色海滩。

而在那片金色海滩的东边，却有一片奇异的礁石林。

说它奇异，是因为那些参差不齐、奇形怪状的礁石林中，有一些礁石就像一只只奇异的不知名的怪兽似的……千奇百怪地竖立在那片金色的海滩上，村里的孩子们，都很喜欢去那片海边的"怪兽礁石林"里去玩儿。

而在这个美丽、淳朴而又清新自然的"龙洲村"里，有一户人家，是十年前从外地迁来的，那是一对中年夫妇与他们十三四岁的儿子和一个五六岁的女儿。

听村里的乡亲们说，这家男的以前是一位走南闯北的武镖师。

后来，因为在保镖时，在外地结下了仇家，于是，便携带妻儿来到了这个偏僻的海边小渔村里隐居了起来，靠出海打鱼维生。

他们有一个黝黑、结实而又活泼可爱的儿子，名叫浪儿。

别看浪儿才十三四岁，可他从小便同父亲铁林习武，是十八般武艺样样都会。

刀、剑、长矛、流星链，等等。只要握在他的手里，便被他使得簌簌然、虎虎生风的。

别看他人小，但在海里游泳，一个猛子，他竟能一口气游上一两里，可真是一个浪尖上长大的娃娃，所以，村里的乡亲们，这才给他取了一个外号，叫浪儿。

想当年，浪儿四五岁时，便跟随父母来到了这村里，所以，从小调皮而又聪明可爱的他，便成了村里的娃娃头儿。

他们上山砍柴时掏鸟蛋，下海洼子里捞虾、捉蟹，都是他浪儿带头的份！

别看浪儿人小、调皮，但是心气却很是正直、侠义，这一点，倒有点像他的父亲铁林吧，有点小武侠的风范。

浪儿最喜欢同村里的小伙伴们，一起去那金色海滩东边的，那片怪兽礁石林里捉迷藏。

因为，他们时常能在那片怪兽礁石林里的沙地上，捡到很多长着两个蜗牛角的、正爬行着的海螺，还有一些调皮的横着爬行的小海蟹；更可爱的是，是那些背着一个乌黑圆硬壳的小海龟，捉这些可爱的小东西，对于他们来说，那可是特有趣的事儿。

这一天，他们一大群小伙伴，又各自把从那怪兽礁石林里捉到的小海龟，放在那金色的海滩上排成一队，让它们比赛，看谁的小海龟爬得快，最先爬到前面的那个"大沙堆"的终点处。

当比赛开始的时候，是小伙伴们最开心、起劲的时候，而那些刚从村里赶来看热闹的小伙伴们，则在他们的周围，围成一个大圈，并握紧小拳头，大声地呐喊、助威着："加油、加油！"

而那些笨拙、可爱的小海龟们，却并不理会他们那么多，虽然被浪儿他们几个用那草根条用力驱赶着，可那些小海龟们，却依旧还是不慌不忙、一步一步地往前爬行着。

而站在小海龟身后的各自的小主人们，则直急得在那沙滩地上，边蹦跳、边挥举着那握紧的小拳头，呐喊着，"加油，加油！爬快点，加油呀！"看他们那焦虑、担心的样子，似乎是急的，各自的小裤头儿，都快被他们急跳得要掉下来了。

在这喧闹、焦虑的队伍中，其中有一个黝黑、结实、长得虎头虎脑的小男孩，也站在他的小海龟后边，握着小拳头，边跳边大声地呐喊着："加油、加油，小海龟，加油！"而那个小男孩便是浪儿了。

说来也奇怪了，虽然他从不用那些草根条抽打、驱赶他的小海龟，可是，他的小海龟，却每次都是跑得最快的……

只见那只可爱的小海龟，仿佛能听懂浪儿的话语似的，很是利索地往前伸头，灵动地挪动着四只小爪，很快便爬到了那队伍的最前面……

而爬在浪儿的小海龟一旁的，那牛财主家的小少爷"胖娃"的小海龟，虽然被他的家丁们，拿竹梢条用力地抽打、驱赶着，却仍慢慢吞吞地，爬行在比赛队伍的最后面。

见此情景，这"胖娃"小少爷急了，只见胖乎乎的眼睛小得像豆角，"歪点子"比鱼肠子还多的他，连忙扭头在他身旁的那名小家丁的耳边，嘀咕了一阵后，那名小家丁便急奔向前去，竟弯腰一把抓起了浪儿的小海龟，与"胖娃"的小海龟调换了一个位置。

浪儿一见，急了，便一下子飞蹿向前去，把那名小家丁一把推倒在沙地上，并从他手中，气呼呼地把自己的小海龟给抢了回来。

那胖娃见此情景，气嘟嘟地朝身后的家丁们招了招手，便有五六个半大娃子的小家丁，扎袖子、握拳头地直朝那浪儿围扑了过去。

只见浪儿的虎眉一皱，便把自己手上的小海龟，往自己那单薄小褂的怀中一揣，而后利索地一扎袖子，便飞蹿向前，挥拳、踢腿地与那群小家丁们打斗了起来。

只见浪儿先挥拳头，一拳击中了那刚蹿到他身前的那名胖乎乎的小家丁的鼻子，只见那家伙"啊！"地惊叫了一声，便呼啦一下，仰天倒下了。

而后，浪儿又飞身而起，就地来了一个"旋风扫堂腿"，忽地一下，便把他身前左右两边的那几名家丁给扫倒了。

继而，浪儿倏地一转身，便用双手，忽地抓住了他身后的一名瘦家丁的双臂，而后"嗵、嗵、嗵！……"地用劲踢拱着那名家丁的肚子，把那家伙给拱撞得直哇哇大叫的……

3

第一章

浪儿却又倏地一推掌，便把那名瘦家丁给推摔了出去。

这时，胖娃与他身旁的那两名家丁，一起朝浪儿围扑了过来。

浪儿一扭身，身子就势往后一闪倒，双手推勾竟然打起了醉拳来应对。

只见浪儿的身子，软软的、忽左忽右地东倒西歪着，双拳歪歪扭扭地，直打着醉拳，活像个小醉侠似的……

那胖娃与他的两名家丁，竟然一起围扑上前，手忙脚乱地，想把浪儿给推翻、压倒在沙地上，给狠狠地凑打一顿。

哪知道浪儿那柔软的身子，竟活蹦乱跳地倏地弹起，而后，竟倏地一挥双掌，便把他身前的那两名家丁，给一下子推拽倒在地。

之后，浪儿又身子一歪，低头用力一顶那"胖娃"的肚子，便一下子把他给撞翻在地，直摔了一个四脚朝天！……看得那周围的小伙伴们，都一个个哈哈大笑……

这时，"胖娃"身后的那七八名小家丁，又一个个拽袖子、握拳头地，气势汹汹地朝浪儿围扑了过来……

可是，浪儿却不想再同他们这样慢慢玩打下去了，只见他倏地飞身向前……便以那闪电般的速度，三下两下，挥拳、踢腿地把那胖娃与那七八名小家丁，给踢踹得一个个东倒西歪地摔倒在沙地上，一个个直捂肚子、揉膝盖、"哎哟、哎哟"地乱叫唤着。

而此时的浪儿，却已被小伙伴们，欢腾地簇拥着，"扑通、扑通"跳入了那碧蓝的大海之中，自由、痛快地嬉水、游泳去了……

他们在那碧蓝的大海中畅游了好一阵子，而后，几个人便又爬上了海滩上的那片"怪兽礁石林"里去玩了。

玩了一阵子之后，浪儿与小伙伴们，便又从那怪兽石头上跳落了下来，来到那海滩边上的那片青草坪地上，玩起了抛石子的游戏。

这时，浪儿像是突然想起了什么似的，边抛石子，边问身旁的小伙伴们道："你们有没有听说过那'浪基岛'的事儿？"

"我听说了，村里的张大爷说，他在海上打鱼时看到过那岛，他说那'浪基岛'上云雾缭绕的，风景仙逸而又缥缈。"

他还说，"那里或许是八仙居住的地方，叫……叫什么'蓬莱仙岛'来着……"牛娃一下子站起身来，大声地说道。

"不对，不对，我听我奶奶说，那"浪基岛"应该是"南海龙宫"的一个'后花园'，所以，它才会有的时候浮于海面，而有时候，却又沉没于海底……"黑鳅却很是急切地打断了虾娃的话，略带神秘地说道。

"可是，我却听我爷爷说，那岛是海市蜃楼，只是一种虚境罢了，是根本就不存在的。"虎娃在一旁，很是肯定地辩论道。

继而，大家托腮沉思着，陷入了一种神秘、美丽的遐想之中……

最后，浪儿站起身来说道："只可惜，我与父亲一起去打鱼时，从没有见到过那个神秘的浪基岛，否则，我倒是很想去那岛上看看，看那岛上到底是什么样子的?"

这时，黑鳅的妹妹小妮子，急匆匆地跑来叫他了，"哥哥，快点回去吧，你在外面瞎玩了这久，娘说要你赶紧回去，去山上砍柴，否则，你又得挨父亲的竹梢鞭子了……"

黑鳅吓得吐了吐舌头，便连忙从那草坪上跳了起来，与妹妹一道赶紧回村里去了。

浪儿与小伙伴们，也三三两两地从那草坪上站了起来，回村里去了。

5

2 惊险的太空怪兽之战

这天晚上，吃晚饭的时候，浪儿边吃边好奇地问父母道："爹、娘，你们听说过有关'浪基岛'的事情吗?"

"听说过，那岛可悬虚啦，在我们村里，各种各样的说法都有……有人说，那是八仙居住的一个仙岛；也有人说，那地方，是海怪所布的一个迷魂阵，所有靠上那岛的船只，都将要莫名其妙地沉没……所以呀，浪儿，我们以后在海上打鱼时，只要一看到那岛，我们的船便要离它远点，否则就会遭殃了……"父亲边吃饭，边用一脸神秘、恐怖的神情答道。

"哇，有那么恐怖？"父亲的这话，听得浪儿不由得打了一个寒战，小声地嘀咕道。

晚饭后，浪儿躺在床上，想着父亲吃饭时所说的话，虽心里有些害怕，可他却在心里略带遐想地想道："唉，我倒是宁愿把'浪基岛'想象成一个美丽的神仙岛，那岛上会有很多可爱的小仙童，还有那'世外桃源'一般的美景……"浪儿就这样想着，迷迷糊糊地睡着了。

朦胧中，在那遥远的太空中，有一艘奇异的太空飞船正在快速的前行着。

那飞船上的太空队员们，正各自有条不紊地忙碌着……那身着银白色"软金刚太空服"的飞船队长'浪儿'，正坐在那面蓝色"荧光屏"下的太空操纵台前，仔细认真地操纵着那艘飞船，掌控着飞船系统前进的方向。

而他面前的那面蓝色荧光屏上，却弯曲闪烁地显示着一条条银光闪闪的"太空轨道航线"。

突然，浪儿面前的那面蓝色屏幕上，忽地闪过一道银光，那蓝色的闪光屏幕，便忽地变成了一片"沙沙沙……"的雪花屏幕。

之后，他们的飞船便失去了控制似的剧烈颠簸起来……

整个飞船太空系统，便失去了控制，飞船在那太空中直翻着筋斗，便往下边的那片蓝色星空坠落而去……

浪儿与他的队友们，感觉眼前的一切晕头转向，一阵阵眩晕袭来，便一个个东倒西歪地昏迷了过去。

当他们再一次醒来的时候，透过那飞船的舷窗，竟发现他们的飞船坠落到了一个陌生星球上的一片荒草丛间。

身着软金刚太空服的浪儿与他的队友们，各自甩了甩头，略微镇定了片刻，便从那倾斜飞船舱里钻了出来。

他们刚站定在那片荒芜的草地上，却忽地从他们身子四周的荒草丛中，钻出了很多身着黑色紧身衣，外披黑袍、长相奇异的怪人来……

只见他们一个个头上长着两个乌黑锃亮的棱角，皮肤黝黑、黝黑的，一双暴突的蓝色牛眼睛下，长着一个乌黑的牛鼻子，更让人感觉怪异的是，那鼻子的下边，却长着一张黑色的鳄鱼嘴，一张一吸地直往外冒着热气……并露出了毕露的一对大獠牙。

浪儿他们还未明白怎么一回事，那群奇异的黑衣怪兽们，便把他们几个给团团包围了起来。

怪兽们利索地从它们的身上，掏出了一把把闪烁着蓝色奇光的长剑，刺向了浪儿与他的队友们。

浪儿从身上拔出了一把 R 头神剑，倏地飞身上前，英姿飒飒地挥砍向了那些张牙舞爪着，叽叽、哇哇地怪叫着，从他们的四周包围而来的，那些奇异的怪兽人们。

浪儿身后的那些身着太空服的队友们，也纷纷从自己身后那银灰色的软皮剑鞘里，拔出了一把把银光闪闪的软金刚利剑，奋力地挥砍向了围扑上来的那些奇异的怪人。

只见那些奇异怪兽人的身子，一直左摇、右晃地躲闪着那飞来的利剑，并翻腾着身子地往后退去。

浪儿与他们队友们，连忙急追了过去……

那些家伙却倏地一转身，又用那闪烁着蓝色奇光的长剑，刺向了浪儿他们……

浪儿与他的战友们，因躲闪不及，那些闪烁着蓝色奇光的利剑，便"嘶啦！"一下，刺击在了浪儿他们的身上……浪儿他们感觉身上倏地一麻，赶紧各自举剑，击挡住了那些奇异的怪兽人迎面刺杀而来的闪烁着蓝色奇光的长剑。

浪儿与他的队友们神勇无比，各自英姿飒飒地挥舞着那银光闪闪的软金刚长剑，很快便把那些奇异的怪兽人，给一个个砍倒在那片荒草地上了！

浪儿他们正准备转身走向飞船，而那些奇异的怪兽人却"叽叽、哇哇！"地怪叫着，又从那荒草地上爬了起来，并从它们的身后，变戏法似的，抽出了一把把奇形怪状的银光闪闪的像鱼叉似的奇异武器，追击着浪儿与他的队友们。

浪儿与他的队友们，只好又转身迎战，奋力地挥舞着手中银光闪闪的软金刚长剑，挥砍向了那些奇异的怪兽人。

仅两三下，便把向他们包围而来的那些奇异的怪兽人又给砍倒了。

浪儿他们稍歇了一口气，正准备往他们的飞船走去，突然，浪儿身后的那名太空队员"啊!"地惊叫了一声。

浪儿应声回过头来一望,令他们意想不到的事发生了:只见那些被砍倒在那荒草地上的,身着黑袍的奇异怪兽人,竟又一个个从那荒草地上站了起来,并一个个仰天长啸了几声,便见它们一个个张牙舞爪的,倏地变成了一只只奇异的怪兽!

只见它们巨大的三角形头上,长着一双暴突的鳄鱼眼,而那颀长、巨大的披着乌黑鳞甲的身子,却又活像一条巨蛇似的。

它们一只只昂然地仰天长啸了几声,便从那四周直朝浪儿他们围扑了过来。

浪儿与他的队友们见此情景,赶紧变形成了那身材巨大的机器人,挥举着他们的机械手,朝那些从四周围扑而来的奇异怪兽,直发射着那银光闪闪的激光炮弹。

可是,让浪儿他们感觉奇怪的是,他们所发射的那些激光炮弹,却一点都打伤不了那些奇异的怪兽。

只见那些奇异的怪兽们,只是略微摇晃了几下,甩了甩头,便又凶猛地朝浪儿他们围扑了过来!

眼见着那些奇异的怪兽,从四面八方,张着它们那利齿毕露的嘴,就要凶猛地,逼近了浪儿与他的队友们!

浪儿的心里一阵惊颤,"啊!"的惊叫一声,便一下子从梦中惊醒了。

"哥哥,哥哥,你怎么啦?"浪儿的耳边传来了妹妹的惊呼声,浪儿连忙睁开了眼睛,只见妹妹灵儿站在他的身旁,直摇晃着他的身子,略带急切地说道,"哥哥,快起床啦,咱们一起到山上放牛去!"

"天哪!……还好,终于回到家了……"浪儿余惊未了地睁开了眼睛,不由得在心底小声地嘀咕道。

"你怎么啦,哥哥,你是不是中邪了?"灵儿跷起小脚,学着母亲,平时用手探浪儿"额头"的样子,用她的小手背,试探了一下哥哥的额头道。

"我没有发烧,你别胡说,我只是做了一个噩梦而已!"浪儿余惊未了地小声说道。

只见他的眼睛,还直愣愣地望着那房梁顶上,脑海中的记忆深处,仿佛还沉浸在刚才的那个惊恐的噩梦之中。

"浪儿，浪儿，还不快点起床与妹妹放牛去！……再晚了小心我用竹梢鞭子来抽你！"父亲铁林那严厉的话语从前边的堂屋里沉闷而又威严地传来。

妹妹灵儿，则在一旁朝浪儿眨着眼睛，直撸了撸嘴，示意他：父亲在叫了，赶紧起来吧！

浪儿赶紧从床上爬了起来，手忙脚乱地穿好衣裳，便走到灶屋里，与妹妹从那锅台上，一人抓起一个红薯，边啃边往牛圈那边走去。

3　意外的海难

接下来的日子里，浪儿他们一家与龙洲村里的乡亲们，依旧像往日一样，日出而作，日落而歇地生活着……

浪儿也依旧每隔两日，便同父亲铁林出海打鱼，而母亲，依然每日里除了照料妹妹，还要把那屋前屋后的农活给干了。

这天，又是一个风和日丽、阳光明媚的好日子，正是出海打鱼的好时机。

早饭后，浪儿便随父亲铁林背上那些打鱼的渔网、鱼钩类的渔具上了船，准备出海打鱼去了。

母亲依旧像往日一样，一手拉着妹妹，一手拎着一个包袱，里面装了一些浪儿与父亲中午在船上吃的干粮，跟在他们父子俩的后面，一路送他们父子俩，来到了村子前边一两里外的海滩边的码头上。

母亲与妹妹在岸边，看着浪儿他们父子俩起锚开船……

只见他们父子俩，不慌不忙地把那张宽大的白布船帆给扬展了起来，船很快便驶离了岸边，朝那碧波荡漾的大海中驶去，母亲牵着妹妹灵儿，在岸边向他们扬手着告别……

很快，浪儿便看着岸边母亲与妹妹的身影渐渐地小了，变模糊了……

后来，连那岸边的海岸线也变成了一条灰黄线，消失在浪儿他们父子俩的视野之中……

"浪儿，你去把甲板下的那些钓鱼用的粗麻绳拿上来吧，我们今天要去一片海鱼特别多的地方……"这时，在船尾掌舵的父亲铁林，在叫浪儿做打鱼的准备了……

"好的，我这就去！"浪儿欢快地说着，连忙掀开了船头的甲板，并钻进甲板底下的船舱里，去拿取粗麻绳了……

此时，在浪儿的家里，浪儿的妹妹灵儿，正在他家门前的草坪上欢快地小跑着，追赶着那些在草丛中飞舞着的花蝴蝶儿，母亲正在猪栏跟前倒猪食喂猪……

而在那猪栏的旁边的一棵大树上，拴着一只老山羊，正啃吃着浪儿母亲一大清早从山上割回来的嫩青草，几只小羊蹲钻在那羊妈妈的肚子底下，正"叭嗒、叭嗒"地吃着奶……

母亲喂过猪后，便扛了一把锄头，拉着妹妹，一起到家后的那块地里去锄草去了……

而此时的浪儿与父亲铁林，已经开始在海上网鱼了。正如父亲铁林所预料的那样，这片海域的鱼很多，很快，他们便用鱼网网上来了很多活蹦乱跳的马鲛鱼、鲳鱼，还有很多扭动着长长身子的带鱼。

父亲铁林忙着站在船头收渔网，而站在父亲身后的浪儿，则手脚利索地从那麻编的渔网上，把鱼儿给取下来，并扔抛到船甲板底下的鱼舱中去了。

很快，装鱼的船舱，便装满了活蹦乱跳的鱼儿，浪儿的小手被那些坚硬的鱼鳍划破了，也没觉得疼。

而此时，浪儿的心底可高兴啦。因为，今天打了这么多的鱼回去，父亲明天一早拿去集市上卖了，他和妹妹就有新衣裳穿了。而且，母亲还可以给他们做腌海鱼吃哦！想着，想着，浪儿不由得开心地笑了。

当父亲铁林把最后一张渔网给拉上来后，父子俩把网上的鱼给取下来时，他们船头甲板上的那个大木桶里也已装满鱼儿了。

而后，他们父子俩便把渔网给洗洗，捏拣掉网上的海草杂物，整理好后，便把渔网收入了船舱中的甲板底下去了。

　　这时，天色暗淡了下来，父亲铁林抬头看了看那深蓝色的天空，发现有一朵乌云，正朝他们这边的头顶上飘来，便连忙招呼浪儿道："浪儿，快解开船帆的缆绳，准备返航！我去后面掌舵去了！"

　　于是，父子俩便各自忙活着，开渔船返航了。

　　此时，在浪儿家后面的那块地里，浪儿的母亲已把菜地里的杂草给锄完了，她抬头看了看天空，发现那云层间移动着的太阳，已快到头顶上了，便连忙扛起了锄头，拉着小女儿，准备回家弄午饭了。

　　而此时，在乌云密布的海面上，却突然狂风大作，顿时，在浪儿他们渔船四周波涛汹涌的海面上，是小山似的雪白巨浪，迎面排空而来。

　　浪儿他们的小渔船，在那浪峰、浪谷间东歪西倒地颠簸着。

　　浪儿站在船头，紧紧地拉着船帆的缆绳，让那随风招展的船帆，顺着风势带动着那渔船，在那汹涌的波涛间艰辛地前进着……

　　父亲铁林一脸焦虑地站在船尾，左手掏出罗盘来看了看，便连忙又塞入了胸前的口袋中，赶紧掌舵，调整那船舵的方向，掌握那渔船前进的方向。

　　此时，呼啸的海风却越刮越猛，海面上狂风怒吼，巨浪排空，他们的渔船时而颠簸于浪峰，时而又沉陷入了那浪谷之中，一副摇摇欲坠、随时都可能颠翻的样子……

　　巨大的浪头，一个接着一个地打入了船舱之中，虽然船舱中已进了一半的水了，但是，浪儿与父亲铁林还仍是努力地支撑着。

　　在他们渔船的不远处，呼啸的海风卷着一个滔天的巨浪击打过来。

　　站在船头甲板上，咬牙死死拉着那船帆缆绳的浪儿，被那扑面而来的巨浪给冲击着，一下子便摔倒在了甲板上，直楞楞地摔了一个四脚朝天。

　　摔倒在甲板上的浪儿，正想伸手去抓掉落在甲板上的船帆缆绳，又一个巨浪打来，把还未来得及伸手抓住缆绳的浪儿一下子推卷入了那波涛汹涌、巨浪澎湃的大海之中去了。

　　"浪儿！"正站在船尾掌舵的父亲铁林，急乱中见此情景，撕心裂肺地痛声疾呼着。

　　可此时在他的四周，除了那呼啸的海风的怒吼、呜咽声，就是那如雄狮奔腾般的巨浪，如小山一般地迎面排空而来。

那巨浪击打在船上的"哗啦""轰隆"声，让铁林根本就听不见浪儿的半点回应声，而在又一个巨浪排空而来的间隙，铁林见空空的船甲板上，根本就不见了浪儿那熟悉、瘦小的身影。

铁林急了，焦虑地握着那船舵的手，不住的东歪西颤着！

由于海上巨浪滔天，无法掌稳那船舵，很快，那艘渔船便倾斜了过来，一个滔天巨浪击拍打而来，那艘渔船便在惊涛骇浪间，被卷翻、就要沉入那巨浪滔天的大海之中了……

此时铁林的心底是焦虑交加，昏然急乱中，他抱住了船舱中的一块很大的漂浮木板……消失在那滔滔大海之中。

铁林不住地在心底焦虑地疾呼着："浪儿，浪儿，你在哪里呀？"

已经晌午时分了，浪儿的母亲早已弄好了午饭，见浪儿他们父子俩还没有回来，她便拉着女儿灵儿，沿着村口的那条蜿蜒的田间小道，往海边走去。

一路上，天阴沉沉的，呼呼的海风迎面而来，让她的心里，有一种不祥的预感……

她心里由于担心丈夫与儿子，便心急、焦虑地往那大海边急赶而去。

可是，当她们母女俩赶到海边，往平时浪儿父子俩常停船的那个海滩边的码头上一望时，并没有见到他们家那熟悉的渔船，相反的是，海面上巨浪滔天，那片停靠渔船的海滩，早已被那巨浪滔天，惊涛骇浪的海潮给淹没了。

这让浪儿妈的心里不由得猛地一沉，因为平时的这个时候，她们母女俩总能见到那满载而归的渔船与那满脸欢喜的丈夫与儿子。

她们母女俩在那海边等了很久，可是，除了惊涛骇浪的苍茫大海，与耳边呼啸而来的海风，却没有见到她们期盼已久的，熟悉的渔船的半点影子。

当她们伤感、担心、心情沉重地回到村里时，却听见村里的人在纷纷议论着："突然刮这么大的台风，海上一定又要有很多的渔船要翻了……唉，几家欢喜几家愁哦！"

"是呀，听说东村的李海一大清早便出海打鱼了，到现在也没有回来!""那还用说嘛,八成是连船带人沉入大海了……"

"是呀,可怜的孤儿寡母,这往后的日子该怎么过呀?"听着乡亲们纷纷的议论声,浪儿的母亲急得不由得"哇"一声,大声哭出来了。

乡亲们纷纷回过头来,朝她关切地问道:"怎么啦,他大婶子?""铁林嫂,你怎么啦?"

"浪儿,浪儿他们父子俩一大清早出海打鱼了,到现在还没有回来!"浪儿的母亲不由得痛哭起来。

"啊!"乡亲们不由得惊诧、担忧地惊呼道。

那天下午,浪儿的母亲与乡亲们在村里整整等了一个下午,也没有见到浪儿他们父子俩回来。

台风整整刮了一天一夜,第二天,当台风停止了,村长组织乡亲们扬帆,驾着渔船去海上寻找浪儿他们父子俩。

他们找了很久,才在一个很小的礁石岛岸边,找到了那抱着一块船板,身子一半靠在那礁石岛上,一半浸在那海水中的奄奄一息的铁林。

乡亲们很是惊喜,把铁林给抬上了他们的渔船,而后,村长又招呼另外几艘渔船,去寻找浪儿的踪迹。

可是,他们找了很久,也没有见到浪儿,直到傍晚天黑时分,又累又渴的乡亲们只好放弃了希望,调转了船头,准备驶回岸边了。

"快看,那里不是浪基岛嘛!"突然,船头上有一位年轻的小伙子,指着他们渔船的左前方两三海里处的那个美丽的仙岛,又是惊喜又诧异地叫道。

乡亲们应声扭头往那边望去,果真,只见那碧波荡漾、夕阳斜照的蓝色海面上,有一座云雾缭绕的小岛,漂浮在那海面上。

"我们要不要去那岛上看看,也许浪儿被海浪漂浮到那岛上去了"船舱中,大胆小李子探出头来,大声地提议道。

"还是不要去为好,听说那岛时而浮于海面,时而又沉落海底,挺玄虚的……"可狗蛋他爹却略带胆怯地说道。

他们正说着,令他们担心胆战的情景出现了:只见前面的那座云雾缭绕的小岛,果真在他们的眼前,一点一点地沉落到碧蓝、苍茫的大海中而去了。

"快,快点把另一面船帆也给拉上,离开这个地方,这里太玄了!"

村长赶紧招呼他们拉满了船帆，他们的渔船，便很快驶离了那里，往北边的那片灰色的海岸线驶去。

而在他们的渔船队刚驶离这片海域没多久，那个神秘的仙幻的"浪基岛"，却又从那碧波荡漾的蓝色大海中飘浮了起来，只见那岛上依然是云雾缭绕的。

4　美丽的仙岛学艺

此时，在那个神秘的仙岛南部的一片金色柔软海滩上，斜躺着一个瘦瘦的小男孩，他便是被那汹涌的海浪冲击到这岛上的浪儿。

更神秘的是，此时，只见那宁静的海滩边，忽地刮起了一阵旋转着的，粉红色的海风。

继而，一个身着粉色清纱裙，飘逸的金色长发头顶上，扎着一个闪烁着七彩之光的蝴蝶结的美丽小姑娘，便倏地出现在了浪儿身旁不远处的金色海滩上。

只见她边仙逸飘然步履轻盈地往那边走去，边仙袖拂然伸手朝四周的那金色的海滩上一指，只见一道绿光，在她四周的那片金色的海滩上一闪而过，那四周的金色海滩，便倏地变成了一片片碧绿的青草坪。

随即，又一道七彩的奇光在那碧绿的草坪上一闪而过……

很快，那碧草丛间便开满了五颜六色的野花，一阵花草的清香扑鼻而来。

只见小姑娘一脸微笑着来到浪儿的身旁，搀扶起了早已昏睡过去的，躺在青草坪上的浪儿。

小姑娘让浪儿斜靠着坐在她的身前，只见她从怀中取出了一颗晶光闪闪的"还魂丸"，塞入了浪儿的嘴中。

然后，那小姑娘飞快地又从身上掏出了一个绿色的"小葫芦"状的小瓶子，用手掰开了浪儿的嘴，往他的嘴中倒了一些奇异的紫色液体，之后，便把浪儿又给轻放倒在了青草坪地上。

而她，则坐在浪儿身前的那片青草坪上，双手托腮，一脸调皮的微笑着望着那沉睡过去的浪儿。

仿佛在等候着他的醒来似的。

大约半个时辰之后，便见浪儿倾斜着的身子略微一动，之后，竟歪着头，张嘴"哇、哇、哇……"地往草地上直吐着苦涩的海水。

那小姑娘连忙走过去，扶起了浪儿，轻拍着他的后背，让他"哇哇"地把那肚子里的海水，全都给吐了出来。

此后，浪儿便又昏倒在了她的怀中，沉沉地昏睡了过去。

当浪儿再一次醒来的时候，他已经完全清醒了，发现自己躺倒在那波涛汹涌的大海边的一片陌生的青草坪上，而此时的他，脑海中一片空白。

记忆全无的他，竟然不知道自己是谁，为什么会来到这里？天哪，原来，他已完全失去记忆了。

浪儿从青草地上坐起身来，朝四周一望，发现有一位与他年龄相仿的小姑娘坐在那草坪上，正双手托腮地微笑着望着他哩！

"你是谁，为什么会在这里？"浪儿甚是惊诧、好奇地问道。

"我叫卡斯娜，我家就住在这岛上，所以我就会在这里了！"那小姑娘仍一脸微笑着对他说道。

"那我是谁呢，又为什么会来到你们这里呢？"浪儿急切地坐起身来，诧异地用手挠了挠后脑勺，似乎在努力地回忆着什么似的……可是，很遗憾，他却依然是脑海中一片空白，什么也记不起来了。

"对不起，我也不知道你是谁？"小姑娘很是遗憾地说道，"但是，你是被海浪漂送到这里来的，那我就叫你浪儿吧。浪儿，这是你的宝剑，我现在还给你。"小姑娘说着，便从身旁的草地上，拿起了一把银光闪闪的魔幻宝剑，走过去双手递给浪儿。

"这是我的东西吗？可是，我连怎么使用它都还不知道呢？"浪儿很是惊诧地说道，并一脸犹豫不决的样子，不敢伸手接下。

"这是你的'R头神剑'呀，你再闭上眼睛，仔细想想，便一定能想起来怎么使用它的！"小姑娘一脸惊喜地微笑着鼓励着浪儿道。

浪儿诧异而又好奇地眨了眨眼睛，便闭上了眼睛，准备试试看。

奇怪的是，此时，在他的"眼前"，便真的出现了一片蓝色的晶光闪烁的奇异星空。

而在他面前的蓝色星空下，竟有一个与他长得一模一样的小剑侠，正挥舞着一把银光闪闪的"R头神剑"，在那片蓝色星空下，正飞扬跋扈地、龙腾虎跃的、上跳下跃、英姿飒飒地舞着剑哩！。

眼前情景中的一招一式，很快便唤起了浪儿脑海中那奇异的记忆。

他竟然一下子记起了那套"七彩魔幻神剑谱"。

当浪儿再一次睁开眼睛的时候，便伸手接过卡斯娜随手递过来的那把"R头神剑"，并熟练地舞起剑来。

只见浪儿灵活自如地，英姿飒飒地挥舞着手中的那把银光闪闪的"R头神剑"，很快便见他浑身被包围在一片七彩的"魔幻神剑"的剑光之中了。

"好棒、好棒哦！"看得小姑娘不住地拍手叫好。

而此时，在浪儿的家中，铁林嫂与乡亲们已用那滚烫的姜汤，把浪儿的父亲铁林给救醒了。

铁林吃力地睁开了眼睛，见屋里站满了村里的乡亲们，脑海中还一片茫然的他，便眉头紧皱地努力回忆着。

很快，他便记起了那翻船的事件，并记起了浪儿被巨浪从甲板上卷入大海的危急情景。

想到这里，铁林吃力地伸动着他那沉重的手臂，声音微弱而又焦虑地急呼着："浪儿，浪儿！……浪儿……"

铁林嫂一脸忧郁地走向前去，轻声地安慰丈夫道："浪儿没事了，他正在西屋的小木床上睡觉哩，你就安心休养吧。当家的，你可不能有半点差错呀，我们娘儿几个，还得靠你养家糊口哩！"说着，铁林嫂便轻声地呜起来。

可此时铁林的心里，却似乎什么都清楚似的，只见他眼里涌出了两行悲伤的泪水，似乎在后悔着什么。

是的，他在后悔，当初遭遇上台风时，自己没有及时把儿子浪儿招呼到自己的身边来。

中年丧子，对他来说，是一种莫大的悲伤与痛苦。

可是，这一切都已经迟了，浪儿已经离他远去了，再怎么后悔也救不回他心爱的儿子了。

此时的浪儿，正在茫茫大海中的那个神秘的"浪基岛"上，他与那个美丽的叫卡斯娜的小姑娘，正一起在岛上的一座小山坡顶上的草坪上，学练那"七彩魔幻剑法"哩！

只见一道道红色的剑光，在他们的四周，疾如闪电一般地缥缈缭绕着，继而，那红色的剑光又倏地转变成了橙色，黄色，绿色，真不愧是七彩魔幻神剑法，到了最后，那姹紫嫣红的七彩剑光，竟然编织成了一张奇光闪烁的"七彩魔幻神剑网"，把浪儿与卡斯娜公主给包围了起来！

那张"七彩魔幻神剑光网"不但剑风锐利，其剑势不可挡，而且是缥缈而又飘逸的，美极了！

而此时的浪儿看得出来，卡斯娜熟练的剑法，要比自己高强多了！

浪儿不由地停下来，仔细看卡斯娜舞剑，只见此时环绕在卡斯娜的身子四周的剑光，是一道道七彩的魔幻剑光，只见那锐利的剑光，竟有如万马奔腾般地气势恢宏！

而那奇光闪烁的，变幻莫测的"魔幻剑谱阵"，让站在一旁的浪儿，竟感觉有些眼花缭乱。

所以，此刻的浪儿觉得这套"七彩魔幻剑法"，自己得向卡斯娜多多学习，才能真正弄懂这套剑法中的精髓。

他们一同练了好一阵子剑之后，浪儿感觉肚子饿得呱呱叫了，便问小姑娘道："卡斯娜，你这儿有吃的吗？我感觉肚子有些饿了！"

卡斯娜听后，调皮地笑了，说道："我这里还真没有现成的东西能吃呃，这样吧，我们一起到海边去抓鱼来弄着吃吧？"浪儿一听，挠着后脑勺地想了想，有些担心笑道："可是，我还不知道自己会不会游泳哩！"

卡斯娜笑道："你从小在海边长大，怎么会不会游泳哩？更何况，我抓鱼是从来不用下海的。"说完，卡斯娜也不等浪儿的答复，她便转身下了那道斜草坡，往下边那波涛汹涌的大海边走去。

"抓鱼从不用下海？"浪儿诧异地嘀咕道，便略带好奇地跟随在她的身后，下了那片斜草坡，往那碧蓝的大海边走去。

只见那飘逸着粉色裙衫的卡斯娜，飞奔地来到波涛汹涌的大海边，竟伸手往那波涛汹涌的大海中一指！

一旁的浪儿，便见有一道七彩的"魔幻奇光"自她的手指间，向那大海中投射而去！

继而，便见那道七彩的魔幻奇光，竟像一根七彩的"魔幻钓鱼绳"似的，像变戏法似的，从那波涛汹涌的大海中，牵钓起了一条条活蹦乱跳的鱼儿，那鱼儿一条条地被牵钓到了岸边的青草坪地上，并不住地活蹦乱跳着。

看得站在一旁的浪儿，眼睛直愣愣的。

而卡斯娜却边施展七彩魔法术钓鱼，边急切地招呼身旁的浪儿道："浪儿，别愣着发呆呀，快去抓鱼儿呀！"浪儿连忙手忙脚乱地跑过去抓鱼了。

很快，浪儿便用那草根条，欢快地串起了一大串活蹦乱跳的鱼儿。

他身旁的那青草坪上，不住地有被卡斯娜施展魔法术从大海中刚"钓"上来的活蹦乱跳的鱼儿。

"够了，够了，我们吃不了那么多的！"浪儿急切地招呼卡斯娜道。

"多弄一点吧，我们可以做成烧烤鱼，然后，你什么时候饿了，便拿出来吃就可以了。我这是在帮你，我家在前面不远处，我父母在家时，我便不能来看你了。所以，你必须学会一个人在这海岛上生活！"卡斯娜考虑周全、条条是道地说着。

当那草地上的鱼儿堆起了一小堆的时候，卡斯娜停止了施展魔法术抓鱼，走过来帮浪儿，一起用那草根条把那鱼儿给全部串了起来。

之后，卡斯娜便一手提了两大串鱼儿，招呼一旁一手提着三大串鱼儿的浪儿道："走，我们一起去那山坡上做烧烤鱼去。"

说着，卡斯娜便提着鱼儿，带着浪儿一起朝前面的那座小山坡上走去。

浪儿边走边朝前面望去，只见那是一座不高的小山坡，比刚才他们俩练剑的，左边的那座小山坡还要稍高一点，只见前面那条蜿蜒而上的小道两旁，生长着茂盛的绿葱葱的灌木丛。

卡斯娜快步地走在前面，很快，他们便来到了小山坡脚下，他们俩沿着那条杂草丛生的蜿蜒小道，往小山坡顶上走去。

那扑鼻而来的阵阵花草的清香，让浪儿扭头于是惊喜地发现，在那小道两旁的灌木丛林间，生长着很多五颜六色的野花，怪不得有阵阵芳香的气味扑鼻而来。

5　奇异的浪基岛地下石洞

当浪儿与卡斯娜走到小山坡顶上时，浪儿惊诧地发现，那小山坡顶上，竟是一片平坦的、生长着碧绿浅草丛的空地。

而在那片空地的后边，竟然有着一栋长条形的草房子，"难道这里会是卡斯娜的家？"浪儿不由得在心里猜想道。

浪儿这样想着，便好奇地问卡斯娜道："这里是你家吗？"

卡斯娜扭身朝他做了一个鬼脸，调皮地笑了，"我家的房子大着哩！这里只是我以前同父母吵架时，出来躲挨打、逃难的地方而已。你别看这地方小，可是，需用的东西，却什么都有。你呀，只要有东西吃，在这里待上半年都没问题了。这样吧，在你的亲人没有来这儿找到你之前就先住在这里吧。"

卡斯娜说着，便带头走向草屋，她把鱼儿放在草屋左边空地上的那口大水缸边，并推开那扇草屋门走了进去，浪儿也连忙放下鱼儿，跟在她身后往里走去。

奇怪的是，当浪儿走进草房子后，发现那草屋里面地方却很大，那里面有两三间草屋，左边的那一间草屋是烧火弄饭吃的厨房，而右边的两间，一里一外地摆着两张很大的草铺床，而外边那间的草床上，竟然铺垫整齐地放着一床薄薄的棉被！

此时，浪儿的心里顿时安定了下来，一种回到家的感觉，不由地从心间涌起，虽然他直到现在还没回忆起，自己的家在哪儿，家里都有些什么人？

卡斯娜早已打开了左边的那扇草屋门，走了出去。

这时，卡斯娜在草屋外叫他了："浪儿，快到草屋左边的大水缸边来，我们一起来剖鱼！"浪儿应声连忙走了出去。

见卡斯娜正在大水缸边熟练地剖着鱼儿，浪儿连忙走过去帮着忙了起来，很快，他们便把鱼儿给收拾好了。

而后，浪儿便端着一大盆剖好的鱼儿，与卡斯娜一道，推门往一旁的厨房走去。

只见卡斯娜用手抓了一大把盐，把那鱼儿给腌了起来。

然后，卡斯娜便手脚利索地在柴火灶边烧起了柴火，并把一张黑铁丝网，架放在那柴火灶上，然后，把那些已用盐腌好的鱼儿，用筷子一条一条地夹放在那柴火灶上的铁丝网架上。

然后，卡斯娜又在鱼儿上面盖上了一个带洞孔的圆拱形铁皮盖子，便烧火焖烤了起来。

浪儿在一旁入神地望着眼前的一切，让他仿佛模糊地想起一个记忆深处的似曾熟悉的身影，那个人也许是他的母亲吧，可是，他却怎么也记不清楚以前所发生过的事了。

浪儿努力地回忆着，竟然感觉头有些生疼，急得他用手直挠头皮。

"浪儿，快帮我去草屋右边的墙脚去抱点柴草来！"这时，卡斯娜在叫他了，浪儿连忙应声走了出去。

浪儿很快就抱了一大捆干柴进来，而后，他们俩便在那烤鱼灶下，烧起了熊旺的柴火。

一会儿，蹲坐在卡斯娜身旁的浪儿便闻到了那香喷喷的烤鱼味！

"我可以先吃一条吗？"已经是饿肚饥肠的浪儿，不由得直咽口水地急切地问道。

"当然可以，如果你不怕烫的话！"卡斯娜略带调皮的一脸微笑地望着他说道。

浪儿连忙伸手揭开了那个铁皮盖子，便抓起了一条鱼儿来，可哪知那鱼儿滚烫、滚烫的，把浪儿给烫得直叫唤着："哇！唉哟，烫死我了！"

直烫得他把刚抓到手中的烧鱼，一下子甩落了下来，又倏地掉落到了那烤鱼的铁丝网上。

"呵呵……烫到手了吧？"一旁调皮的卡斯娜，幸灾乐祸地笑道。

之后，卡斯娜便从那柴火灶边，站起身来，走到灶台前不远处的小木柜跟前，拿了一只大瓷碗和一双筷子出来。

然后，卡斯娜走到灶台边，揭开那铁皮盖子，从里面夹了三条烤得焦黄、焦黄的烧鱼来。

卡斯娜扭身对浪儿说道："浪儿，快端过去吃吧，香喷喷的哟！"

早已肚子饿得呱呱叫的浪儿，连忙毫不客气地一把端过来，便迫不及待地吃了起来。

果真如卡斯娜所说的那样，烧鱼真是又香又脆的，好吃极了！

浪儿一口气便把三条鱼给全吃下肚去了，连香脆的烤鱼鱼刺都被他嚼碎了，咽下肚去了。然后，用衣袖拂抹了一下嘴角的碎末，略带惊叹地说道："真好吃！"

"好吃就再吃两条，自己去夹吧。"卡斯娜仍一脸微笑地说道。

浪儿还真是不客气了，他连忙走过去，刚揭开那拱形铁皮盖，一股焦香的烤鱼味便扑鼻而来，浪儿一下子又夹了三条烤鱼，坐在那小木桌边吃了起来。

而卡斯娜却把那灶底的火给灭了，坐在一旁微笑着看着浪儿埋头啃吃着碗里的烤鱼。

当浪儿吃完这三条烤鱼的时候，感觉有些口渴，他便跑到那灶台边的水缸旁，用大木瓢舀了一大瓢水，便"咕咚、咕咚"地喝了起来。

然后，浪儿抹了一下嘴角那细碎的水珠儿，并拍拍肚皮，感觉肚子饱饱的了。

这时，卡斯娜走过来对他说道："浪儿，你吃饱了吧。那我先走了，草屋的后面有一片菜园子，你喜欢吃什么菜就自己弄着吃吧，别忘了每天清晨起来给园子里的菜浇点水哦！"

说着，卡斯娜便轻快地走出那草屋，并沿着草屋跟前的那道小山坡，往下边的那片海边草地走去了。

"等等！"浪儿急切地从草屋中走了出来叫道。

"还有什么事吗？"卡斯娜应声停住了脚步，回过头来，微笑着问浪儿道。

"等一下，我怎么去找你呀？"浪儿晶亮的眼睛里略带依恋、不舍

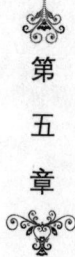

地问道。

"你不用去找我了，我有空会来看你的。因为我爹娘他们是个欢迎我带朋友去家里玩的。"卡斯娜略带担忧地说道。

"那好吧，你快回去吧，我就在草屋这儿等你好了。"浪儿边说边向走到坡下边的卡斯娜挥手道别着。

说实在的，他心里还真是很舍不得她走哩！

可是，卡斯娜如果不回去，她爹娘又一定会责备她了。

浪儿这样想着，心底也便释然了。

浪儿站在草屋前边的那条草坡小道跟前，望着卡斯娜很快便走下了那道斜草坡，而后沿着小山坡底下的一条碧草丛间的蜿蜒小道，往东边走去，并越走越远。

可让浪儿感到惊诧而又奇怪的是，当卡斯娜走到前面的一个"凹拱形"拐弯道口处时，便倏地一下，不见了踪影！

站在小山坡上边的浪儿，在那里望了很久，也没有见到卡斯娜从那个"凹拱形"的拐弯口处走出来，急得浪儿先是揉了揉眼睛，之后，又再仔细往那里盯望而去。

可又等了好一会儿，却还是不见卡斯娜从那个"凹拱形"的拐弯口处走出来。

这让浪儿的心底，不由得"咯噔！"一下，他有些担心卡斯娜刚才是不是遭遇什么意外了！

浪儿连忙一路小跑着往那边山坡下的凹拱形的拐弯路口走去。

可是，当浪儿气喘吁吁地跑到那里时，却什么也没有见到，而且，那"凹拱形"的拐弯路口旁，野草茂盛、平整，一切都很正常，并没有什么刚刚发生过险境的迹象。

浪儿这才略微放下心来了，可是，让浪儿感觉诧异的是：卡斯娜刚才明明是从这儿不见了的，而这路旁除了那茂盛的野草，却不见其他的什么拐弯叉道口、山洞之类的。所以，按理说卡斯娜是不应该从这里失踪不见了的呀！

这倒是又让浪儿纳闷了！

他在那野草茂盛的小道旁，徘徊着来回走了很久，也没有想出卡斯娜从这里不见了的真正原因来。

而此时的卡斯娜，却已走在了一条幽深的石洞道中。

那是一条石洞，顶上点燃着很多蓝色烛光的地下石洞道，只见她一脸欢快地蹦跳着往前走去。

起先，只见那洞道两旁是平整的石洞壁，而后，便走入了一间宽阔无比的石室内，往前走几步，便可看到那石洞内，有怪石嶙峋的小石山，再往前走一段，卡斯娜又拐入了一条小石洞道内，而这条小石洞道，却是蜿转而又幽深地往前延伸而去。

卡斯娜沿着小石洞道往前拐了好几个弯，然后，便来到了一扇很大的拱形石门跟前。

只见她在那扇石门跟前，抬起头来，定神望了那扇灰色、坚硬的石洞门一眼，便见从卡斯娜的额头上倏地闪出了一道奇异的紫光，直往她面前的那扇石门上射击而去！

只见一道七彩的奇光，在石门上一闪而过，只见那扇灰色的石门，倏地变成了一扇银光闪闪的金刚石门，上面显示着很多奇异的闪光按钮，而那按钮上，却显示着一个个奇异的字符。

而从卡斯娜的额头上射出的那道奇异的紫光，却快如闪电似的射击着"点击"向了那些奇异字母的按钮。

继而，只听见"咣"的一声，那扇巨大、沉重的石门，便倏地向上启开了，眼见那石门的里面出现了一个很广阔的幽深的石洞！

6　神秘的外星公主

当卡斯娜跨过那道石门，往里走去时，她额头上所射出的那道奇异的锐利紫光，刚好让她能看清楚里面的石洞路面。

卡斯娜往里才没走几步，只感觉一阵清风迎面而来，却见她四周的石洞壁顶上，又倏地点燃起了一支支摇曳的蓝色烛光。

　　而后，又听见一阵奇异的"叽里，哇哇！"的声音响过，便有一群长相奇异的怪兽人，一下子从四周的怪石山后飞蹿而出，并急匆匆地冲到了卡斯娜的跟前，"叽里，哇哇！"地怪叫着。

　　只见它们长着一颗像乌龟一样的怪兽头，浑身上下都披着墨绿色的坚硬的鳞甲，身着银光闪闪的紧身太空服，而且，在他们的身后，还有一条一直摇摆着的小尾巴，一甩一甩的。

　　只见它们直围着卡斯娜，不住地蹦蹿着身子，"叽叽、哇哇……"地怪叫着。

　　卡斯娜也把头凑向前去，用它们奇异的语言与它们亲切地交谈着。

　　这时，从群怪兽人的身后，蹿上来了一个很高大的怪兽人，只见它急忽忽地，一下子撞到了卡斯娜的面前，低头翘着那奇异的鼻孔，围着卡斯娜的身子，吸闻了一圈，然后，便用它们奇异的语言，大声地问道："公主，你的身上怎么有一股生人味？"

　　说着，那怪兽人又直翘着鼻子，在卡斯娜的身子前后、左右地吸闻着。

　　卡斯娜连忙用一种若无其事的语气解释道："哦，我今天在浪基岛边，救了一个落水的地球人。"

　　"有地球人，公主干吗不把它抓来带给我们大家看看！"卡斯娜四周的那些奇异怪兽人，也不由得"叽叽、哇哇！……"地怪叫着起哄！

　　那个身材高大的怪兽人，更是大声地吼叫着："地球人！公主干吗要救他，公主不会是喜欢上那地球人了吧？公主你快说呀！"说着，那怪兽人竟然一把抓起了卡斯娜，并把她给高高举起了。

　　"巨力人，你快把我放下！"卡斯娜急得大声地叫唤道，可那个巨力人却根本就不听她的招呼，仍高举着她，声音沙哑地叫嚷道："不行，除了我，你是谁也不可以喜欢的，你将来只能嫁给我！"

　　"巨力人，你胡说些什么呀！我喜欢上谁了？"卡斯娜仍在极力为自己解释着。

　　可那巨力人，却仍用它那低沉、沙哑的声音嚷嚷道："我什么都看到了，你救的那个地球人是个男的，你说，你是不是喜欢上他了？"

　　"巨力人，你胡说些什么呀，我救他是有目的，但并不是因为我喜欢上他了，我怎么可能随随便便就喜欢上一个地球人呢？而且，我们来到地球的目的，是为了躲避我们 V 星系上的那'怪兽之王'震嗣的追杀！不久的将来，我们还得去找他们复仇哩！"卡斯娜振振有词地大声辩解道。

"那你说说，你干吗要救那个地球人？"巨力人一下子放下了卡斯娜，只见它那双蓝色的暴突眼一鼓，用那低沉、沙哑的声音，急切地问他身前的卡斯娜道。

而巨力人身后的那些奇异的怪兽人，也"叽里，哇哇……"地怪叫着："对呀，公主您救他一定是有原因的，您把原因说给我们大家听听呀！"

而卡斯娜却先高举起了双手，然后放平往下一按，做了一个"安静"的手势，大声地说道："我救那个地球人，是因为我想利用他，帮我们去攻打那 V 星系上的'怪兽之王'的怪兽大军！你们大家也许还不知道，那个地球人的功夫比我们要强很多，如果让他学会了我们神奇的'七彩魔法术'的话，那他可就更厉害了！这样一来，我们战胜'怪兽之王'震嗣，便又多一分把握了。"

卡斯娜的话还没有说完，那个身材巨大的怪兽人，便挥举着手，大声地嚷嚷道："可是，他一个地球人，会帮我们的忙吗？公主，你还是打消了你的那些荒唐的念头，趁早把那个地球人给杀了吧，免得留下后患！走，公主下不了手，我们大家去把那个地球人杀了吧！"

说着，那个高大的怪兽人挥舞着双臂，大声地招呼他身后的那群怪兽人道。

他身后的那群怪兽人，果真跃跃欲试地准备跟着他，往左边的那扇石洞门出口走去。

"你们都给我站住！"卡斯娜一下子倏地飞起，飞到了那群怪兽人的身前，并张开双臂，决然地拦住了他们，大声喝斥道。

而那些怪兽人，先用畏惧的目光望了望他们的卡斯娜公主，然后又扭头望了望那巨力人，一副左右为难的样子。

巨力人却仍是一副倔强的要往前走的样子，只见他大摇大摆地从卡斯娜的身旁走了过去，准备往左边的那石洞门口走去。

卡斯娜急得一下子飞到了巨力人的面前，倏地一下，把身子变得巨大，也变成了一个披着金色卷发的奇异怪兽人，并用力地推了一下巨力人，大声喝斥道："我叫你站住，你听到了没有？如果你今天要去杀了那个地球人，我以后就再也不理你了！"说完，她扭头便往一旁的一个石洞走去了。

那巨力人连忙急追了过去，边走边用沙哑的声音向卡斯娜道歉道："公主，你别生气了，我不去杀那个地球人便是了！"可卡斯娜却一点都不理睬他，只见她刚走入那扇石门里边的小石洞道内，忽然见那个石洞口处，一道蓝光一闪，便有一道石门从一旁倏地而出，把巨力人一下子给关在了那石门的这边。巨力人站在石洞门的这边，急得直用手挠着兽头。

此时的浪儿，依然在那个拐弯道口处，那茂盛的野草丛中寻找着卡斯娜公主，还不住地叫喊着："卡斯娜，卡斯娜，你在哪里呀？"

可是，找了很久，浪儿却连卡斯娜的影子也没有见到，更没有听到卡斯娜的回应声。

突然，浪儿脚下一滑，便一下子摔倒在野草丛中了，他正准备爬起身来，却发现眼前忽地闪过一道七彩之光，他连忙揉了揉眼睛定神一看，竟然发现他面前的深草丛中，有一片很美丽的七彩羽毛，他连忙捡起那羽毛，站起身来正诧异地看时，却见这片"七彩羽毛"忽地从他的手心中飞起，并飘然地落在了他的后背上。

当浪儿把手伸到后背上，反手准备去抓那片羽毛时，却抓了几下都没有抓到，浪儿便转身往那山坡上走去，可是，还没走几步，浪儿便感觉自己的后背上痒痒的。

他诧异地伸手往后背上去摸时，竟然摸到了一对很小的毛茸茸的翅膀，浪儿心里倏地一惊，用手用力地去抓扯那翅膀，想把那翅膀从他的后背上给抓扯掉。

可是，稍一抓扯，浪儿便感觉后背上有如针刺般地很疼、很疼。

浪儿甩了甩头，只好就此作罢，便转身往那山坡顶上爬去。

那天下午，浪儿一直都在那草屋后，整理那片绿油油的菜园子，锄草，挑井水浇菜，忙得很是开心、快乐！

浪儿相信，卡斯娜过些天还会来看他的，等卡斯娜下次来的时候，浪儿决定带她来这菜园子里采菜，并自己煮给她吃。

这天整整忙到天黑，浪儿才歇息了下来，疲惫不堪的他，随便吃了几条铁丝架上的烤鱼，喝了几舀井水，便感觉肚子饱饱的了。

浪儿打了一个饱嗝，伸了一个懒腰，便走进里屋，倒在那草铺上睡着了。

在梦里，他梦见了卡斯娜，他们一起在那海边的沙滩上嬉戏、追赶着，很是开心、快乐极了！

7　神奇的七彩羽翼

忽地，睡梦中的浪儿，朦胧间感觉有什么东西，隔在他的后背下，一动一动的，竟把他的身子给拱了起来，他随手一摸，竟然摸到了一对长着羽毛的翅膀！

浪儿倏地一惊，连忙一翻身，从那草铺上坐起身来，这才发现：自己身后，下午才长出的一对毛茸茸的小翅膀，竟然长成了一对宽大的七彩羽翼，在黑夜中，直闪烁着七彩的奇光！

浪儿直急得耸动着双肩，抖耸了几下，而他后背上的那对宽大翅膀，竟然扑腾地拍打着，腾飞了起来，害得浪儿差点用头顶破了那草屋顶，飞了出去。

浪儿被吓得连忙紧抱缩着双臂，他身后的那对翅膀便也一下子收拢了起来，他整个人便从那屋空中，忽地一下子，又仰天掉落到了那干软的草铺上。

还好，那对软绵绵、巨大的七彩羽翼，垫在了他的身子底下，所以，他是一点也没有摔着！要不然，浪儿还真担心自己的屁股会被摔掉半边哩！

浪儿吓得连忙趴到那床上躺着，一动也不敢动了，生怕自己背上的那对糟糕的七彩羽翼又会给他惹出什么祸来！

好不容易，他才迷迷糊糊地睡着了，当浪儿再一次醒来的时候，窗外，天已经大亮了。

27

浪儿连忙从床上爬了起来，准备去挑水浇菜了。

浪儿从井里挑起一担水，刚走到半路时，他身后那对该死的"七彩羽翼"竟然扑腾着，载着他一下子腾飞了起来，在半空中东摇西晃的，竟把他挑着的那担水，给"哗啦、哗啦!"地甩倒了出来!

而这时，在下边那草坪上的草屋跟前，卡斯娜却正好来找他了。

只见她来到草屋跟前的草坪上，边走边朝那边的草屋叫喊着："浪儿，浪儿，快出来呀! 我来看你了!"可是，她叫了几声，也没有听到浪儿的回应。

此时的浪儿，正挑着半担井水，跟跟跄跄地在那半空中，大踏步地飞行着。

慌乱中，浪儿见下面的小山坡顶上有一个小身影，"浪儿……浪儿，你在哪里呀?"那呼呼风声在耳边，又隐隐约约地传来了有人在叫他的声音。

浪儿心里一急，猜想一定是卡斯娜来看他了!

"卡斯娜，你别急，我在这儿哩，我这就下来了!"浪儿说着，便急忙在那半空中，大跨步地飞行着，往卡斯娜这边的上空飞来。

浪儿刚刚飞到卡斯娜的上空，他的身子摇晃了几下，便飞落了下来。可是，他肩膀上的那担水桶，也直东摇、西晃的，三下、两下便把那半担水，给倒了个空空的，把下面草地上的卡斯娜浑身上下浇了个透湿!

"哇!"

随之而来，浪儿也扑腾着一对巨大的七彩羽翼，跟跟跄跄地从那半空中，摔落了下来。

那一担水桶被东一只、西一只地甩落在青草坪上，而浪儿却背着一对巨大的七彩羽翼，跟跄地降落到了那下边的草坪上。

"对不起，卡斯娜，刚才那水不是我故意泼的!"浪儿背着一对巨大的七彩羽翼，大踏步地走到卡斯娜的面前，一脸抱歉地道歉着。

卡斯娜却似乎没有在意浪儿的道歉，只见她一脸惊诧地望着浪儿问道："你……你，你怎么也长出了一对七彩羽翼!"

"我也不知道怎么回事，昨天下午，我跑下山坡那边去找你时，偶然在那草丛间捡到了一片七彩羽毛，哪知道那羽毛飞落到我的后背上，竟然长出了一对这么大的翅膀，害得我做什么事，都很不方便的！这不，刚才挑水浇菜没浇成，倒把你的浑身给浇了个透湿！"浪儿一脸焦虑、抱歉地说道。

卡斯娜眉头一皱，略一沉思后，换了一脸惊喜的神情望着他道："浪儿，你应该感到高兴才对呀，人家想长一对七彩羽翼还不成哩，太好了，你竟然可以飞起来了！"

"卡斯娜，你在说什么呀？我听不懂！"浪儿一脸不解地问道。

"你以后慢慢就会明白了，总之，这段时间你就呆在这里，不要到处随便乱走动。哦，对了，我爹娘去亲戚家快回来了，我得先走了，我明天再来看你啊！"说完，卡斯娜便急匆匆地走了。

只留下浪儿一脸惊诧地站在那里，望着卡斯娜的背影，略带诧异地发呆着。

浪儿站在那里，见卡斯娜又是从他昨天捡到那片七彩羽毛的那个拐弯路口处消失的。

这让浪儿怔怔地发呆了好一阵子，略带惊诧的他，朦胧间，竟感觉这岛上似乎有些蹊跷、怪异，而卡斯娜又是那么怕她的父母，这让浪儿更是感觉这岛上有些奇异莫测！

看来，为了自己以后能够顺利离开这里，是该下定决心，去解开这个搁在他心底的奇异谜团了。

浪儿背着一对巨大的七彩羽翼，走下了那片斜草坡，往卡斯娜刚才消失的地方走去。

浪儿一摇一摆地走着，下了那道斜草坡，往那个拐弯路口处走去。

很快，浪儿便来到了那个拐弯路口处的，那片草坪跟前，由于背着一对巨大的翅膀，让浪儿感觉有些别扭，很不习惯。

浪儿不由得耸动着身子，舒展了一下背后的那对巨大的羽翼，他身后的那对巨大的七彩羽翼，便扑腾然地伸展了开来。

只见那羽翼上，倏地闪过一道七彩奇光，浪儿的耳边便倏地传来了"吱啦"一声，他身前拐弯路口地面上的那片碧绿的深草丛，便唰地一下，往一旁移开而去，紧接着，一阵白色的轻烟在浪儿的眼前弥漫而过之后，一个弥漫着紫色光的斜坡石洞口，便呈现在了浪儿的眼前。

浪儿一脸惊诧地望着眼前的一切，更加证实了自己心中猜测的想法。

只见浪儿在那斜坡石洞口前，略微停顿了一下，便往那个弥漫着紫光的洞口内走去。

浪儿的身影刚刚走到洞口处，便听见又是"吱啦!"一声，浪儿应声回过头来一看，只见他身后的那个打开着的石洞口，竟倏地关闭上了。

浪儿倏地一惊，"看来暂时是出不去了!"他不由得在心底焦虑地想到。

而在地面上，那片草坪又倏地移了过来，把那洞口给覆盖了起来，这里的一切又恢复了宁静，仿佛刚才什么也没有发生过似的。

此时的浪儿，虽然心底有些担心，但还是沿着脚下的那条斜坡洞道，往下走去。

浪儿越往下走，越是感觉凉气逼人，他不由得用那对巨大的羽翼裹紧了身子。

石洞内依然弥漫着淡淡的紫光，刚好能让浪儿看清楚脚下的斜坡石洞道，只见那石洞道两旁，光滑的石洞壁上，雕刻着许多的奇形怪状的怪兽图案，那些怪兽，长着一颗乌龟一样的头颅，却张开着一张利齿毕露的嘴，一个巨大的浑身披着鳞甲的身子，还有两条长着鳞甲的鸡爪似的腿，那些奇异的怪兽有高有矮、有胖有瘦，样子看起来很是奇异恐怖，这让从未见过此等怪兽的浪儿，更加肯定了心中的蹊跷的猜测：这个奇异的岛上，绝非平静之地，一定暗藏着什么不寻常的险境!

从前面的洞道中，吹来一阵冷风，浪儿不由得身子一抖，打了一个寒战!

说实在的，一个人贸然闯入这诡异莫测的洞穴中，此时的浪儿心里有些害怕，他不知道前面会遇到怎样的险境，甚至不想再往下走了。

可是，身后的石门已经关上了，而且，为了弄清楚这个看似宁静，却又奇怪莫测的岛上的秘密，他又不得不往那洞道深处走去，以便解开心底的谜团。

而此时，浪儿身后的那对七彩羽翼，竟自动抖了抖，舒展了开来，直闪烁着奇异的七彩之光，这让浪儿更加看清楚了他脚下那高低不平的石洞道，能够走得更快一些。

浪儿沿着斜坡洞道往下走了一阵，便来到了一个略大的石洞拐弯口处，往右拐了一个弯后，便来到了一条拾阶而下的隧道中。

浪儿沿着那条拾阶而下的隧道，一直往下走着，竟来到了那石洞底下。

此时，浪儿发现自己又来到了一个旋转的石洞道拐弯处，他站在那里，屏息着停留了片刻，见四周没有什么动静，便走过那个拐弯洞道口。

这时，呈现在浪儿面前的，是一条直往东而去的宽阔、平坦的大隧道，浪儿又沿着这条大隧道，往前走了好长一段，见到了一扇很大的石门，走过那道石门，浪儿便发现自己来到了一间很大的石室内。

浪儿穿过这间倒挂着很多雪白的，像"倒挂竹笋"一样的钟乳岩室，前面的出口处，竟是一条陕小的隧道，浪儿沿着那条陕小的隧道，往前走了一段，便来到了一个三岔隧道口处，站在那隧道口前，浪儿惊诧地发现：在他的面前有三个隧道口呈现在面前。

浪儿认真地看了看，见那左右两边的隧道口都是小的，而中间的那个隧道口却很大、很大。

浪儿站在那里，略带猜测地思忖了片刻，便径直往中间的那个隧道口处走去。

8　奇异的外星怪兽人

从洞道口处走进去之后，浪儿惊诧地发现，与先前的隧道不同的是，这条主隧道的两旁，竟然每隔一段距离，就有一间很小的石室，连通着这条隧道。

而这条隧道两旁的石洞壁，不但平整、光滑，而且在隧壁的顶上，还燃着一盏盏奇异的七彩灯！

浪儿边走边不住地东张西望着，生怕忽地从他身前、身后的哪间小石室里，忽地蹦蹿出一只什么奇异怪兽来！

浪儿沿着这条奇异的隧道往前走了一段后，便又走到了一个洞道的拐弯口处，可这次洞道是往左拐的，往前走了近半里左右，浪儿便来到了一间很大的、空旷的石室之中。

让浪儿感到十分惊诧的是，只见那间巨大的隧洞里面，竟然空旷得像半个村庄那么大，在他面前的不远处，有一座座黑黝黝的奇形怪状的怪石山耸立着，而在头顶的石洞壁顶上，倒挂着一根根长长的雪白的石钟乳。

忽然，浪儿发现他的眼前倏地闪过一道微弱的七彩之光，浪儿连忙抬起头来一看，发现在那上边的洞顶中央，有一个奇异的晶亮圆盘，直往下面的石室中，闪烁着微弱的七彩之光，让浪儿能朦胧地看到，这个巨大隧洞中的那些怪石嶙峋的石山。

置身于这个空旷隧点中心石洞，一阵冰冷的阴风从浪儿的背后吹来，他不由得倏地一个"惊战"地浑身颤抖了一下，而后，耸了耸肩膀，好让自己镇定下来。

而浪儿身后的那对巨大的七彩羽翼，也跟着扑腾然地拍打了几下，竟拍打在他身后的一座怪石山上，发出了"呼叭、呼叭！"的声响！

这时，只听见"叽里"的一声奇异的怪叫，响过之后，只见从浪儿身前的那片奇异的怪石林后，竟然一下子撞出了很多奇异的，高矮不一的怪兽来，只见它们一下子便把浪儿给团团围住了，并"叽里、叽里"地怪叫着。

浪儿惊然地发现：它们一只只，长着一颗像乌龟一样的怪兽头，浑身上下都披着墨绿色的坚硬的鳞甲，那披着鳞甲的巨大身体看起来有点像蛇，而与蛇不同的是，它们的后背上，却披着一排坚硬、锋利的脊刺，而在那怪兽巨大的身子后，却摇摆着一条尖长的、披着坚硬鳞甲的尾巴，走路时，一甩一甩的。并张开它们那利齿毕露，嘴巴扑闪地吐出了一个个尖长的红舌头。

浪儿站在那里，感觉浑身直起鸡皮疙瘩，望着眼前的这群奇异的怪兽，不由得浑身直颤抖起来！

而他身前那群奇异、恐怖的怪兽，竟然跃跃欲试地张开那利齿毕露的嘴，吐着红色的舌头，从四周直朝浪儿包围了过来。

浪儿被吓得缩紧了身子，闭上了眼睛，心想：这下可真是完蛋了！他有些后悔，自己没有听卡斯娜的劝告而到处乱走，来到了这个恐怖的怪兽洞中。

但现在一切都迟了！

他正这样惊恐地想着，忽地，他的耳边传来了那怪异的笑声，"嘻嘻、呵呵……嘻嘻、呵呵……"

浪儿连忙睁开眼睛来一看，只见他身前的那群奇异、恐怖的像蛇一样的怪兽，不见了。换而站在他面前的，却是一群身着银白色的太空服的奇异的怪兽人。

只见他们那奇大的头顶上，各顶着一颗小怪兽头，一张张棕褐色的脸上，长着一双闪烁着黄褐色亮光的眼睛，一个高耸的凸鼻子。

那尖长瘦刮的脸两旁，长着一对细长的蝙蝠耳朵，尖尖的下巴上，长着一张扁平嘴。

只见他们一个个身材高大，浑身上下除了脸上，都披着墨绿色的坚硬鳞甲，在他们银灰色的紧身太空战衣外，各披着一件飘逸的灰色、皱皱的战袍。

这又让人感觉增添了几分诡异而又搞笑的色彩。

只见他们一个个发出怪异的笑声，围涌着走向前来。

他们有的抓抓浪儿的粗布衣下摆，有的一下子蹿到浪儿的面前，仔细地盯望了浪儿几眼，而后，便发出了怪异的笑声！

有一些个子很小的怪兽娃娃，被一些披着金色的长发，浑身披着灰色长袍的女怪兽人，抱着走上前去，调皮可爱又有趣的他们，不时地扯扯浪儿的衣袖，牵摸一下浪儿的鼻子，浪儿感觉它们的小手像蛇一样，滑溜而又冰凉、冰凉的，这让浪儿又不由得浑身一颤！

"喂，你们想干什么？"浪儿终于忍耐不住了，气恼地朝它们大声地吼叫道。

忽然，浪儿感觉自己的头一阵眩晕，感觉眼前直冒金花。

他极力稳住了自己的身体，不让自己倒下。还好，这一阵儿很快就过去了。

奇怪的是，这时的浪儿，竟然能听懂那些奇异的怪兽人所说的话了。

"这个陌生的异域人是从哪里闯进来的呀?""是呀,他的样子一点都不像我们的同类噢!"

"那当然了,他是地球人,怎么会长得像我们怪兽星球人呢?"

"大耳朵,你是怎么知道他是地球人的?"

"我当然知道了,上次我在浪基岛前边的那片海域中浮水时,正好有一艘挂着白帆的大船,从我的身边经过,我看见那船上的地球人,就同他的样子差不多吧。"

"可奇怪的是,他怎么又会长着一对我们怪兽星球人才有的七彩羽翼呢?"其中一个身子肥胖的怪兽人,尤其不解地说道。

略停了片刻之后,那怪兽人又说话了,"哦,我想起来了,他会不会就是公主上次所救的那个地球人呀!"

"是啊,一定是他了!那对美丽的七彩羽翼,会不会是我们的公主送给他的呀!"他身旁的那些怪兽人齐声地附和。

"哦,对了,我们是该去叫公主来,还是去叫巨力人来,看看怎样处理他呀?"看来,那群怪兽人,面对浪儿,此时也不知该怎么办好了!

"不用叫了,我已经来了!"随着一声粗声粗气、低沉的怪叫声,"巨力人"便一下子从那群怪兽人的身后走了出来!

浪儿见眼前这个奇异的怪兽人,与那群怪兽人唯一不一样的是,他身材巨大,身着银光闪闪的太空战衣,走路时一副大大咧咧的样子。

只见他一下子撞到了浪儿的面前,横眉竖眼地大声问道:"你就是卡斯娜救下的那个地球人吧?"

浪儿连忙略带担心地答复道:"是的,我是来找卡斯娜的,她被你们给抓起来了吗?"

他这话倒是让巨力人身后的那群奇异的怪兽人,发出了一阵"哈哈哈"的怪笑声,其中那个叫大耳朵的怪兽人,边笑、边打着奇异的手势说道:"卡斯娜是我们的公主,我们怎么会把她给抓起来了呢? 呵呵……真是好笑、有趣!"

浪儿一听,心里倏地一惊,反问道:"这么说,卡斯娜与你们是一伙的了!"

可巨力人却大声地答道:"是又怎么样,反正你现在是逃不出我们的浪基岛了！……哈哈哈！"说着，它仰着头，发出了一阵长啸的奇异、恐怖的笑声！

那笑声听得浪儿的汗毛都竖起来了，他不由得跟跄地后退了两步，准备转身逃跑！

可他刚往前跑出几步，那巨力人便一个箭步跨上前来，一把抓住了浪儿，并把他给高高举起，往一旁的一个石洞口处走去。

这时，那群怪兽人跟随在巨力人的身后，"嗬、嗬、嗬！"地怪叫着，拥簇着他。

浪儿此时的心里害怕极了，他不知道这个巨大的怪兽人要把他给抓到哪里去？会不会把他给吃掉了！他又一次后悔，自己没有听卡斯娜话，到处乱跑，误打误撞地来到了这个地下怪兽洞中。

这时，高举着浪儿的那个叫"巨力人"的怪兽人，停住了脚步，浪儿连忙扭头往下一望：却惊然地发现，那家伙竟一只手高举着他，已站到了一个万丈深渊的悬崖边，只见悬崖底下弥漫着紫色的轻烟，还有白色的云雾缭绕着。

看得浪儿的眼前一阵眩晕，心惊胆战的，被倏地吓出了一身冷汗来！

这时，更蹊跷的事情发生了，浪儿突然惊喜然地发现，身着飘逸七彩长裙的卡斯娜，在那深渊底下的云雾缭绕间，正朝他招手呼喊着："浪儿，浪儿，快下来呀，我在下面等你。"

浪儿的心里一阵惊喜，极力挣扎着，准备从那"巨力人"的手心中挣脱开来，往下跳去。

可此时深渊中的卡斯娜，又倏地一下，幻变成了一条巨大的七彩巨蛇，吐着鲜红的信子，并张开那张利齿毕露的嘴，一副要向浪儿扑腾而来的样子。

9　卡尔斯王国的灾难
　　　与宇宙中的兽妖星

吓得浪儿不由得浑身一阵惊颤，伸手紧紧地抓住了那巨力人的衣袖。

这时，只听见那巨力人大声地说道："这底下是'无底幻洞'，你的死期到了，不要指望卡斯娜会来救你，她被我骗走了，她暂时不会回来了！……哈哈哈！"

"你这个巨力怪兽人，有种就把我放下来，我们决一'生死战'，你这样强行把我给扔下这'无底幻洞'，算不了什么真本事！"浪儿在那巨力人的手心中边挣扎着，边大声地叫骂着。

可那巨力人却并不理会他那么多，只见他一只手紧抓着浪儿的身子高举着，就要把浪儿给扔下那"无底幻洞"中去了！

"巨力人休得无礼！"随着一声熟悉的叫喝声，卡斯娜的身后扑腾着一对巨大的七彩羽翼，从弥漫着紫色轻烟的洞中，一下子飞到了他们身前的洞空中停住了。

"公主，你别阻拦我，就算你阻拦，我今天也要把他给扔下这'无底幻洞'中去！"那巨力人大声地叫嚷道。

"你这混蛋巨力人，你怎么可以如此对待我们的朋友，你有本事就一个人回'怪兽星球'上去，把那个怪兽国假国王——震嗣给宰了！把我父王与母后都给救出来，我就嫁给你！"卡斯娜焦虑极了，也便口不择言了。

可巨力人并没有放下浪儿，还是高举着浪儿，一副犹豫不决的要把浪儿给扔下去的样子！

见此情景，卡斯娜心里更是焦虑、担心，只见她扑闪、扑闪地眨了眨眼睛，便灵机一动，指着巨力人的身后大声地说道："巨力人，你快看你身后有什么？"

那巨力人应声连忙回过头去一望，卡斯娜连忙飞身过去，旋风般地飞起一腿，踢倒了那巨力人，并扑腾着翅膀，一把牵起了浪儿的手，用力地往上一拉。

那巨力人始料未及地被卡斯娜给踢倒，一个仰面朝天地摔倒在了那石洞地上。而惊慌失措的浪儿，被卡斯娜给牵着飞身而起，并往前面的洞道深处飞去。

那些从后面刚赶来的怪兽人，见"巨力人"被摔得这样狼狈不堪的情景，一个个前俯后仰地"哈哈哈"地笑了。

那巨力人，连忙挣扎着拍了拍自己摔疼了的屁股，从那石洞地上站了起来。

而此时的卡斯娜，则牵着浪儿的手，两人各自扑腾着一对巨大的七彩羽翼，已快如闪电一般地飞出了那地下洞道，只听见"轰隆"一声，他们便从那座小山坡脚下不远处的那个拐弯洞道口处，飞身而出了！并直冲飞上了半空中而去。

他们俩从半空中，手牵着手飞跃而下，飘逸地降落在那座小山坡顶上的青草坪上。

卡斯娜这才松开了浪儿的手，见浪儿一脸纳闷、惊诧地望着她，她便在一旁的一块长条形的青石上坐下，说道："浪儿，我们已经脱险了，快坐下来歇息一下吧！"

可浪儿却仍一脸冷峻、肃然地望着她，然后用质疑的语气问卡斯娜道："卡斯娜，你为什么要骗我？"

可卡斯娜却说道："浪儿，也许，我早该告诉你了，你坐下来吧，我慢慢同你说。"

见卡斯娜语气这么坦诚，浪儿也就不好再责备什么了。于是，他便走向前去，在那块大青石的另一头坐下了。

"我与刚才那石洞中的那些怪兽人，都不是属于你们地球的人类，我们来自于 V 星系的'卡尔斯怪兽星球'。

在我们 V 星系内有三十二个星球，那些星球上生活着的都是我们的同类怪兽人，别看他们长相奇异，但都是一些正直、善良而又勇敢的怪兽人类，在我父王很小的时候，曾听他的爷爷说，在我们 V 星系西边的太空中，闪烁着一颗紫色的"兽妖星"。

而那颗"兽妖星"，是古老的"宇宙之王"的儿子震天宇的星座，震天宇是"宇宙之王"的第三个儿子，因受宇宙邪恶魔法神的邪惑，而修炼邪恶魔法术，成了宇宙的一大祸害。

听说因震天宇不走正道，所以宇宙之王，便把统治宇宙的大权，都交给了他的大儿子与二儿子。这让震天宇怒气冲天，野心勃勃的他，发誓要统治整个宇宙！

震天宇用邪恶的魔法术与他的太空魔兽大军，强行掠夺、统治了一个个星系领土，直到我们的 V 星系内最强大的卡尔斯怪兽王国。

直到后来才知道，这震天宇竟然施邪术，杀害了我们"卡尔斯怪兽王国"的忠义之将震嗣，而后，竟然变成那震嗣，把我的父王与母后给关押起来了，并强占了我们的卡尔斯怪兽王国，作为他指挥侵略整个宇宙的"基地王宫"。

如今，我的父王与母后，却正遭受着那个假震嗣的牢狱折磨！"

卡斯娜说完了，可浪儿却仍用一脸似信非信的神情望着她。

是的，眼前所见的一切似乎与卡斯娜所说的并不相同，所以，他似乎并不完全相信卡斯娜所说的话。

"怎么了，浪儿，你对我还有什么疑问吗？"卡斯娜声音轻柔地问道。

"是的，我不明白，那些奇异的怪兽人，长得那么丑陋，而你却长得很像我们地球人，这让我感到很是诧异！"浪儿低头沉思了片刻，便坦诚地说出了自己的疑虑。

卡斯娜听后笑了，说道："我还是同你说详细一点吧。"这时，她的脸上掠过一丝忧伤的神情，接着说道，"很多年前，当我的父王卡尔斯，还是一位'卡尔斯怪兽王国'的'怪兽王子'的时候，他曾独自一人乘驾太空飞船，来到这个美丽的蓝色星球地球上旅游，认识了我的母亲菱仙子，他们便相爱了！"

"我父王卡尔斯倾慕我母亲的善良、美丽与仙逸，而我的母亲则欣赏父王的机智、勇敢与憨厚的个性。"

"于是，他们便'拜天为媒'，私订了终身，他们俩在一个美丽山谷中的一间草房子里成亲了。"

之后，我母亲跟随我父王乘坐'卡尔斯'号飞船，去了 V 星系的卡尔斯怪兽王国生活。

为了圆母亲过"平凡生活"的梦想，回到卡尔斯怪兽王国后，他们没有住在富丽堂皇的王宫之中，而是隐居在美丽、茂盛的'怪兽森林'深处的一个美丽的山谷之中，过着平淡而又幸福的生活。

小时候，我曾听母亲说，生下我时，父王曾欣喜地说，我是母亲送给他的一个'快乐宝贝'，因为有了我之后，他们的'森林之家'便热闹了起来，而且，我长得并不全像怪兽星球人一样奇异、丑陋，而是有一半像母亲一样美丽，所以，这让父王特惊喜！

在我十岁那年，我的祖父怪兽森林王国大王病倒了。

祖父派一名士兵来到怪兽森林深处，来找我的父亲卡尔斯，说是祖父要父亲回去继承王位。

父亲卡尔斯虽不情愿放弃这宁静而又清新自然的幸福生活，但因为他是怪兽森林王国的唯一继承人，所以，责任重大。

他最终只好带着我与母亲，离开了那绿色森林深处的那栋绿色的草房子，回到了卡尔斯怪兽王国的王宫。

祖父把王位传给父王后，没几个月，便因病重而去世了。

父王上任后，大施仁政，把卡尔斯怪兽王国的大片土地，赏给了怪兽王国的国民，只让他们每年交一点粮食。鼓励国民们大力发展生产，并投入了大量的财力发展怪兽王国的太空科技。

几年后，父王便把我们的卡尔斯怪兽王国给治理成了一个国富民强的大国。

而此时，令人意想不到的是，宇宙之王的劣子震天宇，竟暗杀了我们卡尔斯怪兽王国的忠义之将震嗣，之后，他竟变成了震嗣，有一天深夜，当整个皇宫还在一片沉睡的时候，这假震嗣竟然潜入了我父王的寝宫，施展奇异的魔法幻术，并变出了一大群魔幻怪兽兵，入侵王宫，把我父王给劫持了起来，并强行夺下了怪兽国的兵权。

我的母后因是地球仙女，有着高强的法术，她便连忙带着我逃出了'卡尔斯'皇宫，并把我交托给了怪兽国的宫城护卫长'巨力人'。

那巨力人便驾驶着一艘飞船，带着我与一群怪兽王国的护卫兵与几名宫城侍女们，逃离那里，来到了你们的蓝色星球地球上生活。

而我母后自己，却决定一人去救出我的父工。

可是，我们逃离卡尔斯怪兽王国没多久，我的母亲进入那地道中，在救我父王时，却中了那假震嗣怪兽兵的埋伏，被他们给抓了起来。

那个假震嗣强行要我母后做她的王妃，我母后坚决不从，这假震嗣一气之下，便把我母后给关入了王宫下的地道牢狱中，并由那些奇异的魔幻怪兽把守着，是机关重重的。

这些年来，我们一直都想回 V 星系的卡尔斯怪兽王国，去救出我的父王与母后！

可是，我们的力量实在是太薄弱了，根本就无法战胜假震嗣和奇异的魔幻怪兽兵与超强的太空魔法军，所以，我们只好继续待在地球上的这个奇异的'浪基岛'，苦研我们的太空战术，苦练我们'卡尔斯怪兽王国'的七彩魔法术。

以便日后返回我们的'卡尔斯怪兽星球王国'，去战胜那凶残暴劣的假震嗣——震天宇，救出我的父王与母后。

不久前，我的母后曾托梦给我，说我们返回 V 星系'卡尔斯怪兽王国'的合适时机到了。

她还说要我几天后，一定要去浪基岛的海边，救下一个有缘人浪儿，母后说：浪儿是西天一名仙佛弟子的转世，他的元神中，便赋予了超强的法力，只要教他学会了七彩魔法术，他便能拥有超强的能力与无边的法力，一定能够帮助我们战胜那凶残、恶暴的震天宇的。

我当时曾问我母后，浪儿是谁？

母后说，浪儿就是一名被那海浪漂流到浪基岛上的一个男孩（而此时的卡斯娜，却没敢说出自己给浪儿喝了那忘忆水的事）。

"于是，没过多久，我便救下了你，而我却也不知道你真正来自何方！"

卡斯娜说到这里，便停住了，只见她一脸期待地望着浪儿，而浪儿此时方才从那个奇异得像那神话故事一般的奇异故事中挣脱了出来。

10　凶残的宇宙公敌
——"震嗣"

只见浪儿诧异地摇了摇头，略带遗憾地说道："你说了半天，也不知道我的父母是谁，我来自哪里？"

卡斯娜晶亮的眼睛里，也带着淡淡的忧伤，只见她抬起头来，对浪儿说道："对不起，我其实也很想帮你，但我真的不知道你是谁，来自哪里？"

浪儿略带忧伤地低头沉思了片刻，便抬起了头，眼中竟有了勇气与神采，只见他对卡斯娜说道："你的意思是，要我陪你们去 V 星系的"卡尔斯怪兽王国"去救你的父王与母后，是吗？"

卡斯娜欣喜地点了点头，并略带肯定地说道："是的，我们"卡尔斯怪兽王国"需要你的帮助，等你帮我们救出了我的父王与母后之后，我们再送你回地球，并帮助你找到失散的亲人。你看，这样行吗？"

听卡斯娜又提起了他那不知身在何方的父母？浪儿便努力地在那脑海中寻找着……那里是否还有残留的父亲与母亲"模样"的点滴记忆？

可是，他抱着头使劲地想，却一点都想不起来……于是，浪儿镇定了下来，略带妥协地对卡斯娜说道："那好吧，我答应你就是了。"

卡斯娜一听，一脸欢快地笑了！

卡斯娜欢喜地走过去，欣喜地牵着浪儿的手说道："太好了，只要你学会了我们'卡尔斯怪兽王国'那神奇的'七彩魔法术'，我们便可以回 V 星系的'卡尔斯怪兽王国'去拯救我的父王与母后了。"

这时，只见一道奇异的七彩烟雾在浪儿与卡斯娜他们的面前，倏地缭绕而过，刚才洞道中所见的那群奇异的怪兽人，竟然一下子从他们俩周围的那片草地底下钻了出来。

只见那些奇异的怪兽人，围着浪儿与卡斯娜，欣喜得手舞足蹈的欢呼着："嗬，嗬，嗬！""太好了，我们可以回 V 星系的'卡尔斯怪兽国了'！""战胜那凶残的假震嗣，救出卡尔斯国王与菱仙子王后！"

此时，在那 V 星系的卡尔斯怪兽王国的皇宫之中，震天宇所变的震嗣，正坐在那富丽堂皇、威风凛然的"国王宝座"上，一副傲慢而又洋洋自得的样子。

别看皇宫还是从前的那个"卡尔斯怪兽王国皇宫，可不同的是，此时的整个皇宫，竟已全被震天宇改装成了一个"魔幻太空军事基地"了。

只见那皇宫城中的所有墙壁，全都是用那银灰色的金刚石所铸成。

而且，那城堡中，每隔一段距离，便有一门奇异的太空大炮伫立着。

那里竟然像一座戒备森严的太空城堡似的。

而皇宫中的每一间房子，竟然装备得像一间间银光闪闪的太空舱似的。

那个已变成震嗣模样的震天宇，此时正身着金光闪闪的软金刚战装，外披金色的战袍，头顶上戴着一个镶嵌着十二颗蓝宝石的、金光闪闪的皇冠盔，双手戴着那银光闪闪的软金刚"利爪手套"，只见他威然伫坐，目光锐利，双手威严地平放在那宝座扶手上，脚蹬一双银色的软金刚石长靴。

而在"震嗣"身前的，那铺着银色软金刚地毯的皇宫大厅中，竟然一个人也没有，此时，他似乎正低头沉思着什么。

只见此时的"震嗣"，忽地从那金光闪闪的宝座上站起身来，然后便若有所思、心焦急躁地在宝座前的那红色的地毯上，走来走去。

而后，便见他忽地又转身走回了宝座跟前，并伸手按下了宝座左边扶手上的一个红色按钮。

只听见"嘶"的一声响过之后，便见一只乌黑的奇异怪兽，竟然快如一阵风似的，从那大厅的前门口处，疾速地来到了"震嗣"的面前，并倏地变成了一名身着蓝色太空服，头戴银色头盔的士兵。

"震嗣"用沙哑的嗓音，问他道："怎么样，他们找到卡斯娜公主的下落了没有？"

那名士兵连忙抬起了头，拱手恭敬地答道："禀大王，我们的'怪兽神'号卫星，刚拍摄到了一张可疑的"宇宙星系扫描图"，我们的太空科研专家们，根据对扫描图上的"生物基因分离因子"的核对与分析，终于找到了卡斯娜公主的下落，没想到他们一群人，竟已潜入到了那异域星系的地球上。"

"太好了，没想到他们竟然去了地球！""震嗣"语气惊喜，而又略带自言自语地说道。

然后，只见他低头沉吟了片刻，抬起头来吩咐那名士兵道："传我的命令，叫佐军团长，率'奇幻怪兽兵'去那异域星球地球上，去把卡斯娜身边的那些护卫兵们给杀了，并把卡斯娜公主抓来，既然她的母后不肯做我的王后，那我就要卡斯娜公主做我的王后！……气死那个软弱的'卡尔斯国王'！………哈哈哈！………"

那名士兵领命之后，点头哈腰地正要走出去，"震嗣"却又在后面叫住了他道："等等！"那名士兵连忙应声回过头来，并忽地一下来到了"震嗣"的面前，听候他的吩咐。

"叫佐军团长，把那些怪兽变形感应器带上，难免那些异域的地球人会从中阻拦，必要的时候，要变形成魔幻怪兽机器人应战！"

"是，我这就去向佐军团长转告大王的命令！"那名士兵爽快地应答道，便快如一阵旋风般地走了出去。

而此时，在地球上的蓝色大海中的那座"浪基岛"前面的那片波涛汹涌的海面上，却有一个黑点在海面上时隐时现地漂浮着。

原来那是巨力人，可是，他干吗要离开浪基岛，一个人要去哪里做什么呢？却谁也不知道。

也许，是因为看现在的卡斯娜与浪儿每天形影不离的，他心里很不痛快，所以准备出来散散心吧。

也难怪，很多年前，他带着卡斯娜逃离 V 星系的卡尔斯怪兽王国的时候，他便喜欢上了这个美丽、刁钻而又灵巧的小公主，只是，那时候卡斯娜还没有长大罢了。

这些年来，巨力人一直像保护神似的守候在她的身旁，并看着她一天天地长大了。

巨力人正准备等再过两年，便向卡斯娜求婚了，可是，去年冒出了一个龙太子小白龙，还好，幸亏卡斯娜似乎并不喜欢那小子，所以是有惊无险的，正在他巨力人准备向卡斯娜求婚时，却又不知从哪里忽地冒出来了一个地球村里的小男孩浪儿。

而且，卡斯娜竟然喜欢上了那小子，还让他与他们一起回 V 星系的卡尔斯怪兽国，去救她的父王与母后，你说他巨力人的心里能痛快吗？肯定是不爽了！

可是，他又不知该怎么办好。别看巨力人个子那么高大，可除了一身的蛮力与一身的七彩魔法术，头脑里满是憨厚的智慧。

而且，虽然他有时嘴头很强硬，可他心里却很怕卡斯娜公主会生他的气。

巨力人就这样，没头没脑地在大海中畅游着，任那清凉的海水冲洗着他的怪兽身子。

"岛上一天，人间一年"，不知不觉，虽然浪儿在岛上只过了八天，但在那蔚蓝大海边的龙洲村里，不知不觉，却已八年过去了。

此时，浪儿的父母铁林与铁林嫂，已慢慢地淡忘了八年前痛失爱子的痛楚！

而就在浪儿失踪后的一年，浪儿的母亲又生下了一对"龙凤"双胞胎，这让浪儿的父亲铁林，不由得喜上眉梢！

而八年后的今天，当年的那个六岁的浪儿的妹妹小灵儿，已长成了一个十四五岁的美丽而又活泼可爱的小姑娘；而那一对龙凤胎弟妹，也长成了一对活泼而又调皮、可爱的小娃娃！

别看他们才六、七岁的样子，可是，这对双胞胎小兄妹俩，却整天喜欢争执、吵闹，害得他们的姐姐小灵儿，整天哄了弟弟又哄妹妹的，还要帮着母亲干农活、忙家务，直忙得晕头转向的。

也难怪，因为自从那次海难之后，母亲已不准他们的父亲出海打鱼了，而是让他做起了贩卖鱼干的小生意。

于是，他们的父亲铁林，便驾着一辆马车，走东窜西地去内地贩卖干咸鱼干子去了。

因为要好几个月才能往返一次，所以，家里的活计，便全落到了灵儿与她母亲的肩膀上了。

灵儿每天上午都要去村前的大海边，把一家人的衣服给洗了，之后，便回去给弟妹们做早饭，然后，又要去地里给母亲送早饭，并帮着母亲干农活。

11　巨力人巧救小灵儿

这天上午，早饭后，灵儿又挎着一大篮子衣裳往海边走去……

一来到海边的礁石岸边，灵儿便把衣裳放到了波涛起伏的大海边的一块大青石上，便开始洗了起来……

初冬的天气，虽然海水有些凉了，可灵儿却挽起了袖子，急切而又手脚利索地在海边的石板上搓洗着……没多久，便见她的额头上开始冒汗了………

也难怪她心急，因为母亲一大清早吃了一点干粮，便去地里干活了……

所以，她得赶紧洗完衣裳，然后，再给母亲送点吃的去，然后，再帮着母亲干农活。

半个时辰过去了，灵儿已把那一大篮子衣裳都洗好、拧干了。她抬起头来，用衣袖拭擦了一下额头上的汗水，便起身伸展了一下腰身，舒了一口气……

之后，灵儿便弯腰拎起了那装满洗好衣裳的篮子，准备回家去了……

可是，由于海边的石板上长着绿海苔的缘故，灵儿一不小心，她脚下一滑，身子一歪，便从那块豆青的大礁石上，"扑通"一声滑倒，掉入了波涛汹涌的大海之中而去了……

她那篮子里的衣裳，全都撒在了那块大礁石上……

此时，正在那前面不远处游水的巨力人，正好漫不经心地看到了眼前的一幕……

见此险景，巨力人连忙快速地往那边游去……

因为自从浪儿父子在海上遇海难后，灵儿的母亲便不肯让灵儿他们姐弟妹三个学游泳了……

因而此时的灵儿，活像一只旱鸭子在那大海中，无助地张扬着双手，慢慢地往下沉去……

只见巨力人倏地一耸双肩，低头一个猛子钻入了海水中，并倏地变成了一条巨大的鲸鱼，一下子便畅游到了正在下沉着的灵儿的身旁……

而后，之又身子一甩，倏地又变回成了"巨力人"的模样，只见他一下子抱住了昏迷过去的灵儿，快速向上游起，并钻出了那波涛汹涌的海面……

再说灵儿家里的那对双胞胎弟妹小牛和小月，见他们的姐姐很久都没有回来，两个小家伙急得忍耐不住，蹦蹦跳跳着从村口的那条蜿蜒小道，直往那海边洗衣的那礁石码头上赶去……去找他们的姐姐了！……

当他们俩急切地小跑着，赶到姐姐平日里常洗衣裳的那个礁石码头上时，却见姐姐用来装衣裳的那只大竹篮子，翻倒在了那块大礁石上，那些已洗好、拧干了的衣裳，却凌乱地掉落了一地……

还有几件竟然掉入了大海中，飘浮在离岸边不远处那波涛汹涌的海面上……

一种不祥的预感，在小牛与小月的心间倏地涌起，他们于是担心姐姐，是不是掉到大海中去了！……

"姐姐、姐姐！……"他们俩焦虑地叫了几声，没有听到姐姐的回应，便急得哭了起来……

"姐姐，姐姐！……""姐姐，你在哪里？你快出来呀！……""姐姐，你可不能……小牛和小月不能没有你呀！……"那凄然的幼稚童音的哭喊声，悲怆得令人心酸、掉泪……

此时的那巨力人，正一只手托着灵儿那露出水面的头，正准备调转头往"浪基岛"的方向游去……

听到这凄凉的哭喊声，他连忙回过头来，见海边的那对小娃娃，急切的边奔跑、边哭喊着的情景……

巨力人低头看了看被他揽在怀中已昏迷过去的灵儿，感觉就这样带走灵儿，让那对小兄妹焦虑、着急，心里却又有些于心不忍……

只见他眉头一皱，便灵机一动，从灵儿的头上扯下了一根乌黑的发丝来，握在他的手心里，用嘴吹了一口七彩的"烟雾"仙气……

只见那口七彩的烟雾，缭绕而过之后，便见他的手心中，倏地站立着了一个很小的假人，只见他用嘴轻轻一吹，那个很小的假人，便飞向了那半空中而去，并倏地一下便不见了……

之后没多久，便见从那金色海滩左边的那片怪兽礁石林后，竟走出了一个和灵儿一模一样的小姑娘来，只见她一手抓着一只傲然地挣扎着的大螃蟹，并边走边招呼前面礁石边的小牛与小月道："小牛、小月，你们快看，姐姐给你们抓到两只大螃蟹！"说着，她便轻盈地走了过来，并把那两只大螃蟹交给了小牛与小月各一只，然后，便见那个假灵儿，拎着一大篮子衣裳，领着小牛与小月欢欢喜喜地回家去了……

那游仁在前面大海中的巨力人见此情景，便憨厚而又舒心地笑了……

而后，便见他调转头去，变成了一条大鲸鱼，把灵儿给驮在后背上，往那"浪基岛"的方向游去……

再说此时在浪基岛上……

浪儿与卡斯娜正在小山坡顶上的那座绿色的草房子后的园子里挑水浇菜……

浪儿身后所背的那对巨大的雪白羽翼，已被卡斯娜施魔法术变小了……

此时的浪儿，正往菜园子里挑水，而卡斯娜却用那木舀子弯腰舀水浇菜，两个人开心而又欢快地忙碌着……

毕竟他们俩，还是两个半大不小的孩子，所以，浇完菜地后，他们俩竟然玩起了那打水仗的游戏……

浪儿把水桶里的井水，直往那卡斯娜的身上浇去……而卡斯娜也不甘示弱，只见她用那木舀子舀了一大瓢水，直往正弯腰准备躲入灌木丛中的浪儿身上泼去……

浪儿尖叫着，连忙从灌木丛中钻了出来，并急奔着跑到草屋的前面，并准备往草屋前的那片斜草坡跑去……

当他们一前一后地追赶着，跑到下山的斜坡路口时，他们惊诧地发现：巨力人的肩上扛着一个小女孩，从那山坡下爬了上来……

这时，巨力人也似乎发现了他们俩，只见他忽地一下，从那山坡下的斜坡路上飞身而起，并倏地来到了浪儿他们的面前……

只见他倏地把肩膀上扛着的那个人放下，并平放在了浪儿与卡斯娜他们面前的那片草坪地上……

拜托并说道："这个地球人交给你们俩了，你们俩把她给救活吧……"而后，他便转身又往那斜坡下走去了……

令浪儿感到惊诧的是，只见巨力人才走了几步，便倏地一下一闪身子便消失不见了……

"他怎么一下子就不见了呀？"浪儿略带惊诧地问身旁的卡斯娜道。

"巨力人施展了神奇的七彩魔法术，隐身而去了，他并没有走远，你抬头看看，他正站在半空中望着我们哩！"卡斯娜边说边叫浪儿望向那半空中。

可是，当浪儿抬起头来看时，却什么也没有看到……他于是诧异地嘀咕道："奇怪了，我怎么什么也看不到呀？"

"那是因为你没有学会我们'卡尔斯怪兽王国'神奇的'魔法术'的缘故，如果你学了那魔法术，不管巨力人躲藏在哪里，变成什么样子，你便都能看到他了！"

"是真的吗，那你能不能教我学会这神奇的魔法术呀？"浪儿于是惊喜地问道。

"当然可以，只要你想学，我明天就教你。"卡斯娜也希望浪儿能早点学会那神奇的魔法术，而后他们便可以回 V 星系的"卡尔斯怪兽王国"去救她的父王与母后了！

这时，半空中传来了巨力人沉闷的招呼声："你们俩在那里啰唆着嘀咕些什么呀？还不快些帮忙把我带回的那个地球人给救活呀！……"

卡斯娜连忙从那怀中取出了一颗晶光闪闪的"还魂丸"，并扳开了仰卧在草坪上的灵儿的嘴，轻轻地塞了进去……

而后，他们便守候在那昏睡过去的灵儿的身旁，没多久，只见那灵儿的喉咙处动了一下，缓缓地睁开了眼睛……

灵儿朦胧地睁开了双眼，见眼前有两个人影在晃动，她用力地睁开眼睛，定神地望了望，发现自己的身旁，竟然一左一右地蹲着一个男孩与一个女孩，那女孩她不认识，而那男孩，她却感觉有些面熟……

她又仔细地望了望那男孩，并努力地在自己的记忆中寻找着……

"哥哥！………"她很快便记起来了，那个男孩，竟然很像多年前在海上遇难的浪儿哥哥……她不由得惊喜地叫出声来……

这让卡斯娜与浪儿都不由得十分惊诧，浪儿更是惊诧地问道："你是谁呀，干……干吗叫我哥哥呀！……可我，我怎么不认识你呀！"

"你是浪儿哥哥吗？"灵儿吃力地从那草坪上爬了起来，于是惊喜地抓着浪儿的手说道："你快点跟我回家去吧，这些年来，爹娘一直都很牵挂着你！"说着，她便拉着浪儿，准备踉踉跄跄地往山坡下走去……

12　神奇的忘忆水

浪儿于是惊奇、诧异地扶住了灵儿问道："可是，我怎么一点都想不起来还有你这个妹妹呀！不行，在没有弄清事情的真相之前，我不能同你走！你先在这里歇息几日吧，过两天等你的身体好些了，我们会送你回去的。"浪儿略带陌生地安慰灵儿道。

说着，浪儿便与卡斯娜一道，扶着灵儿往他们身后不远处的那座绿色的草房子走去。

卡斯娜带着灵儿进草屋中去，让她把身上的湿衣裳都给换了下来，然后，见灵儿的身体虚弱，便扶她去那草屋中的床上去休息。

灵儿此时的头还是昏昏沉沉的，躺到草铺床上没多久，便又昏睡了过去了。

浪儿与卡斯娜，正准备去厨房给灵儿烧姜汤，却忽地见几个怪兽人慌慌张张地跑了进来，向卡斯娜禀报道："不好了，公主，巨力人在洞内与大耳朵他们几个打闹起来了，您快去看看吧，整个洞穴都快被他们捣翻了！"

"这……怎么回事呀!"卡斯娜略带惊诧地说道,然后,便急切地走到那草屋门外,望望那半空中的巨力人是否还在?果真,半空中已不见了巨力人的身影。

"糟了!看来巨力人一定是真回地洞道中捣乱去了!"卡斯娜在心底暗自惊呼了一声,便与浪儿一道,跟着那几个怪兽人出了绿色的草房子,然后便急匆匆地往那山坡下的暗道口奔去。

卡斯娜、浪儿与那几个怪兽人,刚消失在那洞口处,便见那左边的半空中,倏地闪过一道银光,身着太空战装的巨力人,背着一对巨大的银灰色的金刚石羽翼,从半空中现身,并倏地飞身而下。

只见他飘然地降落在草屋前的草坪上,东瞧西看地望了望四周,见没有什么别的动静,便倏地一转身子,只见一圈七彩的奇光一闪,巨力人竟然变成了浪儿的模样,便径直往那草屋中走去。

他走入那草屋中的卧室时,见灵儿已迷迷糊糊地睡着了,她正在梦里断断续续地叫唤着:"爹、娘,我找到哥哥了!……我……我很快就带他回家来的!"

这话,听得巨力人不由得浑身一颤!他希望浪儿离开卡斯娜公主。可是,却又担心灵儿与浪儿会把这"浪基岛"的秘密,告诉那些地球人。

那样一来,他们隐居地球,回攻 V 星系"震嗣"的计划,便全落空了!因此,为了战胜"震嗣",救出卡斯娜的父母,看来还是不能让浪儿他们兄妹俩离开这"浪基岛"回到地球上去。

想到这里,变成浪儿的巨力人连忙走到厨房,从身上掏出一些奇异的药粉来,调了一碗忘忆水,端过去,递给灵儿喝。

"灵儿,灵儿,你快醒醒!"灵儿正睡得迷迷糊糊的,朦胧间却听见有人在叫她,她连忙吃力地睁开了眼睛,见哥哥浪儿站在她的床边,端着一只瓷碗,亲切地叫唤她道:"妹妹,乖,快起来,把这碗中药给喝了,你就不会头疼了。"

"太好了,哥哥,你终于记起来了!你能认出我了,是吧?"灵儿于是惊喜异常地说道,并吃力地从床上坐了起来,颤抖着手,接过哥哥递过来的那碗药汤。

只见灵儿思量着,略微停顿了片刻,但又放下了那碗,心急地问道："哥哥，那我们什么时候才能回家呀？我这么久没回去，母亲一定在家等急了！哥哥，我们快点离开这里，回家去吧！"她拉着"哥哥"的手，急切地摇晃着恳求道。

那巨力人所变的浪儿，连忙应答道："好的，你快点把这药汤给喝了，等一下就不会头疼了，我们就可以回家去了。"

灵儿一听这话，她的眼睛里倏地闪过一阵惊喜、闪亮的光彩，然后，便又接过了"哥哥"端递过来的那碗药汤咕咚，咕咚地喝了下去。

可奇怪的是，药汤一喝下肚，灵儿便感觉自己的头一阵眩晕，然后就又倒下去沉沉地睡着了。

那巨力人所变的浪儿，这才如释重负地舒了一口气，只见他一转身子，一道七彩的奇光一闪，他便来到了屋外，并已倏地变回成了身材高大的巨力人的模样，只见他一阵风似的，直往山坡下拐弯路口处的暗道洞口飞身而去。

再说卡斯娜与浪儿他们俩，急切地赶到洞穴底下的那个大石洞内时，果真见"巨力人"与那群怪兽兵在你追我赶地打着群仗。

原来，那巨力人用了"分身之术"，这才造成了这慌慌张张的混乱假象。

只见大耳朵他们一大群怪兽人围着巨力人，三、四个拽着那巨力人的衣裳；一左一右各两三个地抓着那巨力人的双手，还有几个却又像拔河似的，拉着巨力人的两条腿。

可那巨力人，却似乎一点都不把他们给放在眼里，只见他三下两下地挥胳膊、踢腿的，便把那些怪兽人，给推拽得一个个东倒西歪的仰翻、摔倒而去。

而后，只见那巨力人气恼得"嗷、嗷"地大叫了几声，用力一挥双掌，便把他身前的那座怪石山，给推得"轰隆!"地倒下了。

"好了，都别胡闹了！都什么时候了，你们还有心情在这里打闹着玩！我们得准备回 V 星系了！"卡斯娜气恼地走向前去，大声呵斥着制止道。

这话让大家一下子停止了追逐、打闹，巨力人不满地望了卡斯娜与浪儿一眼，便扭头气愤地走入了一旁的一条小洞道中。

而那些怪兽人，却从石洞地上爬了起来，拍了拍身上的尘土，略带

51

第十二章

畏惧地望了威严的卡斯娜公主一眼，便四散走开去。

"想不到你个子小小的，可看来他们大家都很惧怕你的！"浪儿略带微笑地调侃身旁的卡斯娜道。

"浪儿，你应该学会我们 V 星系神奇的'魔法术'与'太空战术'才行。因为我们准备很快就回 V 星系救我的父王与母后了！"卡斯娜却略带担忧、神情严肃地对浪儿说道。

"好啊，我也很想快点学会你们怪兽国的魔法术与太空战术哩！"浪儿却略带期待地说道。

"也不知道灵儿现在怎样了……我们快点回草屋中去看看吧！"卡斯娜像是突然想起了什么似的说道。

说着，她与浪儿又飞快地奔出了那地下洞道，并很快从小山坡下的那个拐弯路处的地洞出口处钻了出来。

当他们俩急赶到那草屋中时，灵儿已沉沉地睡去了。

"灵儿，灵儿，你快醒醒！"卡斯娜急切地叫道，可灵儿却仍是沉沉地睡着，还打着轻微的鼾声。

这让浪儿与卡斯娜他们感到有些诧异，看来只有等灵儿醒来，才能知道她到底怎么了。

"浪儿，我们俩去厨房中弄点吃的吧，等灵儿醒来后，她一定会饿的！"卡斯娜说着，他们俩便去厨房烧火、做饭去了。

大约一个时辰之后，他们已做好了香喷喷的米饭与辣椒红烧"烤干鱼"。

卡斯娜去里屋叫灵灵道："灵儿妹妹，快起来吃饭了！"而这次，灵儿被叫醒了。

只见她一眼惊诧地望了望四周，又望了望眼前的卡斯娜，于是惊诧地问道："我这是在哪里呀？你又是谁？"

"怎么啦，我是你哥哥的朋友，卡斯娜姐姐呀！怎么你刚睡一觉醒来，就不认识我了吗？"卡斯娜略带惊诧地问道。

可灵儿却一脸茫然地望着她说道："我哥哥是谁呀，我又是谁，我是从哪里来的？"

灵儿的这话让卡斯娜倏地一惊，很快便猜测到了什么似的，一下子走了出去，准备去找巨力人算账去了。

她才匆忙地走到小山坡下的拐弯道口处，就见身材高大的巨力人，一下子从那隐形洞口处钻了出来。

"巨力人，你为什么要给灵儿喝"忘忆水"?"卡斯娜略带责备地问道。

"我这不也是为了能早日回去，救你的父王与母后嘛，你不是不希望浪儿离开你吗！如果灵儿不失去记忆，她迟早都会叫浪儿带着她离开'浪基岛'，回到地球上去的。到时候，我们的整个"复仇计划"就会全部落空了！"巨力人振振有词地答复道。

"可是，你这样做就让浪儿他们兄妹俩不能相认了，是不是有些太过分了！"卡斯娜还是略带遗憾地说道。

"你又不是不知道，我们很快就要回 V 星系的卡尔斯怪兽王国去了！所以，在关键的时候，是不能再出差错了！"巨力人却略带肯定地说道。

卡斯娜听了，想想也是。于是，她也就没再责备巨力人。

两天后，卡斯娜便开始教浪儿与灵儿学卡尔斯怪兽王国的神奇魔法术了。

再说巨力人施魔法术所变的那个假灵儿，此时却在浪儿家，像从前的真灵儿一样，勤快地帮助母亲干农活，照顾弟弟妹妹，以至于灵儿的母亲都没有发觉，这个生活在他们家的灵儿是假的。他们一家人依然像从前一样，和气而又融洽地相处、生活着。

13　浪基岛学练太空魔法术

在遥远的太空中，有一艘银灰色的像黑鸟一样的太空飞船，正在银河系的 S 星系中，快速地飞行着。

身着银白色的太空战衣，外披银色战袍的佐军团长，正坐在飞船的驾驶舱内的主控系统电脑前，掌控着飞船的前进方向。

这时，飞船的太空系统遥控屏幕上，忽地出现了那"震嗣"的头像，只见他一脸严肃地问佐军团长道："你们现在到哪里了？"

佐军团长连忙恭敬地回答道："禀大王，我们现已赶到了银河系的S星系了，前面很快就到行星系了！"

之后，便见那"震嗣"阴险地笑了笑，用阴狠、怪异的声音说道："很好，很好，你们尽快赶到行星系的地球上去，把卡斯娜公主与巨力人他们给我抓回来，交我处置！"

"是，大王，我们一定遵照您的吩咐去办！"佐军团长连忙一脸恭敬地点头哈腰着答复道。

然后，只见一道荧光一闪，那太空系统遥控屏幕上的"震嗣"的头像便消失了。

此时的浪儿与灵儿正在浪基岛上同卡斯娜、巨力人他们学练奇异的魔法术。在山坡下的草坪上，卡斯娜先教浪儿学会奇异的魔法咒语。

巨力人却在下面的海滩边教灵儿学，别看巨力人个子高大，可却性格憨厚、耿直，他耐心地教灵儿念每一句魔法咒语。

灵儿很调皮，她总喜欢拿巨力人开玩笑，动不动就跑到巨力人的身后，弯腰捡海滩上的卵石块扔他。

"嘛里嘈哩啦……"巨力人全然不觉，还一本正经地站在那里，教灵儿念着魔法咒语。

卡斯娜与浪儿还在那边开始学练神奇的魔法术。

只见他们俩在海边的沙滩上，忽隐忽现地飞速行走着。

卡斯娜在半空中，忽地变成了一条白色的鲸鱼，扑通一声，便跳落入了波涛汹涌的大海中去。

浪儿也紧跟其后变成了一条巨大的银灰色的鲸鱼，追赶白鲸鱼而去。

它们一同在那大海中欢快地畅游着。

在海滩上的灵儿与巨力人他们，却更有趣了，只见他们俩已变成了一高一矮两个怪兽人，正在那里跳着欢快的扭扭舞哩！

只见那两个怪兽人倏地一变，他们俩人的手中各握着了一把银光闪闪的利器，只见巨力人握着一把长长的音片神叉，而灵儿的手中，却握着一把银光闪闪的闪电神剑，只见他们俩在海滩上，认真地厮杀了起来！

因灵儿从小便同父亲习武，所以，舞枪弄剑的功夫，自然不在巨力人之下，只是，灵儿的个子小，力气自然没有巨力人那么大。

但灵儿的手法却很灵巧、快捷，只见她飞身腾跃而起，一下子便飞到了那巨力人身前的上空中，随后，便照巨力人刚才所教的魔法咒语，倏地变成了一个巨大、奇异的千手怪兽人。

只见那个千手怪兽人的每一双手上，都握着一把银光闪闪的音片神叉，忽左、忽右、忽上、忽下地攻击了对面的巨力人所变的怪兽人。

那挥舞着的音片神叉上，闪烁着一道道银光，并发出了奇异的"叮叮、当当"的声响，看得那巨力人眼花缭乱，只能手忙脚乱地应对着。

最后，由于一下子躲闪不及，巨力人所变的怪兽人，被灵儿所变的千手怪兽人攻击得一下子仰翻在地，半天都爬不起来了！

这情景直乐得那已变回原身的灵儿，站在巨力人的身旁，挥举着小手欢呼着："我赢了，我赢了！"

"不算，不算，你刚才是耍鬼、捣蛋才把我给打倒的，所以不能算数！"巨力人所变的怪兽人，满脸泥沙地从那海滩上站起身来，嘟哝着嘴，很不服气地说道。

而变成鲸鱼的浪儿与卡斯娜他们，忽地在大海中腾跃而起，并倏地飞跃上了岸边的海滩上。

只见两道奇异的银光一闪，他们俩便忽地变成了两个身材巨大的、银光闪闪的怪兽机器人，各自手握一把银光闪闪的金刚石神剑，对手般地比试、厮杀着！

只见浪儿的那把"R金刚神剑"与卡斯娜的那把"七彩魔幻金刚神剑"，铿锵地击打在一起，直闪烁着银光闪闪的星光。

然后，便从那两把剑上，射出了一道道七彩的魔幻剑光，把他们俩给包围在了一片七彩的魔幻剑光之中。

那情景像绽开的七彩烟花似的，尤为壮观、仙逸而又美丽！

半个月之后，灵儿与浪儿便学会了卡尔斯怪兽星球王国的神奇魔法术，并能灵活地应用那奇异的魔法术，布各种魔法阵了。

又是一个月后的一天上午，浪儿与卡斯娜、灵儿、巨力人在"浪基岛"的一座小山坡上玩。

碧草青青的山坡上，茂盛的青草丛间，开满了五颜六色的野花，草丛上空，是翩然的五彩蝴蝶纷飞着，一只只蜜蜂，在花丛间，嗡嗡地采花粉酿制着蜂蜜。

一阵微风吹来，一阵阵花草的清香扑鼻而来。

卡斯娜与灵儿欢快地跑过去，在野草丛中，各采了一大束五颜六色的野花过来。

她们俩在野草丛中，欢快地奔跑、追逐着。

浪儿与巨力人还在一旁望着她们，开心而又欢快地笑着！

而后，他们四人又来到了山坡左边的那片竹林中，荡起了秋千。

他们施展魔法术，做了几个竹枝秋千，在竹林丛间欢快地荡摇着。

这时，浪儿走过去对卡斯娜说道："忙了大半天，感觉肚子有些饿了，卡斯娜，我们今天吃什么呀？不会又是烧烤鱼吧？"

"不了，我们今天吃沙滩焖烤鱼吧！……走，我们去海边抓鱼去！"卡斯娜一脸欢快地笑着说道。

于是，卡斯娜、浪儿、灵儿、巨力人他们四人便一齐下了那小山坡，来到了大海边。

只见卡斯娜与巨力人，各自伸手朝大海中一指，便有一束奇异的七彩奇光，自他们的指间射出，并飞向了那波涛汹汹的大海中。

只见那两束七彩奇光，像钓鱼绳似的，把一条条活蹦乱跳的鱼儿，从那大海中钓了上来。

灵儿与浪儿站在他们身后的沙滩上，欢欣地捡着鱼儿，而后，他们便欢快地忙碌了起来，浪儿与巨力人一齐动手，在沙滩地上挖了一个大坑。

这时，卡斯娜与灵儿已从海边把那鱼儿剖好了回来，只见她们俩各自用草根条，串着一大串剖好的鱼儿，欢快地走了过来。

"巨力人，你快带浪儿去那山坡上去拾一些柴草来！"卡斯娜远远地吩咐那巨力人道。

"走，浪儿，我们一起去山坡上拾柴草去。"巨力人语气欢快地叫浪儿道。

奇怪了，他竟然不像从前那么讨厌浪儿了，是什么原因呢？也许是浪儿那活泼可爱的妹妹灵儿，消减了巨力人对浪儿的反感吧。

见浪儿与巨力人去那片的小山坡上拾柴草去了，卡斯娜与灵儿，便用刚洗好的大树叶，包裹着鱼儿，做好了烧焖烤鱼的准备。

很快，浪儿与巨力人便各自拾了一抱干柴过来，他们把干脆的树枝条，折成一段一段的，横架在沙坑洞中，然后，把树叶包裹着的鱼儿架放在沙坑中的树枝上，又在上面盖了几片大树叶，在树叶上面盖了一层薄沙子。

之后，便在沙子上面烧起了柴火来。

很快，一个时辰过去了，他们闻到了那焖烤鱼的焦香味！

那香味馋得浪儿与灵儿他们兄妹俩的口水都快滴下来了！

早已饿肚饥肠的巨力人，更是急切地上前，三下、两下便拨开了沙子，一阵焦香树叶与烧焖鱼的清香味扑鼻而来，而裹着鱼儿的树叶已被焖烤得焦黄、焦黄的了。

卡斯娜走过去，弯腰从沙坑中取出了一条条用树叶包裹着的沙滩焖烤鱼，递给了浪儿、灵儿他们各一条，而这时的巨力人，早已饿肚饥肠的，吃掉大半条了！

"嗯，好吃，好吃！""哇，真香！"浪儿与灵儿边吃边不住地赞叹着。

卡斯娜又拿起一条焖烤鱼，走过去递给浪儿道："再吃一条吧！"

见此情景，巨力人也不甘示弱，他连忙弯腰从沙坑中也取出了一条焦黄、焦黄的焖烤鱼，走过去递给灵儿道："加油吃，我们千万不能输给他们俩！"他这话倒是把灵儿给逗笑了，只见她笑着说道："呵呵……输给谁呀？巨力人，你一个人吃的，都够我们三个人吃的那么多了！"她这话，把大家都给逗得哈哈地笑翻了天！

巨力人听了，急得直吐着舌头，惊诧道："不会吧，我能吃那么多吗？"奇怪了，平时谁要是说他吃多了，他是一定会生气的，而现在，巨力人反而觉得很是有趣、好玩了！

也许是看着那活泼可爱的灵儿，那美丽而又善良、淳朴的样子特可爱吧，所以，他便觉得什么都是有趣、好玩的了！

而且，此刻见浪儿与卡斯娜那亲热的劲头，他也不吃醋了。

黄昏的时候，那些奇异的怪兽人，从地洞里钻了出来，只见他们一个个身着那破破烂烂的怪兽袍，跳着奇异的怪兽舞，手舞足蹈的，甚是欢欣、快乐！

这时，浪儿他们已在海边的沙地上，烧起了一堆熊熊篝火。

那些奇异的怪兽人与浪儿他们，围着大火堆，跳着奇异的怪兽舞，好奇的灵儿与浪儿，也被巨力人与卡斯娜给拉了起来，走过去，加入了那欢腾的队伍中，大家一起欢快地围着火堆，跳着那奇异的怪兽舞。

那天晚上，他们一直玩到很晚，那些怪兽人便下了地道洞中去了，而卡斯娜、灵儿、巨力人、浪儿他们四人，便去那小山坡顶上的草屋中去睡了。

奇怪的是，巨力人却坚持要睡在草屋外，只见他斜倚在草屋门外就睡着了。

也许，他不放心卡斯娜、灵儿、浪儿他们三人吧，所以便自愿在草屋外，给他们看门，守护着他们。

14 威力无比的"利箭一号"太空飞船

第二天一大清早，卡斯娜便叫醒了浪儿、灵儿他们兄妹俩，与巨力人一起往草屋对面那座小山坡走去。

卡斯娜带着他们下了那道斜坡，之后，便爬上了对面的那座小山坡，并从山坡顶上往山后走去。

那是一座碧绿的杂草丛生的小山坡，这时，巨力人走在前面带路，卡斯娜与灵儿紧跟在巨力人的身后，浪儿走在了最后面。

那是一条杂草丛生的、蜿蜒而下的小道，他们沿着草丛间的蜿蜒小道，先是来到山后边，之后，又沿着那条小道往右下方的山脚下走去。

走着走着，走在卡斯娜身后的灵儿，脚下一滑摔倒了，只见她

"啊!"地惊叫一声,便直往下面的山谷中滚去。

巨力人赶紧闪电般地伸出他那超长、巨大的手,一把抓住了正往下滚落的灵儿的衣裳,并用力地把她给拉了上来。

"哇,好险!"灵儿余惊未了地惊呼道。

而巨力人此时却似乎不放心灵儿,怕她还会再摔倒。

只见他从身上掏出了一根奇异的软绳子,回过头来递给灵儿道:"灵儿,你抓着这绳子,就算掉下去了,我也会把你给拉上来的!"

可灵儿却没好气地笑道:"我掉一次下去,已经够可怕了,难道你还希望我再掉下去一次吗?"

话虽这么说,灵儿却还是很顺从地接住了巨力人递过来的那根奇异的绳子,并紧紧地握在手心中了。

前面的路越往下走,似乎越滑了,走在后面的卡斯娜与浪儿各自从路旁的灌木丛中折了一根树枝,小心地拄着往下走着。

他们又沿着那条灌木丛中的蜿蜒小道,往下走了一段之后,便来到了一堵凸出的拱形石崖下,一个圆拱形的石洞口便呈现在了浪儿他们的眼前。

可是,让灵儿与浪儿兄妹俩感到奇怪的是,那个石洞口处的那扇豆青色的石门,却是严严地紧闭着的。

他们刚来到那扇石门跟前,便见巨力人从他那奇异的怪兽袍中,取出了一面奇异的蓝色镜子,朝那扇豆青色的石门上一照,便见那扇石门,在'轰隆!'声中开启了,并直往那石洞顶上推移而去。

只见那里面有一道耀眼的银光,直朝洞口处的他们直射而来。

银光直刺射得他们的眼睛都睁不开,浪儿兄妹俩连忙撩起衣袖,遮掩了一下眼睛,当他们再一次睁开眼睛时,只见那石洞内有那银色的亮光一闪一闪的。

而此时,巨力人往那洞门口处一站,像个威严的侍卫似的,美丽的卡斯娜公主,却优雅而又大方地直往里走去。

灵儿与浪儿连忙跟随在她的身后,往里走去。

见他们三人往那石室洞内走去了,巨力人也跟随在他们的身后,赶紧往里走。

浪儿与灵儿兄妹俩,很是惊诧地发现,那里面竟然是一条很宽阔的、两旁是银灰色的石洞壁的奇大石洞道，而且那洞道的顶上，闪烁着一盏盏奇异的、银白色的圆盘状的灯光，把他们脚下的石洞地面，照得通亮、通亮的。

而卡斯娜与巨力人却若无其事地径直朝里走去。

浪儿与灵儿，却很是好奇地，边走边东张西望着，只见他们走过那条银灰色的宽阔石洞道后，又七拐八弯地从几条小洞道中穿过，又来到了一扇豆青的大石门跟前。

而这次却是走在前面的卡斯娜，从衣袖中取出了一面紫色的镜子，朝他们面前的那扇豆青色的石门一照，便见一道紫光，从她手中的镜子里射出，直朝那扇坚硬的石门倏地射去，只听见"通！"的一声，便见那道石门在轰隆声中开启了，并往一旁推移而去。

浪儿与灵儿兄妹俩惊奇地发现：呈现在他们眼前的那石洞里面，缥缈地弥漫着那紫色的轻烟。

此时，卡斯娜手中的那面紫色的镜子，却已倏地飞向了石洞空中，只见那镜子上有一道"放射形"的紫光，直射向了石洞空中，弥漫着的紫色轻烟。

而后，弥漫着的紫色轻烟，变成一缕缕轻丝一般地，直被那洞空中，闪烁着紫光的那面镜子，给吸了进去。

当石洞内的紫色轻烟，全部消散而去时，忽地，他们的眼前一亮，只见呈现在他们眼前的那个奇大的银灰色的石洞内，停放着一艘奇大的、银光闪闪的"奇异怪船"！

那艘奇异怪船，周身银光闪闪的，直刺射得灵儿与浪儿赶紧用手遮住了他们的眼睛，略微停顿了一下，才把手移了开来。

浪儿他们兄妹俩，这才惊喜地发现：那是一艘银色的两头尖尖的，像船一样的奇异怪物，那"怪船"下，撑长着两条奇异的银光闪闪的"三叉状"的"怪爪脚"，撑站在他们面前的那宽阔的石洞地上。

浪儿与灵儿于是好奇地走过去，摸了摸那奇异怪船的身子，一种冰凉的感觉倏地传来。

"这是什么怪物船呀，怎么感觉冰凉、冰凉的！"浪儿回过头来，好奇地问卡斯娜道。

"这是'利箭一号'，是我们卡尔斯怪兽王国的太空飞船，我们就是乘坐它，来到你们的地球上的！"卡斯娜非常自豪地说道。

"'利箭一号'！'太空飞船'？"浪儿略带好奇地嘀咕着问道。

"巨力人，你就带我去那'怪物船'上去玩玩吧！"而那边的灵儿，却绕着巨力人，硬要他带她去那艘奇异的怪物飞船上去玩！

"不行，不行，在没有经过公主的同意之前，我是不可以随意去飞船上玩的。"巨力人略带犹豫地说道。

这时，只见那艘奇特的怪船上，忽地闪过一道银光，只见那艘叫"利箭一号"的飞船下方，倏地打开了一道银光闪闪的口子，只听见"嘶啦"一声响过，一道银灰色的舷梯从那怪物飞船上缓缓降落。

而那飞船的舷梯上，竟站着一个长相奇异的怪兽机器人，只见它银光闪闪的机器人头上，一左一右地长着两个银光闪闪的菱角，从那银灰色的头盔上钻露了出来，在那头盔顶上，有两根银灰色的"信感应棒"，一直闪烁着红色、绿色的信号灯光。

而那粗笨、结实的机器人身上，身着一件透明的的软金刚石太空服，脚上是一双银灰色的软金刚石靴子。

浪儿与灵儿惊诧间，见站在那舷梯上的机器人已降落到了他们面前不远处的石洞地上。

只见它笨拙地朝浪儿他们这边挥了挥手，用那清亮的童音朝他们打招呼道："卡斯娜公主好！……大家好！我叫波哩，是这艘飞船上的智能机器人。欢迎大家前来参观'利箭一号'太空飞船！我将尽心地为大家服务！"

瞧着它滑稽可笑的样子，浪儿与灵儿兄妹俩不由得欣喜地笑了！

他们兄妹略带好奇地，一左一右地走向前去，与那机器人握手。

当银灰色的机械手握到他们的手上时，他们先是感觉冰凉、冰凉的，而后，那冰凉的机械手，倏地一握紧，便直握得他们的手生疼、生疼的！

只一握就疼得浪儿与灵儿直咧着嘴，嘶啦、嘶啦地叫唤着："哎哟，好疼，好疼！""哎哟，疼死我了！波哩，谢谢你的好意，你也太热情了！"

"嘿嘿……巨力人不是说你们地球人最喜欢热情、好客的嘛，你们不高兴，是不是因为我的手，握得还不够热情呀！"波哩耸动着它那奇异的蓝色圆鼻头，一脸坏笑着，咧开它那银色牙齿的机器嘴，说道。

"不！"浪儿与灵儿兄妹俩，生怕波哩会更紧地握住他们的手，便连忙大声地回应制止道。

浪儿更是强挤出一副哭笑不得的样子，说道："波哩，你已经够热情的了，我感动得都快要流泪了！"

灵儿也在一旁带着哭腔地说道："是啊，拜托你不要再热情了，再热情，我们地球人可是会生气的哦！"

那波哩连忙把手一松，放开了他们兄妹俩的手。

这时，卡斯娜在一旁招呼道："好了，波哩，别再闹了，我们今天来，可不是陪你玩的。再过一些日子，我们就要回 V 星系的卡尔斯怪兽王国了。所以，在这之前，我们得教浪儿与灵儿学会'太空战术'，这样一来，我们的战斗力量便能强大了。"

"太好了，太好了，我很喜欢他们，放心吧，卡斯娜公主，我会教会他们进行太空战斗变形之战的。"波哩笨拙地摇晃着身子，挥舞着它那双银光闪闪的金属手臂，用清脆、欢欣的童音答复道。

之后，那巨力人便默念魔法咒语，把他的身子倏地变小，与浪儿、卡斯娜公主、灵儿、机器人波哩他们，一道上了飞船的舷梯。

只听见"嘶啦"一声响过，那银色的舷梯，便载着他们倏地离地而起，就那么一眨眼的工夫，浪儿与灵儿便惊奇地发现，他们已来到了飞船舱中，只见他们的四周闪烁着一盏盏奇亮、刺眼的灯光，他们早已置身于一间椭圆形、银灰色的太空舱中了。

只见正前方是一台台奇特的机器，正间隙地闪烁着红色、绿色的信号灯光。

已变小了身子的巨力人，正忙碌着与卡斯娜调试、检验飞船内的各台机器的系统安全程序。

而波哩则带领着浪儿与灵儿，来到了那太空舱正前方操纵台前的一面蓝色的太空系统屏幕前。

只见它熟练地按了一下蓝色屏幕右下角的一个圆形的绿色按钮，只见那面蓝色屏幕上，倏地闪过一道银光，那屏幕上便出现了一行行奇异的黑色的像蚂蚁似的文字。

浪儿与灵儿惊喜、好奇地睁大了眼睛，盯着眼前的一切，生怕错过了什么精彩的瞬间似的。

那些黑色的字幕过后，屏幕上突然出现了间隙，倏地闪出了一幅幅清晰的图形画面。

只见波哩的手中握着一根银灰色的棒子，指着屏幕上一副副奇形怪状的图画，向浪儿与灵儿解释道："这是我们太空战斗武器旋转激光大炮，主要用于对付最普通的太空敌人！"

接着，画面上又显示出了那"旋转激光大炮"的模拟太空战斗场面，只见那枚"旋转激光大炮"的前方，倏地出现了一群奇特的太空怪兽"敌人"，而那台"旋转激光大炮"旋转着，簌簌地飞射出了一枚枚银光闪闪的激光弹，飞向了前面的那群太空怪兽"敌人"。

那激烈、惊险画面的同时，并伴有语音解释，让浪儿与灵儿很快就听懂了，并了解了"旋转激光大炮"的使用方法。

而后，波哩又调出了另一幅变形成机器人战斗的图片，并教浪儿与灵儿怎样变形成太空机器人的战斗方法。

就这样，一个月后，浪儿与灵儿便同机器人波哩学会了太空飞船上的各种太空战斗武器的使用方法。

然后，波哩又开始让他们实践作战，只见它从太空舱内找出了两块变形成机器人的"能量芯片"，给灵儿与浪儿贴在额头上，他们便立刻变形成了奇异的怪兽机器人，并两人开始在那宽敞的太空舱内，模拟起了那"怪兽机器人"的对战！

两个月之后，灵儿与浪儿便全部学会并掌握了那些奇异的太空战术。

卡斯娜公主他们准备几天后，乘坐"利箭一号"飞船，启程往那V星系的卡尔斯怪兽王国赶去。

15　灵魂召唤的太空梦

再说，在那 V 星系的卡尔斯怪兽王国的皇宫地下石洞道内，有一条条缭绕着紫色的烟雾的错纵复杂的石洞隧道，而沿着其中的一条主洞道，往那东南方向走大约一里左右，便来到了一个很大的石室洞口处。

只见那里面有一间奇大的空旷石室，在那间奇大的石室的四周，则是一个个奇形怪状的石洞口，石洞口内，则是一间间的小石室洞，围着中间的那间大石室，串成一个"大圆圈"状。

只见那一个个奇形怪状的石洞口，挂着一张张五颜六色的魔幻怪兽蜘蛛网。

在其中的一个六角形的石洞口处，挂着一张银光闪闪的魔幻怪兽蜘蛛网。

而卡斯娜的父亲卡尔斯国王，就被关在了这里面，他身着雪白的薄轻纱，在里面飘然地走来走去。

只见他双眉紧皱，一脸焦急而又担忧的样子。

也难怪，他的爱妻与女儿，自从多年前被那"震嗣"在那卡尔斯王国起兵谋反后，他们一家便被迫分开了……他担心她们不知现在怎样了？而他又无法从这石洞内逃出去，寻找她们。

而这石洞口对面，左边不远处的那条小石洞道，往前走二里左右，便到了另一个石洞口处，而那石洞口，则挂着一张紫光闪闪的魔幻怪兽蜘蛛网，卡斯娜的母后——菱仙子，就被关在了这石室洞内。

只见身着雪白的轻纱裙的她，一脸焦虑地伫立在洞口内，望着眼前的那张紫光闪闪的魔幻怪兽蜘蛛网，一脸忧虑地沉思着。

此时她心里既担心丈夫的安危，又担心他们的女儿卡斯娜，巨力人带着卡斯娜逃去地球很多年了，也不知道他们现在怎样了？会不会在回

64

来的半路上被那"震嗣"给抓起来了？

　　想到这里，她不由得把额前的一缕长发撩到了耳后，看来，得想个法子了！

　　而此时的卡斯娜，正与灵儿、浪儿、巨力人他们，正在"浪基岛"上的那栋草屋中睡着了。

　　巨力人变小了身子，与浪儿睡在外屋的一张大竹藤床上，卡斯娜与灵儿睡在里屋的一张小木床上。

　　灵儿在梦里见到自己与巨力人，一起在海边欢欣地追逐、玩闹着，巨力人把她给高举起来驼在他那高大、结实的后背上，呵呵地欢笑着，欢快地朝前奔跑着！

　　而灵儿则抓着他的两只耳朵，欢快地叫唤着："跑快点，跑快点！加油！"

　　此时的卡斯娜，正沉浸在一个奇异的梦里，她梦见自己在一片缥缈的云雾中朝前走着……朦胧间，仿佛听见她的母后，在前面缭绕的云雾间叫唤她："卡斯娜，卡斯娜！"

　　卡斯娜连忙循声急切地往前走去，可是，在她的眼前，依然是云雾缭绕着，根本就见不到她的母后的身影，卡斯娜急了，她大声地叫唤着："母后，母后，您在哪里，能让我见见您吗？"

　　可四周却依旧是一片云雾缭绕的，根本就见不到她母后的身影，只听见她母后熟悉的声音传来："卡斯娜，我的女儿，你在地球上过得还好吗？"

　　"我很好，母后，您与父王现在怎样了，我能见见你们吗？"卡斯娜声音焦虑地说道。

　　"孩子，你现在是没法见到我们的，因为我与你父王，都被"震嗣"施魔法术，给关押起来了……孩子，你要想救我们，可得付出艰辛勇敢的代价了！"她母后声音焦虑地说道。

　　这让卡斯娜的心里倏地一沉，因为在她的记忆中，仿佛是没有什么事能够难倒她的母后的！而今，这事一定是很难办了，要不然，她母后就不会这么着急了！但是，在卡斯娜看来，只要能救出她的父王与母后，她什么困难都不怕！

　　"母后，只要能救出您与父王，我什么困难都不怕，您快告诉我，要怎样才能救出你们?"卡斯娜略带急切地说道。

"其实,这也不是很难,你们必须战胜"震嗣"的太空魔幻怪兽兵与他的变形机器怪兽兵,然后,你们赶到我们卡尔斯怪兽王国的"千页峰"顶上,取下山顶的一根奇异的'灵仙草',然后,再把那灵仙草给熬成药水,送到卡尔斯皇宫下的地洞中来,给我与你父王喝了,我们便可以恢复功力,冲破那张关押我们的魔幻怪兽蜘蛛网,恢复自由之身了。"她母后用那略显缓慢的声音答道,可是,卡斯娜的眼前却依然云雾缭绕的。

"只要这样便能救出你们吗?……那好吧,我现在就去……"那在云雾中行走着的卡斯娜说着,便准备飞身而起了。

"别着急,卡斯娜,我的孩子,你必须带上巨力人与你的朋友浪儿他们,否则,你是没法战胜"震嗣"的怪兽大军的!"她母后的声音警醒地在她的耳旁响起,这让卡斯娜的心里一急,便从梦中惊醒了!

她不由得翻了一个身,努力地回忆着刚才的梦境,并记好了母后刚才在梦里所说的话。

又是几个月过去了,浪儿与灵儿已经学会了卡尔斯怪兽王国那神奇的魔法术与太空战术,卡斯娜与巨力人他们已做好了回 V 星系卡尔斯怪兽王国的准备。

这天清早,浪儿与卡斯娜正在草屋旁的草地上,对练剑法,而灵儿与巨力人,则变成了怪兽人,正在小山坡脚下,海边的草地上,进行着对战!

这时,忽地从半空中,横空跳跃出一个人,飞起一脚便把那正与卡斯娜练剑的浪儿给一脚踢出老远,一个"狗啃地"地摔倒在那草坪上!

浪儿感觉自己的后背上一阵生痛,摔得晕头转向地从那草地上爬了起来,定神一看:只见在他与卡斯娜的面前不远处,竟站了一名英姿飒飒的、身着金色盔甲装,一头黑发被束扎在头顶上,用一根金光闪闪的"太子杖"挽起,显得英武与俊气的男孩儿。

只见他用那锐利的目光,直盯望着浪儿,一副要吃人的样子!

看得浪儿不由得浑身一颤,可他又记不起自己在什么地方得罪了这个陌生的男孩?

只见浪儿不解地挠了挠后脑勺,扭头诧异地望了望卡斯娜公主,仿佛在问她："这人你认识吗，他干吗对我这么凶？"

卡斯娜公主啼笑皆非地望了望他们俩，然后指着那个霸道地站在她身旁的那个英武少年，向浪儿介绍："这位是我们的朋友东海小白龙。"

"怪不得刚才那么厉害！"浪儿不由得翘嘴小声地嘀咕道，而后，又睁大了眼睛，定神地望了那男孩儿两眼。

虽然刚才是被踢摔得浑身生疼、生疼的，但浪儿却还是走向前去，友好地伸手，朝那位叫小白龙的男孩子打招呼道："你好，我叫浪儿。"

可那小白龙却一把推开了他的手道："对不起，我的手从不习惯握那沾满泥灰的手！"

这让浪儿感到很是失趣，尴尬地笑了笑，便收回了自己的那只满是泥灰的手，并在衣服上擦了擦。

这时，卡斯娜公主走向前去，略带责备地对小白龙说道："好了，小白龙，你就不要再为难浪儿了！"

可小白龙却略带不满地小声嘀咕道："活该，谁叫他不知从哪里忽地冒出来，横刀夺爱的呀！"

卡斯娜似乎没有听懂小白龙在嘀咕些什么，便略带诧异地问道："你在嘀咕些什么呀，小白龙，你是不是肚子饿了？"

小白龙听后略一惊诧，只见他虎眉皱了皱，扭头暗自吐了吐舌头，然后，装出一副若无其事的样子，回过头来，笑眯眯地顺口对卡斯娜说道："哦，我刚才是说，很久没吃你做的烧烤鱼了，现在想吃，不知你最近有没有做？"

"哦，原来是这样呀，那你刚才也用不着把浪儿一脚踢那么远呀？走，跟我去厨房吃烧烤鱼去。"卡斯娜略带责备地说着，便带着小白龙走向了那斜草坡处，并准备往草屋那边走去。

小白龙一脸欢快地跟在卡斯娜的身后，紧走几步，便追上了卡斯娜，并牵着她的手往前走去。

而那满头满脸、浑身上下都是泥灰的浪儿，此时，却呆呆地站在那里，望着他们俩的背影，心里很不是滋味。

只见他愤然地小声嘀咕道："哼，臭小子，还骂我，我还不知道你是一下子从哪里冒出来的哩！你等着，看看到底谁厉害！"说着，浪儿便鼻子一耸，低哼了一声，便一个人气冲冲地下了那道斜草坡，往下边草坪上的灵儿与巨力人那边走去。

16 小白龙与火鑫公主
啼笑皆非的魔法战

浪儿一路小跑着，准备去灵儿与巨力人他们那边与他们一起学练那神奇的魔法术。

可是，他还没走几步，便从半空中忽地一下飞出了一个人来，只见一道粉红色的奇光，在浪儿的眼前一闪，有一个清脆的声音从浪儿的耳边传来："小白龙，哪里逃？……看招，海底捞月！狂风卷袭！"浪儿还未明白怎么一回事，便感觉自己的身子忽地被那道粉红色的奇光，给一下子拉起了，然后一下子又被扔向了半空中。

还好，幸亏浪儿背上的那对巨大的雪白羽翼，应急地一下子舒展了开来，并扑腾地舒展着，浪儿手忙脚乱地挣脱开了那个粉红色衣衫的身子，那对巨大的雪白羽翼，便载着浪儿，从半空中安然地又飞落到了海边的那片青草坪上。

浪儿余惊未了地耸耸肩抖动了几下背上的那一对巨大的雪白羽翼，便站立着，收起了那对巨大的雪白羽翼。

这时，刚才的那个粉红色的身影，从那半空中飘然落下，像飞燕似的，一下子便降落到了浪儿身前的那草坪上。

浪儿这才惊诧地发现，站在他面前的是一个身着银白色的紧身太空装，外套一条粉红色的晶光闪亮的奇异短裙的小女孩儿。

女孩儿披着一头金色卷发的头顶上，扎着一个漂亮的银光闪闪的蝴蝶结，在金色的卷发刘海下，是一双美丽而又机灵的大眼睛，扑闪扑闪的。

只见那女孩先是冷峻着一张美丽的面孔，一脸愤怒地望着浪儿，然后，扑闪地眨了眨眼睛，换了一脸诧异的神情，仔细地望了望浪儿，便不由地吐了吐舌头，翘着小嘴，歉意地嘀咕道："呀，糟了，打错人了，他原来不是小白龙！"

这时，浪儿也发火了，只见他冲向前去，朝她大声地吼叫着质问道："喂，你刚才干吗一下子把我扔向半空去呀！气死我了，我今天怎么成了你们这些混蛋的出气筒了！"

"对不起，我不是故意想整你的，我刚才从那半空中飞落下来，没有看清楚，便错把你当成那小白龙了。所以，才会稀里糊涂地把你给抓起，一下子扔向半空中去了！"那小姑娘用一脸啼笑皆非的尴尬神情，弯腰向浪儿行了一礼，一脸抱歉地对他说道。

那样子，让浪儿感觉既好气又好笑……但浪儿很快便忍住了笑，神色冷峻很不客气地责备道："我不明白，自己什么地方得罪你们了？要不，干吗你与小白龙俩人都把我当成出气筒！刚才要不是我背上长有一双翅膀，早就被你给摔死了。"

"对不起，刚才是我错了，为了纠正我的错误，我现在就去找小白龙算账去！"那姑娘一脸尴尬而又抱歉地说着，便扭身大大咧咧地往前走去，并气急败坏地大声地叫唤道："小白龙，你快给我出来，上次的账，我还没找你算完哩！我就知道你来'浪基岛'了，有种的话，你就站出来与本公主决战，别再躲躲藏藏的了！出来，大坏蛋！"

她的话刚落音，那英武的小白龙便一手抓着一条烧鱼，从那半空中横空跃下，边啃嚼着站立在了她面前的草坪上。

只见他摇头晃脑、神气十足地对小姑娘说道："哈哈哈，火鑫公主，别以为你是火鑫公主，我就会怕你了！你上次不是被我打败了嘛，怎么又敢来找我决战了！我今天心情很好，不想陪你玩决战的游戏啰！叫他陪你去玩吧！"小白龙说着，用伸手指了指站在离他们不远处，正望着他们的浪儿。

"少废话，接招，看着，先接我一鞭'超级无敌金刚闪电神鞭'！"话刚落音，她倏地一挥甩那粉红色的晶光闪亮的袖子，便见从她的衣袖中，忽地飞闪而出了一根金色的闪电神鞭，奋力地挥舞着，簌簌然地直飞向了对面的小白龙。

小白龙连忙扭身往旁边一闪，灵巧地躲闪过了那迎面而来的一鞭。

可是，小白龙还没来得及飞身而起，却见那火鑫公主一挥袖子，又一根红色的鞭子从她的衣袖中飞闪而出，并发出一阵奇异的嗡嗡声。

那声音听来奇异刺耳，让小白龙听了不由得浑身一颤，而他的身子，也不由得跄然地倾斜了一下，火鑫公主迎面挥甩而来的红色鞭子，便抽打到了他的身上，一阵火辣、生疼的感觉便倏地传来！

小白龙连忙一低头，闪身而去，躲过了那挥击而来的闪电神鞭，然后，高高地飞身而起，来到半空中。

只听见一声狂然的吼叫，便见他忽地变成了一条银白色的巨龙，并倏地飞到了火鑫公主的面前，并张开那巨大的金色巨龙嘴，直朝她喷吐着金色的火焰。

哪知道火鑫公主闪身一变，变成了一束奇异的"闪电线"，并倏地飞起，打着圈儿旋转着，飞向了半空中的小白龙。

小白龙连忙一扭头，快速地躲闪开去，而后，扭身一甩那巨大的龙尾巴，便把那束奇异的"闪电线"给击甩了开去。

浪儿只见眼前一道红光，忽地一闪，就见火鑫公主忽地变回原身，踉踉跄跄地摔倒在了青草坪上。

"哈哈哈，你看你，我说你自不量力吧，这不，又被我打败了！"小白龙倏地变回原身，站在那朵白云上，耸动着身子，笑得前俯后仰的！

"你，你等着！"火鑫公主气得鼻子都歪了，只见她气急败坏地说道，便倏地飞身而起，在半空中翻了一个筋斗，便不见了踪影。

小白龙从云头上飞身一跳，便跃向半空中，变成了一条白色的巨龙，从半空中飞腾跃下。

浪儿只见眼前一道银光一闪，只见那小白龙，已英姿飒飒地站立在了他面前不远处的草坪上，而后，就见那小白龙一脸欢快地朝正从斜草坡上下来的卡斯娜走去。

可是，他才走出没几步，却见从半空中忽地飞落而下了一个圆形的七彩线球，只见那个七彩线球，刚飞落到小白龙的头顶上方，便忽地变成了一张奇异的"闪电神刺网"，舒展开来，倏地罩下，把小白龙给一下子网住了。

小白龙急得在那网中直耸动、挣扎着身子，想挣脱那张奇异的"闪电神刺网"的束缚！

可是那张奇异的'闪电神刺网'却奇光闪烁着，包裹着他的身子，并越束越紧。

随他怎么拉，怎么撕扯，都无济于事。

直急得小白龙，手忙脚乱地在那网中挣扎着。

这时，束缚在小白龙身上的那张奇异的"闪电神刺网"，竟然闪烁出了一阵蓝色的火花，并"嗞啦嗞啦"地响着。

小白龙只感觉那张奇异的网越束越紧，而他的浑身，却感觉被鞭子抽打似的，火辣辣地刺疼。

正在这时，半空中传来了火鑫公主幸灾乐祸的冷笑声："哈哈哈！小白龙，这下子你该尝到了我的'闪电神刺电网'的厉害了吧?"

而此时，那小白龙竟感觉浑身被那张"闪电神刺网"越束越紧，竟然感觉有些呼吸困难了。

小白龙想施法术，从那张"闪电神刺网"中隐身、挣脱开去，可是，默念了几次法术咒语，都无法让自己隐形而去。

小白龙慌乱中抬起头来一看，发现在半空中，火鑫公主正站在一朵白云上，伸手朝他这边施展着魔法术，只见有一道耀眼的金光，直朝他这边照射了过来。

怪不得，我说我的法术怎么不管用了，原来是这鬼丫头，竟然在半空中捣鬼！想到这里，小白龙连忙变回了它的原形——一条白色的巨龙，并倏地吐出了一团团强烈地金色的火焰来，顷刻便把那张"闪电神刺网"给一下烧融了，化成了一道奇异的金光。

一旁的浪儿与灵儿、巨力人、卡斯娜公主他们惊奇地发现，只见一条白色的巨龙，从那团冲天的火焰中，倏地腾空飞出，向那半空中的火鑫公主飞扑而去。

然后，便见那条白色的巨龙与火鑫公主在半空中又打斗了起来！

那火鑫公主脚踏白云，挥舞着手中的金色闪电神鞭，英姿飒飒地抽打向了张牙舞爪地向她飞扑而来的白色巨龙。

那条白色巨龙连忙扭头躲闪着，并转身往后高高飞起，之后，并不时朝那下边的火鑫公主喷吐着一束束水柱，把火鑫公主，一下子从那朵白云上冲击而下，浑身湿透得像一只落汤鸡似的！

只见她"啊！"地惊呼一声，便从那半空中摔落而下，并狼狈不堪地摔坐在那青草坪上。

这时，那半空中的小白龙，已变回成了那英姿飒飒的龙太子模样，伫立在一朵白云上，正得意洋洋地望着下边草地上的火鑫公主，幸灾乐祸地笑着。而后，便从那半空中飞身而下。

小白龙降落在火鑫公主面前的那片草坪上，用手指着那头发凌乱，浑身被淋得像落汤鸡似的火鑫公主，一脸神气地说道："你这疯丫头，我说你斗不过本太子吧，可是你偏不信邪！这下可好了，该服输了吧！看你那副狼狈样，哈哈哈，可真是笑死我了！"

哪知道火鑫公主却气急败坏地拂着袖子说道："刚才是你耍狡猾才战胜我的，这不能算数！本公主今天玩累了，改天再同你比试吧！"说完，便飞身往半空中一跃，只见一道奇特的金光在浪儿他们的眼前一闪，便不见了踪影。

17 浪基岛上的魔幻
变形之战

浪儿、灵儿、卡斯娜公主、小白龙、巨力人他们几个正准备回草屋那边去，这时，半空中传来了一阵"隆隆……"的声音。

浪儿与灵儿他们应声抬起头来一看，只见从浪基岛上空的那边飞来了一只巨大的像黑鸟一样的怪东西，并一直朝浪儿他们这边的上空中飞来。

卡斯娜与巨力人他们俩见此情景，脸色陡变，并惊诧地说道："哇，'震嗣'的太空军来了！"

他们的话刚落音，便见从半空中的那艘奇特的飞船上，投掷下来了一枚枚黑色的太空导弹，并凌空而下地朝"浪基岛"这边投掷了过来。

卡斯娜见此情景，连忙大声地招呼大家道："快躲闪开来，不要被那些太空魔幻导弹给击中了！"

　　她的话刚落音，那些奇异的魔幻导弹便在他们的四周"轰隆、轰隆"地爆炸开了！

　　还好，他们几个都已飞身而起，闪身躲过了那些奇异的魔幻导弹的袭击。

　　一缕缕黑色的浓烟，从那浪基岛上滚滚而起，一股巨大的冲击力，把浪儿、灵儿、小白龙、卡斯娜公主、巨力人他们几个给四散冲击开来。

　　这时，从半空中的那艘奇特的飞船上，又扔落下了一些奇异的黑白"花点球"。

　　浪儿他们四个，正隐身于半空中，诧异地看时：只见天空中的那些奇异的"花点球"，掉落到"浪基岛"上的草坪上后，却幻变成了一把把奇异的黑白花点伞。

　　之后，只见那一把把花点伞飘然而起，并从那伞下爬出了一只只背壳呈"黑白花点状"的奇大"怪兽龟"来。

　　只见它们在那草坪地上边爬，屁股边往外冒着白色的烟雾……

　　浪儿他们几个，正准备从半空中飞身跃下，用脚踩压那一只只魔幻乌龟，却见从那些乌龟的屁股后面，放出一股魔幻的白色烟雾来。

　　他们正好奇地往下探看时，又见那一只只奇异的魔幻怪兽龟，倏地幻变成了一个个身着灰色太空战衣，外披白色战袍的奇异怪兽兵，并从草地上站了起来。

　　只见它们一个个身材巨大，长着一颗奇异乌黑的像鳄鱼一样的怪兽头，浑身披覆着乌黑的鳞甲皮，而有趣的是，那些怪兽人的后背上，一个个都背着一个奇异的"花点乌龟壳"。

　　走路时，它们那巨大、肥胖的身子，大大咧咧、一扭一拐的，看起来像只笨乌龟似的，有趣而又可笑极了！

　　"呵呵，呵呵……真是难看、可笑极了！"浪儿与灵儿站在半空中，指着那下边"浪基岛"上行走着的怪兽人取笑道。

　　而这时，却见那一个个奇异的怪兽人，已从草坪上飞身而起，却见从它们身后的乌龟壳下，忽地舒展开了一把把蓝色的降落伞，并载着他们飞向了半空中去。

怪兽人蜂涌般地飞向了半空中正站在一朵白云上观战的浪儿他们几个。

浪儿、灵儿他们正诧异这些奇异的怪兽人，是怎么发现他们的时候，那些身后吊挂着一把把奇异降落伞的怪兽人，已张牙舞爪地飞身来到了浪儿他们几个的身前，并挥舞着那乌黑、巨大的怪兽拳头，气势汹汹地攻向了浪儿他们几个。

浪儿他们几个的身后，各自舒展出一对巨大的银色羽翼，飞快而起，与那些怪兽人在半空中打斗了起来。

浪儿飞身跃起，从腰间拔出了银光闪闪的"R头神剑"，挥剑便刺向了领头的那个抡着巨大的乌黑拳头，向他击打而来的奇异怪兽人，可那家伙却灵活地把身子一闪，便倏地一下不见了踪影。

浪儿虎眉微皱，默念咒语，略施魔法术，便见从他的眼里，倏地闪出了两道奇异的七彩之光，浪儿转身用这"七彩幻眼术"迅速地朝四周张望时，却依然没有见到刚才那个奇异怪兽人的踪影。

浪儿正垂头丧气地准备飞身去，攻击前面的那些怪兽人时，却冷不防从他的身后，倏地飞闪而出刚才那个领头的怪兽人来。

只见它一下子飞蹿到了浪儿的身前，挥舞着一双乌黑、尖长的怪兽爪，鸣哩哇啦地怪叫着，而后，双眼中忽地闪过一道奇异的紫光，便见它倏地变形成了一个奇异的怪兽机器人，与浪儿一起在半空中对战了起来。

只见那身材巨大的怪兽机器人，朝浪儿这边一挥它的双机械手，便有两束奇异的紫色激光，从银光闪闪的机械手爪中央的一个"小洞眼"中直射而出，并直朝浪儿这边射击。

浪儿赶紧飞身往旁一跃，便躲闪过了那两束迎面而来的"紫色激光"的射击。

而后，浪儿手握"R头神剑"，大叫一声："魔幻变形！"浪儿手中的那把"R头神剑"，便倏地变形成了一把银焰腾腾的"激光R头神剑"，浪儿挥舞着手中的"激光R头神剑"，用神奇的"七彩魔幻剑法"，快如闪电一般地攻击向了那个咆哮着的，张牙舞爪地朝他抡着拳头，攻击而来的怪兽机器人。

而那怪兽机器人连忙一闪身子，躲闪过了浪儿的飞身一剑，并张开它那银光闪闪、利齿毕露的机器嘴，用那奇异的低沉、沙哑的声音，"依呀哇!"地怪叫了一声，便见那两片绿色的双眉，倏地一皱，便见从它那双忽溜溜的银光闪闪的"魔幻机器怪兽"眼内，闪烁着射出了两道奇异的蓝光。

这时，浪儿吃惊地发现，站在他面前的那个怪兽机器人的手中，已稳稳地握着一把闪烁着锋利的乌金刚亮光的"金刚之剑"。

只见那怪兽机器人又"哇"地大叫一声，便听见它那机械手爪、关节用劲的"咔嚓"声，并挥举起了手中的那把冷森、颀长的"金刚之剑"，忽左、忽右地朝浪儿砍去。

浪儿连忙挥舞着手中的"R激光神剑"，身形灵活自如地抵挡着那怪兽机器人，迎面锋刃而来的攻击。

只见那"R激光神剑"与"金刚之剑"击打在一起，直闪烁着银色的火花!

可没几下，那"R激光神剑"便把怪兽机器人的"金刚之剑"从中间砍断，怪兽机器人连忙往后退了几步，而后，随手扔了手中的那半截"金刚之剑"，并倏地一挥甩起金属手爪，只见它的手中又拿出了一把银色的、嘶嘶吐焰的"激光长剑"。

只见那怪兽机器人，挥舞着手中的激光长剑，施展着魔幻之术，忽隐忽现地攻击着浪儿，还好，浪儿有那"七彩魔幻之光"护体，所以，那怪兽机器人竟占不到半点便宜，反而被浪儿那快如闪电、剑光恰似流星雨似的"七彩魔幻剑法"，给攻击得连连往后退。

只见两道银光闪闪的激光剑光，在半空中忽闪忽闪的交织着，他们混战了好一阵子，那怪兽机器人见占不到上风，便见它的双眉一皱，眼里又闪过一道紫色的魔幻之光。

而后，只见那怪兽机器人，倏地一缩手，收了手中的那把"激光长剑"，并飞身上了半空中，弯腰一挥掌，便见它的一双巨大的机械手，竟倏地变形成了两个银光闪闪的激光弹发射器，直朝下边的浪儿发射起了银光闪闪的激光弹。

浪儿巍然地耸动了一下双肩，便"哗啦"一下，展开了他身后的那对巨大的雪白羽翼。

只见浪儿的身子直左摇右晃着，扑腾着身后的那对巨大的银色翅

75

第十七章

膀，扇起了一阵旋风，便把那些迎面飞击而来的激光导弹，给击挡了回去。

而后，浪儿飞身来到了空中，并在那巨大的怪兽机器人的对面，伫定站稳了。

只见那家伙伸展着机械手，又准备挥掌发射着那激光弹，朝自己袭来。

浪儿连忙把变形机器人的能量芯片，往自己的额头上一贴，并默念了一句太空魔法咒语，然后他倏地变形成了一名银光闪闪的金刚石太空机器人战士。

而浪儿身后的那一对雪白的羽翼，也变形成了一对银光闪闪的金刚石"扇形坚翼"。

而那一片片的雪白羽毛，此时竟然像一支支尖锐的金刚石利箭一般，银光闪闪的、尖锐、整齐地耸立在他身后的金刚石"扇形坚翼"上。

而后，便见已变成太空机器人的浪儿，英姿飒飒地抖了抖他身后的那一对金刚石"扇形坚翼"，只听见一阵铿锵的声响过后，就见他身后的那一对巨大的银光闪闪的金刚石羽翼，倏地舒展开来，从他的眼睛里倏地闪过两道银光，只见他倏地一抖双肩，便从他身后的那对金刚石"扇形坚翼"里，簌簌地飞射出了一支支银色的金刚石利箭，直射向了对面的那个巨大的怪兽机器人。

那巨大的怪兽机器人，连忙笨拙地左右一闪晃身子，然后倏地一闪身，再次隐形不见了踪影。

18 魔幻怪兽之战

浪儿正转身朝身后望去时，那怪兽机器人却又倏地在浪儿对面不远处的半空中出现，只见它挥举着金属手，正朝浪儿发射起了银色的激光炮弹……

浪儿连忙一转身，张开他的那对金刚石羽翼，并默念魔法咒语，便有一圈七彩的魔幻奇光，环绕在他的四周……

浪儿左右扑动着他身后的那对金刚石"扇形坚翼"，若无其事地抵挡着那些簌簌飞射而来的，一颗颗银光闪闪的激光弹，并把那一颗颗银色的激光弹，给抵挡着反射了回去，怪兽机器人，见那些银色的激光炮弹又朝它反射了过来……吓得便连忙飞身而起，往一旁躲闪开去……

但其中却有一颗银色的激光炮弹，击中了怪兽机器人的金刚石腿，竟倏地被射穿了一个大洞来……

怪兽机器人疼得张嘴"哇"地大叫了一声，伸手往它腿上的那伤洞口处一摸，只见从他那银光闪闪的怪兽机械手爪中，倏地射出了一道紫色的激光，并直往他腿上的那个伤洞口处照射而去……

就那么一眨眼的工夫，那怪兽机器人腿上的伤洞口，便又倏地愈合了……

而后，便见那半空中的那怪兽机器人，又昂首挺胸地朝浪儿飞扑了过来……

而在浪儿身后的不远处，灵儿也正与一名身着银灰色的太空盔甲装，外披白色战袍的怪兽人在决战……

只见灵儿手握一把银光闪闪的闪电神剑，英姿飒飒地挥舞着，刺向了她身前的那个长着一颗巨大的鳄鱼头，浑身披着乌黑的鳞甲皮，身材巨大的怪兽人……

只把那家伙给逼得"嗷嗷……"地乱叫着，一连后退了好几步……

而此时的巨力人，却变成了一个巨大的怪兽人，正与一名怪兽军小将，挥拳踢腿地决战着……

只见一阵滚滚的白烟弥漫而过，巨力人变成了一只身披绿色鳞甲的怪兽，那怪兽军小将，却变成了一只浑身披着黑色鳞甲的怪兽……

只见两只巨大的奇异怪兽打斗在一起，它们俩在"浪基岛"的上空铿锵地翻滚、推拽着，打斗了好一阵之后，便见那只绿色鳞甲的怪兽与那只黑色鳞甲的怪兽，都直斗得气鼓鼓的，并相互扑上前去，咬啮向了对方那巨大的身子……

那巨力人所变的绿色怪兽，猛地上前一步，便把那只黑色的怪兽给推拽得一下子摔倒了……

而那只黑色的怪兽，张扬着它巨大的鳄鱼头颅，并暴突着一双鳄鱼眼，直摇头着嗷嗷地吼叫了几声，便又昂然地站了起来……

只见它望着对面的那只绿色鳞甲怪兽，恼怒地吼叫了几声，便见从它那双暴突的鳄鱼眼里，倏地闪过一道红光，并从它的头顶上，忽地冒出了两只银光闪闪的尖长的菱角来，并低头冲蹿地用利角顶向了对面巨力人所变的绿色鳞甲怪兽……

那绿色鳞甲的怪兽见此情景，也忽地一甩头，暴突的双眼里倏地闪过一道绿光，只见它的头顶上，也忽地长出了两只绿色的亮光闪闪的菱角来……

那两只奇异的怪兽，各自低头冲蹿地顶着一对锋利的菱角，像凶猛的斗牛似的，用它们头顶上的菱角，左钻右顶地对峙着激战了起来……

忽然，那巨力人所变的绿色怪兽，摇头晃脑的用它那尖尖的菱角，去刺顶对面的那只黑色怪兽的肚皮……

而那黑色怪兽，也猛地一转身，扬头狂然地咆哮了一声，便迅猛地扭身，用那银光闪闪的利角，顶刺向了那绿色怪兽的眼睛……

可还未顶到跟前，那绿色怪兽猛地一扭头，一口便咬向了那黑色怪兽的脖子，直痛得那黑色怪兽嗷嗷直叫，连忙甩头一阵儿乱窜，而后，又扭身踉跄地往后一蹿，却一不小心，它那巨大的头颅，一下子撞击到了"浪基岛"上东边的一座石崖山上，撞得它眼冒金花，感觉那天地间，直眼花缭乱的旋转着……

更可笑的是，它头上的那对银光闪闪的尖长菱角，竟然像两把利剑似的，深刺入了那坚硬的石崖间，任它怎么摇头晃脑地，用力地扭动着身子拉扯，也拔不出来……

见此情景，对面由巨力人所变的绿色怪兽，连忙凶猛地低头弯腰，猫弓着身子，迅猛地奔蹿向前而去，用它那银光闪闪的尖长的菱角，"嘶啦"一声，便刺入了那只黑色怪兽的肚腹之中……

那只黑色的怪兽疼得"嗷嗷"地吼叫着，扭头挣扎着身子，并不住地向前耸顶着，它那巨大的怪兽头颅……

而绿色的怪兽，此时却耸动着头上的一对菱角，在那只黑色怪兽的腹中一直左右摆动着……

　　只听见一阵"嘶啦、嘶啦……"的响声，那只绿色怪兽应声抬起头来一看，便见从那只受伤的黑色怪兽，的肚子上的伤洞口处，直"嘶嘶"地向外冒着紫色的轻烟……

　　"看来，过不了多久，那家伙便要爆炸了!"那"巨力人"所变的绿色怪兽，见此情景，不由得在心里想道，倏地一惊的它，连忙扭头抽出了自己的菱角，直往后退去……

　　而那受伤的黑色怪兽，因为头上的棱角，顶刺入了那坚硬的石崖间，所以，它那巨大的身子，却还在那里一个劲地摇头、挣扎着，想把它头上的菱角，从那石崖给挣拔出来!……

　　只见它不住地拱动着它那巨大的怪兽身子，耸动着它那巨大的怪兽头颅，一直在拼命地挣扎着……

　　只听见一阵"隆隆!"的声响过后，那座高大、险峻的石崖山，竟然在那隆隆声中倒下了……

　　一颗颗巨大的崖石，隆隆地滚落而下，直砸击向了那只受伤的巨大的黑色怪兽身体，很快，它的身子便被压在了那些巨大的崖石下了……

　　可它还在强撑着身子，在那崖石堆下，无助地摇头挣扎着……

　　此时巨力人所变的绿色怪兽，已大踏步地跑到了"浪基岛"对面几里开外的，那涛涛大海中的另一座礁石峰后，静观其况……

　　随着"轰隆!"一声巨响之后，只见对面"浪基岛"东边的那座小山坡上，那只挣扎着的奇异怪兽，拱动着甩开了压在它身上的巨石，而它那巨大的怪兽身子，却轰然地爆炸了，把四周的巨石给炸得四散冲击开来!……

　　而后，它那巨大的怪兽身子，便燃烧了起来，并化成了一道紫色的轻烟，袅袅地飞冲向了半空中……

　　而巨力人所变的绿色怪兽，终于从那挺拔的礁石峰后抬起了头，只见它摇晃着地抖了抖头上的尘土，便从那礁石峰后站起身来，并昂然地从那蔚蓝的大海上空，往浪基岛这边的方向赶来……

19　大战怪兽机器兵

此时在浪基岛南边，一座拱形的小山坡顶上，那身着银光闪闪盔甲装的小白龙，也正"嗬、嗬、嗬…"地与一群奇异的怪兽厮杀在了一起！

只见那些怪兽的样子，与刚才的那只黑色怪兽一样，个个长着两个银光闪闪的菱角，不同的是，它们的身子要小很多，只有大水牛那么大。

只见小白龙灵活自如地挥舞着手中的那把银光闪闪的"青龙跨月长矛"，虎虎生威地刺向了包围在他身前的那群奇异的怪兽。

可那些奇异的怪兽们，却毫不惧怕地"叽叽、哇哇"地怪叫着，张牙舞爪地扑上前来，竟要抢夺小白龙手中的那把银光闪闪的"青龙跨月长矛"。

小白龙倏地一闪身，突然施展法术，不见了踪影。

那些怪兽们"叽叽、哇哇……"地乱叫着，在那小山坡顶上的灌木丛间，东奔西闯地奔跑着，四处寻找着小白龙的踪影。

可它们找了几圈，也没有见到小白龙的踪影，却忽地听见从那半空中，传来了"嗷"地一声吼叫，接着从那半空中，横空飞出了一条银色的巨龙来，只见它飞扬跋扈、龙爪飞扬地飞扑向了下面的那群奇异怪兽们，并朝那些奇异的怪兽们，吐出了一个个金色的火焰球。

只见那些凌空飞落而下的金色火焰球，忽高忽低地打向了那一只只蜂拥而来的奇异的怪兽们。

只把那些奇异怪兽们，给炸得哇哇乱叫！直东躲西蹿的，四散逃离而去。

这时，那小白龙倏地变回龙太子模样，从半空中英姿飒飒地飞身而下，指着那些仓皇逃窜而去的怪兽背影笑道："哈哈哈！跑得这么快，真是一群没用的胆小鬼！"

可是，龙太子的话还没有说完，小白龙便惊愕地睁大了眼睛，直愣愣的，笑不出来了。

原来，刚才逃离而去的那一只只奇异的怪兽，都忽地转身又跑回来了，只见它们变形成了一只只银光闪闪的机器怪兽，而且，它们的后背竟长着一排尖锐、锋利的金刚脊刺，只见它们一只只脚步铿锵地朝那两眼直愣瞪的小白龙包围了过来。

小白龙一看势头不对，只见他那双乌溜溜的眼睛，骨碌一转，而后，便见他张嘴"哇"地大叫一声，便忽地飞身翻了一个筋斗，隐形而去，不见了踪影。

"唉，又让他逃跑了！"那些奇异的机器怪兽们，眼睛里闪烁着蓝光，摇头晃脑地用它们那低沉、奇异的声音气恼地嘀咕着。

当这些怪兽家伙们，正垂头丧气地准备转身离去时，却见天空中，忽地闪过一道银色的火光，只见一条银光闪闪的机器龙，从那半空中缭绕的云雾间，忽隐忽现地闪身而出。

当那条银光闪闪的机器龙，从半空中，腾地飞行到那群怪兽龙的上空时，便见从机器龙的肚皮底下，"咔嚓"一声，伸出了一排排激光枪的发射口，并簌簌然地扫向下面山坡顶上的那群银光闪闪的机器怪兽们。

可是，那群机器怪兽们，只是摇头晃脑地，闪动了几下身子，而后，就一副若无其事的样子，飞身腾跃而起，一只只地飞扑着，朝空中的那条银色机器龙，攻击而去。

见那些机器怪兽从四周包围而来，小白龙所变的银色机器龙，连忙张开了它那银光闪闪的大嘴，大吼一声，昂首吐射出了一支支银色的激光利箭，簌簌地射向了那些从四周包围而来的机器怪兽们。

只见那一支支银光闪闪的激光利箭，直吐着那银色的激光焰火，防不胜防地刺射进了四周那些机器怪兽的身体，并倏地烧融出一个个乌黑的大洞来，把那些机器怪兽们，给刺疼得哇哇地乱叫，并乱奔乱窜起来！

而后，就见那些机器怪兽们，一只只地抬起了它们的机器怪兽前爪，只见从那些机器怪兽银灰色的眼睛里，一闪而过一道红光，便见它们的机器前爪，倏地变形成了一个个激光导弹的发射口，并一齐瞄准了半空中的那条银光闪闪的机器龙，便"嗵、嗵!"地射击!

那小白龙所变的机器龙，不由得"啊!"地惊呼一声，便在那半空中倏地一闪身，只听见它用低沉的机器龙嗓音，大叫一声："变形!"并迅速变形成了一台银灰色的"旋转魔幻激光导弹"的发射炮台，并快速地旋转着，"嗵、嗵!"地轰向那些从下面四周包围扫射而来的机器怪兽们。

此时的卡斯娜公主，正在那"浪基岛"北边海滩边的一片草坪上，与一只浑身披着蓝色鳞甲的高大怪兽打斗在一起。

那怪兽长着一个奇特的蝙蝠头，一个巨大、奇长的披着坚硬的绿色鳞甲的身子，身后拖着一条奇长的长满了怪兽鳞甲刺的长尾巴。

只见怪兽张开利齿毕露的血红大嘴，狂野地咆哮着，一摇一摆地挪动着它那巨大的躯体，直朝卡斯娜扑咬了过来!

卡斯娜公主飞身一跃，来到了怪兽的跟前，并利索地从腰间抽出了一把"七彩魔幻神剑"，英姿飒飒地砍向了她身前的那只高大、威猛的怪兽。

那怪兽连忙张牙舞爪地迎扑向前。

只见一道道七彩的魔幻剑光，直朝那只巨大的"蝙蝠怪兽龙"刺了过去，把那笨拙而又凶猛的家伙，给刺得笨拙的左躲右闪并不住地号叫着，还不时从它那血红、利齿毕露的嘴里，吐出一团团绿色的火焰来，那绿色的火焰团直喷向了卡斯娜身前的那片杂草丛，把卡斯娜公主吓得连忙飞身而起，直往后翻了好几个筋斗。

卡斯娜公主竟退跃到了海边的一堵礁石崖边，卡斯娜倏地一回头张望，却见身后就是波涛汹涌的大海，已无路可退!

卡斯娜连忙飞身而起，飞到了那只怪兽的上空，凌空而下地挥剑斩向了那只巨大的蓝鳞甲的蝙蝠怪兽龙。

只可惜卡斯娜公主手中的"七彩魔幻神剑"，刚触着那只张牙舞爪的哇哇大叫着的怪兽头，"蝙蝠怪兽龙"便倏地化成了一股清烟，不见了踪影。

卡斯娜公主连忙再次腾空而起，并张开了她身后的那一对巨大的雪白羽翼，在空中飞行着，寻找着刚才那只巨大的、躲逃而去的"蝙蝠怪兽龙"。

可是卡斯娜在半空中，回旋飞行了好几圈，往下面寻望了很久，也没有见到那只奇异的蝙蝠怪兽龙的踪影。

20　勇战巨蜥龙怪兽

卡斯娜正准备飞身而下去寻找时，却听见耳旁忽地传来了一阵奇怪的嗡嗡声。

她应声抬起头来一看，只见在她头顶上方的不远处，停伫着一艘巨大的，像黑色怪鸟一样的飞船，卡斯娜定神一看，原来又是"震嗣"的魔幻怪兽太空军的太空飞船。

那是一艘巨大的太空飞船，而且，正从那飞船上，簌簌然地飞落下了一个个蓝黑色的奇异之物，卡斯娜连忙在那半空中隐身而去，准备暗中观察个清楚。

她这才发现，从那飞船上，飞落而下的那些蓝黑色的奇异之物，竟是"震嗣"的太空魔法兵！

只见那些家伙从那半空中飞落而下，纷纷降落到了"浪基岛"西边的一座小山坡顶上。

那些太空魔法兵，蜂拥如潮地把正与几个怪兽人决战的浪儿、灵儿、巨力人他们三个里面三层、外三层地包围了起来。

浪儿他们三个，眼见着那些身着银灰色的太空战衣，外披蓝色战袍的怪兽兵，刚落到他们身子周围的草丛地上，就见一阵紫色的轻烟缭绕而过，倏地变成了一只只奇异的"巨蜥龙怪兽"，并摇头晃脑地嗷嗷叫着，张开它们那利齿毕露的大嘴，拖着一条条巨大坚硬的巨蜥尾，从那四周黑压压地围了过来。

83

第二十章

浪儿他们三个连忙飞身迎战向前，用他们手中的利剑，簌簌地刺向了那些巨蜥龙怪兽们。

奇怪的是，那些巨蜥龙怪兽却越打越多，激战了好一阵子之后，浪儿他们几个，只感觉从他们的身子四周，有一股奇异的邪魔之力，正朝中间的他们三个逼涌而来，直逼压得他们几个晕头转向的！

他们那手握利器的身体不由得东倒西歪的，感觉胸口发闷，眼前直冒金花，有一种喘不过气来的感觉！

停伫在半空中隐身而去的卡斯娜公主，见此情景，连忙在半空中施展起了神奇的"七彩魔法术"，只见她"呀！"地大叫一声，便弯腰一挥双掌，朝下面"浪基岛"上的小山坡顶上的巨蜥龙怪兽们，施展起了那神奇的七彩魔法术！

便见两束奇异的七彩魔幻奇光，自她的双掌间俯射而下！

一直射向了那小山坡顶上的"震嗣"魔幻兵所变的巨蜥龙怪兽们。

而恰在此时，在卡斯娜头顶上方的那艘"黑鸟状"的太空飞船上，那佐军团长，命他手下的太空军，从飞船的机舱上，探伸出了好几个银光闪闪的"激光导弹"发射口，并簌簌地朝正在一朵白云上伫立着卡斯娜，发射了一枚枚银色的激光导弹。

其中一炮正好击中了那卡斯娜公主的后背，把她给轰得东摇西晃地扭动了几下，竟从那半空中掉落了下来。

还好，那卡斯娜公主的身子四周，有一股奇异的"七彩魔幻之光"护体，所以，那一枚激光导弹，并没有伤到她什么，只是受了一点惊吓而已。

卡斯娜公主暗叫一声"不好！"便连忙向半空中隐身而去了。

原来她还准备寻找最佳时机，去救下边那小山坡顶上的浪儿、灵儿与巨力人他们几个。

可是，从她头顶上的那艘震嗣佐军团的太空飞船上，却不断地朝她这边发射着激光导弹。

这让刚现身开来的卡斯娜公主不由得一惊，只好又连忙隐身而去。

只见下面那"浪基岛"上的浪儿他们三个，挥舞着手中的利器，奋力地砍向了那些从四周围涌着狂扑过来的巨蜥怪兽龙们。

浪儿挥动着"R头神剑"，一剑砍向了他身体左边的一条巨蜥龙怪兽的脖子，哪知那家伙的鳞甲皮坚硬，根本就砍不进去！

这一砍却激怒了那巨蜥龙怪兽，它反而狂叫着朝浪儿猛扑了过来！

浪儿连忙飞身跃起，骑在了那怪兽的脖子，并用他那坚硬的拳头，奋力地捶击那巨蜥龙怪兽的眼睛。

捶的那家伙嗷嗷大叫，摇头晃脑着，似乎并不能伤害到它什么。

此时的灵儿也正挥舞着"闪电神剑"，奋力地砍向了她跟前的那三只巨蜥龙怪兽，只见一道道闪电似的剑光，直刺向了她跟前的那怪兽。

可那些家伙根本不在乎只是摇头晃脑地躲闪了几下，便张开它们那鳄鱼似的血盆大口，直朝灵儿围扑了过来。

灵儿赶紧边退边奋臂舞剑，施展魔法术射出了一道道闪电剑光，直射向了她身前的那三只巨蜥龙怪兽。

巨力人这时挥舞着一把巨大的音片神叉，摆开了架势，用那把银光闪闪的巨大的音片神叉，左叉、右叉、前叉、后叉地挡击着，刺向了那些从他四周包围过来的奇异的巨蜥龙怪兽们。

把围上来的那些巨蜥龙怪兽们，给刺击得哇哇大叫，嘴里喷吐着绿色的烟雾，鼓着一双绿色的暴突眼，张着利齿毕露的嘴，径直朝巨力人这边扑涌而来！

巨力人赶紧施展魔法术，变成了一个高大的千手怪兽人，每双手中都握着一把巨大的银光闪闪的音片神叉，幻影般地快速刺杀、阻击那些从四周扑过来的巨蜥龙怪兽们。

只见有的音片神叉，刺向了巨蜥龙怪兽的身子；有的音片神叉，正好叉住了嗷嗷大叫着的巨蜥龙怪兽的脖子；还有的，刺中了巨蜥龙怪兽的眼睛，直疼得那些巨蜥龙怪兽们，张牙舞爪地哇哇大叫地挡闪着。

虽然如此，但因那些从四周围蜂拥而来的巨蜥龙怪兽，魔幻般地越变越多，巨力人也渐渐感到有些体力不支了！

又恶战了一阵之后，巨力人所变的千手怪兽人，挥舞着音片神叉的身子，也直东摇西晃的，一副浑身颤抖要倒下的样子。

眼见着下面"浪基岛"上的那些巨蜥龙怪兽们，就要把浪儿、灵儿、巨力人他们三人，给围攻、扑击得快要倒下了。

半空中隐身而去的，站在一朵白云上，正朝下观望着的卡斯娜公主，直急得团团直转！可又不知该怎么办才好！

而恰在此危急时刻，忽然从那地层底下，"嚓、嚓！"地伸探出了几个奇形怪状，银光闪闪的弯曲管状的东西来，浪儿与灵儿他们兄妹俩诧异地望了一下，在心里猜想：那是什么奇怪的东西？

只见从那些奇异的大管里面，又伸展出了一根根银白色的细管子，而后，便"嗵、嗵！"地朝半空中的震嗣那艘太空飞船发射起了银色的"4017 型的魔幻激光导弹"，冷不防地把上空中的那艘震嗣的太空飞船，给击穿了几个大洞来。

之后，又从那地层下面伸展出来的另一个导弹发射口，又发射了几颗"35135 型"魔幻激光导弹，把那艘太空飞船的"鸟头舱"又给击穿了几个大洞。

这突如其来的袭击，吓得太空飞船上的佐军团团长，赶紧惊慌失措地把那艘太空飞船开走。

"波哩真棒！"卡斯娜不由得惊喜地在心里说道。

21 大破魔幻怪兽阵

眼见着下面"浪基岛"西边的小山坡顶上，那些从四周密密麻麻地围扑过来的巨蜥龙怪兽，就要把浪儿、灵儿、巨力人他们三人给围扑着"淹"没了。

没有了空中那艘震嗣的太空飞船的威胁，卡斯娜公主连忙从半空中飞身而出，施展起了奇异的"七彩魔法术"。

只见两束奇异的七彩魔幻奇光，从半空中直射而下，而后，那两道七彩魔幻奇光聚集到一起，并慢慢地扩大，竟幻变成了一张"七彩魔幻奇光网"，铺天盖地地往"浪基岛"的小山坡顶上罩盖而去。

只见那张铺天盖地而来的"七彩魔幻奇光网"，把小山坡顶上的巨蜥龙怪兽与浪儿、灵儿、巨力人他们全都给网住了。

那张七彩奇光网中的浪儿、灵儿与巨力人他们，只感觉迎面一阵舒爽的清风扑面而来，浑身顿感轻松、舒畅了很多。

而被网在那张"七彩魔幻网"中的那些巨蜥龙怪兽，却感觉那张迎面扑盖而来的"七彩魔幻奇光网"上，一个个尖锐的"七彩魔幻神刺"，直刺入了它们的身体内，一阵刺疼的感觉便倏地传来。

疼得巨蜥龙怪兽在网中乱蹦乱跳，东奔西窜的一只只哇哇大叫着，有的竟被刺疼得翻倒在地上，直打着滚……

很快，从它们身上的鳞甲间，冒出了一缕缕紫色的魔幻清烟，之后，只见它们精神抖擞地又一只只地从那青草坪上爬了起来。

只见那一只只巨蜥龙怪兽，又张开了它们利齿毕露的狰狞大嘴，张牙舞爪地扑向了中间的灵儿，浪儿与巨力人他们三个。

他们三个赶紧背靠背地站拢在一起，各自对准自己面前的那些围攻而来的巨蜥龙怪兽，挥掌大喝一声："七彩魔法术，威力无限！"

一下子，从他们各自的手掌中，各射出两道七彩魔幻奇光，直接射向了那些凶神恶煞而围攻而来的怪兽。

可是，他们三个人的力量，比起那些从四周围涌而来的巨蜥龙怪兽们，实在是太单薄了。

很快，那些围过来的巨蜥龙怪兽的邪恶魔力便占了上风，浪儿他们三个，又感觉从他们的四周传来了一股强大的邪恶魔力，把他们三个给逼压得胸口发闷地喘不过气来。

而在半空中，正施展七彩魔法术的卡斯娜公主，也感觉有一种强大的魔力，自底下的那张"七彩魔幻网"中，朝半空的她逼攻而来，让她的身子直摇晃，并逐渐感觉有些体力支撑不住了。

正在这危急的时候，只见一道金色的亮光，在卡斯娜公主的眼前一闪，便见那火鑫公主，从她面前的上空英姿飒飒横空飞跃而出。

"卡斯娜，我来助你一臂之力吧！"话刚落音，那火鑫公主已来到了那卡斯娜公主的身旁，并大大咧咧地施展起了她那奇特的"火星魔法术"来。

只见她飘逸地一甩，她那双奇特的七彩袖，便从她那宽大的袖子里，倏地飞飘出了两束奇异的"金色闪电线"来，并飘然地握在手里了。

然后，随手左右一挥，便见从她左袖口处，飘落而下的那束奇异的"金色闪电线"，竟在那半空中幻变成了一张奇特的"金色闪电神刺网"。

只见那网从半空中飘落而下，往那座小山坡顶上"网罩"而去……而从她右手边的七彩袖中，飘落而下的那些奇异的金色闪电线，却在半空中幻变成了一根根奇异的"金色闪电神鞭"，簌簌然地飞落而下，来到了那群巨蜥龙怪兽的上空，并钻穿而过，那两张奇特的"七彩魔幻网"与"金色闪电神刺网"簌簌然地抽打向那些围着，或攻击浪儿他们一群巨大的巨蜥龙怪兽……

把那些巨蜥龙怪兽，给抽打得在网中东滚西撞地哇哇大叫着。

而那张"七彩魔幻网"上的七彩神刺与那张"金色闪电神刺网"上的闪电神刺，也簌簌然地刺入了那些巨蜥龙怪兽的身体内。

那些巨蜥龙怪兽的邪恶魔力顿时减弱了很多，浪儿他们顿感浑身轻松、舒适了很多，并准备飞身跃起，从那两张魔幻网中钻穿而出。

而此时，从上空中刚飞来的一艘隐形而去的"震嗣"的太空军飞船上，又飞落而下了一群身着黑色的盔甲装的怪兽兵。

只见那些怪兽兵，手握着奇异的激光枪，从四面的空中扫射着，攻击了正在潜心施展魔法术的卡斯娜公主与火鑫公主她们俩儿。

只见一颗颗银光闪闪的激光子弹，击打在她们俩身体四周的弥漫地包围着的"七彩魔幻奇光护身球"与金色的"闪电奇光的护身球"上，竟一颗一颗地被反弹了回去。

但是，那护身球内的她们俩的身体，还是被那激光子弹的超强的射击力给震击得不由得浑身一颤，一不小心，火鑫公主与卡斯娜公主，竟一前一后、背靠背地碰撞到了一起……她们俩连忙转身，惊慌失措地一对互望。

半空中的那些"震嗣"的太空军，仍用激光枪，从四面簌簌地朝下边的卡斯娜、火鑫公主这边射击着，眼见她们就要顾前顾不着后了。

正在这危急的时候，只见小白龙在半空中一个筋斗，翻越而出，并摇身一变，竟变成了一条银色的巨龙，飞扬跋扈地来到那些正朝卡斯娜公主、火鑫公主她们扫射着的，那群怪兽兵的上空。

小白龙一摇龙头，便朝那些怪兽兵们，喷吐出了一团团金色的焰火，那焰火点燃了那些怪兽兵的怪兽战袍，直烧得那些怪兽兵，在那半空中乱蹦乱窜，哇哇大叫着……

但只见一阵白色的烟雾缭绕而过，那些怪兽兵们便倏地一下，变成了一只只奇异的"蝙蝠怪兽龙"、"巨蜥龙怪兽"，在半空中，从四周蜂拥而上、气势汹汹地围攻半空中的小白龙，并一只只狂野地咆哮着，扑向了那小白龙。

只见小白龙倏地一个神龙摆尾，便从怪兽包围圈中闪身而出了……之后，它便又从口中吐出了一个个金色的火焰球，击向了那些从四周向它围攻而来的怪兽们，可那些怪兽们，也许觉得那些奇异的火焰球，腾跃着好玩吧，竟然伸出它们那巨大的黑色手爪，一把接过那些腾跃而来的焰火球，并张开它们那狰狞的大嘴，一口便吞下肚去了。

却不知，那金色的火焰球在它们的肚子里仍烈焰腾然地燃烧着，嗞啦嗞啦地燃烧着它们肚子里的内脏，直烫疼得它们一只只张牙舞爪、上蹿下跳然的痛苦不堪地挣扎着！…

到最后，它们竟像一个个奇异的怪兽球似的，在那半空中一蹦一窜的，小白龙调皮地一甩它那巨大的龙尾，便卷起了一股巨大的狂风，把那一个个正蹦着的怪兽球给卷去老远老远的。

而那些没有吞食"金色火焰球"的怪兽们，却已狂野地咆哮着，变形成了一只只银光闪闪的机器怪兽，并一只只地举起了它们那奇异的金属手，朝空中腾跃着的小白龙发射着一颗颗的激光弹。

22 魔幻变形机器人斗魔幻怪兽之战

小白龙只听见它的身后一阵冷风簌簌然地传来，便感觉有几颗激光弹，刺烫似地穿钻进了它那巨大的躯体内，一阵刺疼的感觉便倏地传来。

他在心底暗叫一声："不好……"便连忙一甩它那巨大的龙身，只见一道白光一闪，它便隐形而去不见了。

而后，那隐形而去，已变回成龙太子模样的小白龙，便在半空中把那变形成机器人的能量芯片，往自己的额头上一贴，便倏地变形成了一名身材巨大的金刚机器人太空战士，并铿锵地挥举起了它那巨大的金刚石机械手，倏地一摇头，便见它那巨大的金属手，倏地变形成了一个银光闪闪的激光炮弹发射口，便挥举着，簌簌然地朝那些从四面围攻而来的怪兽群们发射起了那激光炮弹。

但此时已变成金刚机器人的小白龙，却是顾前顾不着后了。

因为，在它的身后，竟有一个怪兽机器人，竟高举着那雪亮的金刚石利剑，从金刚石机器人的身后，朝它偷袭然地厮杀了过来。

那小白龙所变的金刚石机器人，连忙倏地一转身，用那把金刚石的青龙跨月长矛，与那个怪兽机器人混战了起来。

只见一个巨大的金刚石机器人与一个巨大的怪兽机器人，在那半空中，各自挥举着手中的金刚石利器，对峙地厮杀、决战着……

卡斯娜公主与火鑫公主也连忙飞身而起，卡斯娜公主变形成了一个巨大的"怪兽机器人"，而火鑫公主变形成了一位银光闪闪的、浑身闪烁着一道道火光的"火星闪电机器人"，与"震嗣"的那些怪兽机器人、奇特的巨蜥龙怪兽们打斗、厮杀了起来。

只见卡斯娜所变的怪兽机器人，挥举着"七彩魔幻激光神剑"，铿锵地走向前去，奋力地砍向了"震嗣"的那些怪兽机器人。

只见它周围的一道道七彩魔幻激光剑光，直刺向了它身前的那些怪兽机器人，把那些家伙给击得东倒西歪的踉跄着。

而已变成"火星闪电机器人"的火鑫公主，却手握一根金光闪闪的"闪电线神鞭"，簌簌然地抽向了那些怪兽机器人，可那些"震嗣"的怪兽机器人也不是好惹的，只见它们扭身扑向了那个"火星闪电机器人"。

而那个"火星闪电机器"人，却忽地从它那巨大的、银光闪闪的机器身体前后，伸出了几个银色管状的激光弹发射口，便见那些银光闪闪的激光弹，簌簌地射击而出，直射向了它身前的那些怪兽机器人。

而那些怪兽机器人却防不胜防，身上倏地被射穿了一个个大洞，只见它们咆哮着摇晃了几下身子，便倒下了。

　　而这时的小白龙所变的金刚石机器人，正对峙地与那些怪兽机器人扭打在一起，却不料，它的身后又来了几个怪兽机器人，一起围攻偷袭它。

　　其中一个怪兽机器人所握的一把激光利剑，吐着激光烈焰，把小白龙所变的金刚石机器人那银光闪闪的金刚石战衣，给划破了一道道口子。

　　这下，可真是惹恼了小白龙所变的金刚石机器人，只见它一把推倒了它身前的那个怪兽机器人，然后，飞身向上一跃，便来到了半空中，默念了一句太空魔法咒语，之后又倏地变形成了一条银白色的机器巨龙。

　　只见又一道银光在半空中一闪而过，那已变形成一条银色"机器巨龙"的小白龙，从半空中倏地闪出，并从它那机器巨龙身上，倏地伸展出了很多个银光闪闪的激光导弹发射口，直朝那些从下面四面围攻而来的怪兽机器人射击而去。

　　可那些奇异的怪兽机器人，竟也随之变形，便变形成了一门门乌黑的、奇形怪状的怪兽激光大炮，"咣、咣！"地射向了半空中的那条银色的机器巨龙。

　　把小白龙所变的那条银色的机器巨龙，轰击得在半空中摇头晃脑地东躲西闪着。

　　小白龙也急了，只见它摇身一变，变成了一枚硕大的旋转式的金刚石所铸的"魔幻激光导弹"发射台，并快速地旋转着"平！平！"地轰向下面那些从四周包围而来的怪兽机器人所变的"怪兽激光大炮"。

　　只见一枚枚魔幻激光导弹，射中了那一台台乌黑的"怪兽激光大炮"，只听见"轰隆！"一声，便见那些乌黑的"激光大炮"倏地蹿出一阵紫烟，便不见了踪影。

　　而这时，另一边的卡斯娜与火鑫公主她们所变的，银光闪闪的怪兽机器人与火星闪电机器人，也一齐并肩上前，打倒了他们身前的最后一名怪兽机器人，只见那家伙在半空中，摇晃着那巨大的怪兽机器身子，晃悠了几下，便倒下去，化成了一股紫色的轻烟，不见了踪影。

91

第二十二章

卡斯娜公主与火鑫公主，赶紧变回原身，并飞身往小白龙那边赶去。

而此时已变形成"魔幻激光导弹"发射台的小白龙，正对准"浪基岛"上，那些被"七彩魔幻网"与"闪电神刺网"所网住的巨蜥龙怪兽与蝙蝠怪兽龙们，发射着奇异的魔幻激光导弹。

只见一枚枚银光闪闪的魔幻激光导弹，簌簌地射向了那两张奇异网中的魔幻怪兽们。

浪儿与灵儿、巨力人他们三个，赶紧乘乱从那网中飞蹿而出，并张开他们身后那对巨大的银色羽翼，飞到了半空中。

这时，半空中又现身"震嗣"的佐军团的太空飞船，那浪儿与灵儿、巨力人他们三人，连忙把那"太空战斗变形"的能量芯片，往自己的额头一贴，便倏地变形成了三台巨大的，银光闪闪的火箭状的"冲天魔幻激光导弹"发射台，"咣、咣!"地往空中的那艘"震嗣"佐军团的太空飞船，发射着那银光闪闪的利箭状的"2506"型魔幻激光导弹。

那艘震嗣佐军团的"太空飞船"还没来得及往下面发射导弹，便被"2506"型魔幻激光导弹给击穿了几个大洞来。

吓得那艘太空飞船上的佐军团长，连忙命令那些魔幻怪兽兵们，仓促地往下发射了一阵激光弹后，便慌乱地隐形飞走了。

浪儿他们所变的"冲天魔幻激光导弹发射台"赶紧凌空飞起，追击而去。

而这时，已变形成银光闪闪的"魔幻激光导弹"发射台的小白龙、卡斯娜公主、火鑫公主他们，却仍往下面的那两张交织而成的"七彩魔幻网"与"闪电神刺网"中的那些"巨蜥龙怪兽"与"蝙蝠怪兽龙"们，发射着那银光闪闪的魔幻激光导弹。

那些被魔幻激光导弹簌簌地击中的巨大的魔幻怪兽们，倏地化成一股紫色的轻烟，便不见了踪影。

而那些没有被击中的魔幻怪兽们，就在那两张交织而成的"七彩魔幻网"与"闪电神刺网"中，挣扎着、东奔西窜地逃蹿着，它们在"浪基岛"上的那几座小山坡顶上的那片草坪上直打滚、挣扎着。

最后，那些巨蜥龙怪兽与蝙蝠怪兽龙们，竟然被那"魔幻激光导弹”发射台所发射的“魔幻激光导弹”——给炸的，幻变成了一只只细小的小飞虫，从那张奇光闪闪的“七彩魔幻网”与“闪电神刺网”中，悄然飞出，并潜入了半空中逃走了。

看来，这次“震嗣”的佐军团的太空军，可真是损失惨重哦！……

还好，它们的那艘太空飞船隐形躲闪得快，否则，“震嗣”的佐军团长与他手下的那些“怪兽太空军”的残兵败将们，都将无法返回他们的V星系去了。

23 “利箭一号”太空飞船
启程出征太空

这时，小白龙、浪儿、卡斯娜公主、小灵儿、火鑫公主、巨力人，他们六个已从半空中飞身而下。

当他们抬起头来，望了望那深蓝色天空，发现天色已逐渐黑暗了下来。

这天晚上，疲惫不堪的他们六个，回到“浪基岛”的地下洞府后，没多久，便进入了香甜的梦乡。

在那清凉的石洞内，浪儿与小白龙、巨力人他们三个，躺倒在一间宽大的石室内，巨力人高大的身体靠倒在一面石洞壁旁，张开它那巨大的嘴，“呼鼾、呼鼾！”地打着呼噜。

在他的手里，还抱握着一把巨大的、银光闪闪的音片神叉！

而浪儿与小白龙，却躺倒在那石洞地上的一张草铺床上，草席上，他们的身上各披盖着一件宽大的战袍。

卡斯娜公主与灵儿、火鑫公主她们三个，并排地躺在里面的一间石室内的一张宽大的石床上，她们三个人盖着一床宽大的粗麻布毯子，安然地入睡了。

卡斯娜又进入了那个奇异的梦中，她梦见自己在一片迷茫的云雾间朝前走着，她听见父王那亲切的声音在她的耳旁响起，"卡斯娜，卡斯娜，我的女儿，你还好吗？"

卡斯娜连忙急切地往前走去，"父王，父王，你在哪里？快出来呀！……"

"我的女儿，你别过来，这里很危险的……"父王的声音，警告似地在她的耳旁响起。

"不，父王，你放心，我一定会来找到你和母后的！……我与朋友们都已做好了来 V 星系救你们的准备了！……父王，你快出来，让我看看您现在怎样了……"卡斯娜公主急切地呼唤道。

"好吧，女儿，我也很想看看你现在长多大了！……自从你离开我们后，我与你母后，被"震嗣"那叛贼给分别关在两个石洞内，但我们无时无刻不在牵挂着你呀！"话刚落音，卡斯娜发现，她面前不远处的迷雾上空，出现了一个圆形的蓝色大光圈。

只见那个蓝色大光圈里，先是闪过一阵蓝色的光波涟漪，而后，那光圈内便呈现出了一幅清晰的画面，画面显示：卡尔斯国王，被关押在一个奇异的山石洞内，只见头发凌乱的他，身上穿着一件被抽打得破破烂烂的薄衣裳，他那骨瘦的双手高举着，被用巨粗的铁链分别锁扣在他身后左右两边的石洞岩上，只见他不住地弯腰、伸脖子咳嗽着，一副面容憔悴不堪、饱经折磨的样子。

看到父王受尽折磨、苦难的样子，卡斯娜心疼极了……"怪不得母后始终都不肯让我在梦里看到她现在的模样……原来，此时的他们，都正在忍受着奇大的痛苦、折磨……"卡斯娜不由得低头在心底，恍然大悟地想道。

当卡斯娜再一次泪流满面地抬起头来看时，发现空中的那个奇异的蓝色光圈不见了，"父王，父王，你别走呀！"卡斯娜心焦、悲切地呼喊道。

而此时，父王的声音，却远远地在她的耳旁响起：

"卡斯娜我的女儿，我与你母后在 V 星系的'卡尔斯怪兽王国'，等着你们来救我们！卡斯娜，你与你的朋友们，要勇敢、自信，面对强敌要英勇无畏，我们相信你们一定能战胜"震嗣"那个叛贼的怪兽大军，我们一定能够团圆的！"

卡斯娜一着急，便从噩梦中惊醒了过来，睡眼蒙眬的她，竟发现灵儿与火鑫公主正坐在她的左右两旁，一脸担忧地望着她。

见她醒了，火鑫公主惊诧然地问道："卡斯娜，你是不是又做什么噩梦了？"

而灵儿却下了那张大石床，去给卡斯娜打了一碗清水来，说道："卡斯娜，你刚才叫那么大声，可把我们俩给吓坏了，还以为你遭遇袭击了哩！卡斯娜公主，你渴了吧，喝点水吧？"

卡斯娜还真是渴了，只见她坐起身来，接过那灵儿手中的瓷碗，便"咕咚、咕咚！"地喝了起来。

喝过水后，卡斯娜便脸色焦虑地下了床，准备往石洞外走。

灵儿与火鑫公主，在后面用惊诧的声音问道："卡斯娜，这么晚了，你要去哪里呀？"

"我不出去，只是去那边的石洞中拿点东西，你们先睡吧，我等一下便回来了！"说着，卡斯娜理了理自己的衣衫，便转身往那石洞外走去了。

"等一等，我陪你一起去吧……"灵儿有点担心，连忙从那石床上坐起了身子，利索地准备下床来。

"不用了，我一个人去就行了，灵儿，你还是陪火鑫公主睡吧……去多了人，会把大家都给惊醒的，我一下子就回来了……"说完，卡斯娜公主头也不回地朝那石洞门而去。

而这边的灵儿见她急切地走了，便也没有追上去，灵儿与火鑫公主一躺倒到床上，闭上眼睛睡下没多久，便有两只奇异的萤火虫，飞到她们俩的头顶上空，倏地闪出两道奇异的七彩之光，便见她们俩双眼紧闭的眉头，微皱了一下，便进入了那沉沉的梦乡中。

也难怪，卡斯娜认为她们俩实在太累了，所以施展魔法术，让她们香甜地睡上一觉。

而此时的卡斯娜公主，已来到了那个太空洞内，只见那智能机器人波哩，笨拙地扭动着身子，那银光闪闪的圆形头顶上，两根银灰色的信息棒，闪烁着红、绿的信号灯光，只见它径直朝她走来道："卡斯娜公主，这么晚了，您找波哩有什么急事？"

"我们得准备行动了，我父王与母后在 V 星系的卡尔斯怪兽王国，正受着那"假震嗣"的百般折磨，我不能再等下去了，波哩，我们来一起做好飞船起飞的准备吧。明日一早，我们大家便乘坐"利剑一号"飞船，一起往 V 星系我们"卡尔斯怪兽王国"赶去……"卡斯娜公主说着，便急切地往前面不远处，停着的那艘悬挂着舷梯的，银白色的"利箭一号"太空飞船走去。

第二天一大清早，灵儿、浪儿、卡斯娜公主、火鑫公主、小白龙、巨力人他们六人，便乘坐那艘"利剑一号"太空飞船，从仙雾缭绕的美丽的"浪基岛"起飞了。

他们此次前往 V 星系的目的，是战胜"震嗣"的太空怪兽大军，然后，赶到"卡尔斯怪兽王国"的"千页峰"顶上，取下那山顶的一根奇异的"仙灵草"，而后，再把那仙灵草给熬成药水，送到那皇宫地下石洞中，给卡斯娜的父王与母后喝了，便可以破了"假震嗣"的魔法咒，从那地道中救出被关押的卡斯娜的父母了。

话虽这么说，但要战胜"宇宙公敌"震天宇所变的魔幻怪兽大王"震嗣"与他的魔幻怪兽大军，却并不是一件容易的事。

宇宙广浩无边，前路漫漫，等待浪儿他们六个的将是险境重重的、惊险的"太空魔幻之战"之旅。

而此时在"利箭一号"太空飞船上一间太空休息舱内，灵儿略带好奇地问坐在她身旁的火鑫公主道："你去过 V 星系吗？""没有呀，我也是第一次去……"灵儿与火鑫公主在那里不紧不慢地聊天着。

巨力人已变小了身子，不急不躁地坐在她们的一旁，听她们闲聊天。

波哩正在那太空驾驶舱内，聚精会神地操纵着"太空飞行系统"，浪儿站在波哩的身后，认真地学习着，波哩驾驶太空飞船的技术。

只见波哩身前的那面四方形的蓝色荧光屏上，正闪烁着一条条蓝色的太空轨道航线，而它面前，银灰色的操纵台上的那一排奇形怪状的闪光按钮上，却正闪烁着红色、蓝色、绿色的光彩。

波哩不紧不慢地用它的机械手，敲打着它面前的电脑键盘，并不时地按下操纵台上的那些奇形怪状的闪光按钮，调整着飞船的航线系统。

24 太空飞船上的闹剧

在他们身后的左边的不远处，身着武士盔甲装的小白龙，腰间挎着那把变小了的"青龙跨月长矛"，双手环抱地靠坐在那张宽大的太空椅上，睡着了。

而在他斜对面的右边的太空椅上，坐着的卡斯娜公主却沉默着。

她心里似乎有些担心，这次回到Ⅴ星系的卡尔斯怪兽王国，不知父王与母后，是否能被他们顺利救出。

而浪儿他们五个，这些善良而又勇敢的朋友们，与她这一路上，将会遭遇很多的险境，让大家为她而受苦，她心底实在感觉有些过意不去！

这时，浪儿走了过来，轻轻地拍了拍卡斯娜公主的肩膀，安慰她道："别担心，卡斯娜，一切都会好起来的，而且，就算遇到困难时，还有我们大家哩！我们大家都会齐心协力帮助你的！"

听到浪儿这声音，那沉睡着的小白龙的眼皮一动，便一下子睁开来，并抬起了头，应声往那边望去。

见卡斯娜正与浪儿在说话，小白龙的心里很不是滋味，只见他那乌黑的眼珠骨碌一转，便倏地施法术，变出一只黄蜂来，在浪儿的眼前飞来飞去的"嗡、嗡！"地叫着，一副要扎蜇浪儿的样子。

浪儿用手在眼前挥赶了几下，可那只黄蜂却依然在他的眼前嗡嗡地飞来飞去。

而那边的小白龙，却刚闭上左眼，又睁开了右眼，并神情诡谲地暗自一笑。

忽地，见那只嗡嗡飞着的黄蜂，飞蹿直往浪儿的脸上蜇去，并在浪儿的脸上猛地"叮扎！"了一下！

"哎哟!"疼得浪儿直咧着嘴叫唤道。

浪儿气恼得伸出双手,朝那只捣乱的黄蜂用力一拍,并大声叫骂道:"我打死你个臭黄蜂!"便"拍!叭!"两声,把那只可恶的黄蜂一下子给打死了。

那边的小白龙眉头一皱,又一个"歪点子"冒了上来,过了一会儿,只见那太空舱内飞来了几只奇大的蚊子,直绕着浪儿的前、后、左、右,轰炸似地飞来飞去。

并不时地叮咬浪儿的额头与脸上,浪儿急得直上蹦、下跳地追赶着那些可恶的蚊子,可那些蚊子却像着了魔似的,竟越变越多,最后,竟包围着用它们那尖长的吸血嘴,纷纷叮咬浪儿的全身。

忙得那浪儿,手忙脚乱地驱赶着。

浪儿急得"哇!"的大叫一声,便往一旁的那间太空舱跑去。

卡斯娜公主在他的身后,一脸惊诧地望着,呆怔了片刻,而后,仿佛一下子清醒过来了似的,往小白龙那边走去。

那小白龙眯眼见此情景,赶紧闭上了眼睛,装出一副睡着了的样子。

只见那卡斯娜公主,急步走了过去,一下子把那假装睡觉的小白龙给拽醒了:"小白龙,你太过分了,这是在太空飞船上,你还在这里瞎捣蛋!"

"冤枉呀!"小白龙一下子"惊醒"了过来,一脸无辜地诉苦道。

而那边的浪儿,急匆匆地跑进太空休息舱内时,一不小心,竟撞到了巨力人的身上,浪儿抬起头来一看,可把火鑫公主、灵儿、巨力人他们三个给吓了一大跳!

原来浪儿的满脸,都拱起了一个个被那蚊子所叮咬过的红包包,一张"红包"麻子似的大花脸,看起来挺滑稽、恐怖、吓人的!

"你怎么啦,浪儿哥哥?"灵儿一脸惊诧地问道。

"我也不知道,刚才有一群可恶的蚊子,一直追着我叮咬,我怎么躲也躲不开它们的叮咬,于是,就变成了现在这样子了!"浪儿一脸无奈地说道。

"哦,好惨呀!"巨力人一脸憨厚地笑着说道。

"不对呀，这太空飞船上，是应该不可能有蚊子的呀！"机灵的火鑫公主，转溜着一双晶亮的大眼睛，很是诧异地说道。

只见她用左手食指，诧异地在鼻子上刮了几下，沉思了片刻后，便忽地抬起头来，大声地说道："依我看，一定是小白龙那家伙在捣鬼，就他鬼点子最多！喂！浪儿，你这小子，是不是什么地方得罪他了！"火鑫公主回过头来，略带好奇地问浪儿道。

"没有呀，我也不知道，不过，我总觉得他看我有些不顺眼似的！"浪儿一脸诧异、无奈地说道。

"看来我们得想一个办法好好地整整他才行了，免得他下次又欺负你！"火鑫公主忽地换了一种打抱不平的语气，小声地说道。

而后，他们几个便凑在一起，嘀咕了一阵之后，便倏地一变，不见了踪影。

再说那小白龙，此时却依然在飞船的驾驶舱内，与那卡斯娜公主争辩着，只见他气呼呼地对卡斯娜公主说道："你干吗老是向着那小子，我小白龙到底什么地方不如他了！"

"你在胡说什么呀，我一直都把你们大家当成朋友，并没有偏心于谁呀，浪儿他人老实，可你也不能总是欺负他呀！"卡斯娜公主一脸正气、坦诚地说道。

"可是，自从那小子来后，你却对我冷落多了，你应该知道，我……我，我一直都很喜欢你……你又不是不知道！"小白龙依然在那里尴尬地表白着。

"算了吧，小白龙，我们现在即将进入那遥远而又未知的太空，处处险境重重！我们现在最要紧的任务，就是应该我们大家团结起来，去对付那"震嗣"的太空怪兽大军！把这个祸害宇宙的公敌给消灭掉！这才是我们当前该做的事！"卡斯娜公主冷静而又心平气和地说道。

"我知道，你的父母都被'震嗣'那叛徒给抓起来了，你们的卡尔斯怪兽王国也落入了震嗣的手中，我们这次去太空，一定要攻入那'震嗣'的老巢之中，把'震嗣'的太空军给消灭掉。到时候，便能把你父王、母后给救出来了！"小白龙说着，转身望了望卡斯娜公主，见她仍是一脸忧郁的神情，便连忙安慰她道："你别担心了，我们大家都会帮助你的！"

最终，表白未成，反而被"压"了"一肩重任"的小白龙，便转身往巨力人他们那边的太空舱走去。

只见他刚走到灵儿他们几个所在的那间太空舱门口处，便直接往里钻去。

可是，才伸进去半个头，忽然从那小白龙的头顶上翻倒下来了一大盆冷水，把他给浇得哇哇大叫，浑身上下都湿透了！

惊得"啊！"的大叫一声的小白龙，还未回过神来，脚下却又踩到了一块滑溜溜的东西，把他给一下子摔了个"饿狗啃泥"，便一头撞到了那太空舱上，而后又滑倒在地上。

只把那小白龙给摔撞得鼻青脸肿的，额头上还鼓起了一个红红的大包来！

小白龙眼冒金花，身子摇摇晃晃地从那滑溜溜的地面上爬了起来，还未来得及站稳，却又忽地从他的头顶上，罩下了一张"闪电神刺网"，把他给一下子网住了。

小白龙急得手忙脚乱地撕扯、挣扎着，想施法术拽开那张"闪电神刺网"，可他越挣扎，那张网反而越收得紧了，还"嗞啦、嗞啦！"地闪烁着细微的蓝光，疼得他哇哇大叫起来！

看着小白龙那狼狈不堪的样子，那隐身而去的火鑫公主、灵儿、浪儿、巨力人他们几个，都乐得用手捂着嘴，呵呵地笑个不停！

"好了，都别闹了！"这时，卡斯娜公主走到了那扇太空舱门口处，朝里面厉声地制止道。

而后，那张捆绑着小白龙的"闪电神刺网"，倏地一闪，便消失不见了。

小白龙在地上一打滚，便站起身来。

浪儿、灵儿、火鑫公主、巨力人他们几个，一下子从那太空舱内现身出来，他们几个拥簇在一起，呵呵乱笑着。

这时，他们的"隐形信息接收器"里，传来了机器人波哩的呼叫声："各位小主人，太空系统提示，我们的飞船将在一片奇异的星空地带降落，请大家做好准备，飞船即将下降，着陆异域星球！"

大家连忙一齐往太空驾驶舱内走去。

25　美丽神秘的蛇王星岛

只见波哩正坐在那面巨大的蓝色屏幕前，有条不紊地操纵着飞船。

浪儿他们几个凑向前凝神仔细地往那屏幕上望去。

只见那蓝色的荧光屏上，闪烁着一颗颗奇形怪状的星体。

原来，那是太空中的宇宙星系图。

只见波哩右手握着一个晶光闪亮的鼠标，推动着把"移动光标"对准了其中的一颗晶莹剔透中带着绿色亮光的星体上，点击了一下……

而后，波哩便按下了它面前操纵台上的那颗最大的绿色的圆形按钮，之后，只见他们的"利箭一号"飞船直往下降落而去。

而那面蓝色的荧光屏幕上却显示着：在太空中上，有一些银光闪闪的星星直闪烁着亮光。而在他们面前的那屏幕的左下方的那串"太空海拔"数据，却在快速地下降着。

而他们的耳旁，却传来了飞船的语音系统提示：飞船现在下降途中，请大家系好安全带……

另外，在系统屏幕上，则显示着下降的高度数值：2000000，15000000……

一串串银白色的数字在他们的眼前一直闪烁着。

半个小时之后，他们几个感觉那飞船倏地一顿，便停落了下来。

当他们趴在舷窗上往下一望时，只见他们的飞船降落在一片碧绿的原野上，这让他们感觉仿佛又回到了地球上似的，由是意外惊喜而又亲切。

"波哩，我们不会又回到地球上了吧？"卡斯娜却惊诧而又略带遗憾地说道。

也难怪，卡斯娜一心想赶紧赶到那 V 星系上，去救她的父王与母后。

"没有呀，我们现在来到的是宇宙中的 C 星系的"蛇王星球"。我们的太空飞船系统资料显示：C 星系位于银河系的东南方向，而"蛇王星球"，则是 C 星系内的一颗绿色星球，是一颗类似地球，有生命的星球！"波哩边用机械手操纵键盘查资料，边解说道。

"哦，是吗？""那太好了，我们可以好好地体会一番另类绿色星球的生活了！""哦，我们又自由了！"大家又是惊喜地欢呼着。

"可是，你们也别高兴得太早了，我的话还没有说完哩！"波哩又故意卖关子地说道。

"还有什么更蹊跷、有趣的事……""你快说呀，波哩！""是呀，你快告诉我们呀……""就是嘛，快点说嘛……"浪儿、灵儿、火鑫公主、巨力人他们急切地催促道。"是呀，小机器人，你就别在这里卖关子了，小心把我小白龙给惹急了，把你给高举起来，一下子给摔成两半！"小白龙更是心焦、急躁得很不耐烦地说道。

只见波哩摇头晃脑地抖动了两下它头顶上的那两根银光闪闪的信息接收棒，略带神秘地窃笑了几声，接着说道："那好吧，我接下来要告诉你们的是：这个星球不但是一个很美丽的星球，而且是一个很神秘的星球，据太空资讯信息显示：这个星球之所以叫"蛇王星球"，是因为在这个美丽的星球上，所生活的绝大多数居民都是蛇，而且，它们神出鬼没的，尤为诡秘而又恐怖、狞狰……"

听到这里，浪儿、灵儿、卡斯娜公主、巨力人、火鑫公主他们几个，都惊诧地睁大了眼睛，感觉他们的背后，似乎有一缕像蛇似的，凉兮兮的冷风吹过，不由得浑身一颤，直打了一个寒战。

只有小白龙，却用那满不在乎的语气说道："不就是多几条蛇嘛，有什么好怕的？它们见到我小白龙，还得尊称我一声"蛇爷爷"哩！……呵呵！……"

"去，你少臭美了！"火鑫公主很是不逊地损着小白龙道，"你以为这里是在你们的地球上呀，还蛇爷爷哩，人家不把你给抓去吃了，就算对你不错的了！"

"哼，谁怕谁呀？如果让我小白龙遇到那蛇王，定然与它大战一场，看看到底是谁厉害？"小白龙很不服气地争辩道。

"好了，都别争吵了，还有好消息在后头哩！……"波哩又接着说道。

"好了，波哩，你就别卖关子了……快说呀，我们还有很多的事情，要等着去办呃！"卡斯娜略带急切地催促道。

"那好吧，那我就告诉你们吧，据太空资讯信息显示：这个奇异的蛇王星球上，还有一条通往另一个星球的，奇异的太空通道，通往那 C 星系的"地鑫国"。

而在这个很小的地鑫国里，却有一样很珍稀的"宇宙珍宝"，如果我们能得到它，便能用来对付那"宇宙强敌"'震嗣'了！"

"那件宇宙珍宝叫什么？"波哩的话刚落音，卡斯娜便急切地追问道。

"那太空资讯信息上，只说明叫什么"……神镜"，并没有详细说明，但我想只要能在这"蛇王星球"上，找到那条奇异的太空通道，再沿着它进入地鑫国，我们便能找到那件宇宙珍宝了！"波哩先是摇头，而后，又信心十足地点头说道。

波哩的话还没有说完，卡斯娜公主便十分惊喜地反问道："你说那件奇异的珍宝能够用来对付那'震嗣'。那我们一定要找到它！"

"是呀，那我们现在就去找吧！"看身旁的卡斯娜一脸急切的样子，浪儿也在一旁应和道。

"唉呀，你们急什么呀，我们闷在这艘飞船上，飞行了那么久……嗯，我的肚子都饿得呱呱叫了！走，我们下去找点吃的吧？"小白龙却有些饿肚饥肠的，不耐烦地说道。

"是呀，我也感觉有些肚子饿了，波哩，这个奇异的星球上，也像我们的地球上一样，什么都有得吃吗？"灵儿略带好奇而又急切地问道。

"那当然了，这蛇王星球与地球一样，上面什么都有，不过得你们自己努力地去找了。连续工作了几十个小时，我可得休息了，你们下去慢慢玩吧，哦呵！"波哩说着，便打了一个长长的呵欠，准备去另一间"能源太空舱"去休息、充电去了。

"不会吧，波哩，你不同我们一起下去吗？"火鑫公主略带诧异地说道。

"不去了，我还得在这里守护着我们的"利箭一号"飞船哩！"波哩说着回过头来，微笑着朝他们六个摆了摆手，便头也不回地朝那边的太空舱走去了。

"走吧，我们下去吧，别再打扰波哩的休息了！"卡斯娜在他们的一旁提议道。

于是，大家鱼贯而出从那舷梯下了那艘"利箭一号"太空飞船，来到了飞船降落地，那片苍茫、碧绿的原野上。

而后，站在一座小山顶上的浪儿他们发现：在他们前面的四周，是一片莽莽的碧绿原野，原野上生长着绿绿的灌木丛林，而在前面不远处的一片灌木丛林的左边，有一条碧绿、淙淙流淌的小溪，从他们面前的那片原野上，呈"东西"方向蜿蜒流淌而过。

火鑫公主、小白龙、灵儿、巨力人他们几个，欢快地走在前面，并打闹着，相互追逐、嬉戏着。

真是欢快、热闹极了……

卡斯娜仿佛有心事似的，不声不响地走在后面，浪儿也一声不吭地跟随在她的身后，俨然一副"保护神"的模样。

"我一定能斗胜那蛇王！""不，你就是不能！……吹牛皮大王！"小白龙正与那火鑫公主在争执、打闹着，倏地一回头，见浪儿与卡斯娜一声不吭、默契地走在后面的情景。

小白龙连忙停止了打闹，并扭头走回去，一脸神气地来到优雅、文静的卡斯娜公主的身边，笑眯眯地问道："怎么啦，卡斯娜，你有心事吗？是不是在担心找那件"宇宙珍宝"的事？放心吧，我一定会给你找到那件奇异的宇宙珍宝。所以呀，你现在就不用把脸给绷得那么紧了，那样会很难看的，笑一笑，笑一笑就会很好看了！"小白龙边说，边嬉皮笑脸地做着鬼脸，逗笑着卡斯娜公主，这让走在他们身后的浪儿看在眼里，心里很是不爽。

只见浪儿气恼地从路旁的草丛中，倏地摘了一朵野花，然后，又往路旁的草丛中一扔，便气冲冲地从他们的身旁走向前去，超越了他们俩，并快步地往前走去！……去追赶前面的灵儿、巨力人、火鑫公主他们去了……

而此时的灵儿、巨力人、火鑫公主他们三个，飞奔着往前面的那条碧绿的小溪边跑去。

火鑫公主与灵儿欢快地跑在前面，巨力人气喘吁吁地跑在后面，只见他边跑、边喘着粗气地呼喊着前面的她们俩道："喂，等等，等等我！"

火鑫公主与灵儿回过头来，嬉笑着对巨力人说道："巨力人，你能不能跑快点呀？个子这么大，却跑得这么慢，像一只大笨牛似的，羞死人了！""是呀，大笨牛，加油，跑快点！"

巨力人听后气急了，"好呀，你们竟说我是大笨牛！看我的！"只见憨厚的他，不满地嘀咕着，然后，迈开大步地朝前追赶而去。

很快，他们三个就来到了前面的那条碧绿的小溪边，只见火鑫公主与灵儿，已经在小溪边泼水、嬉闹着。

26　鱼肚子里的怪兽蛇图

火鑫公主与小灵儿她们俩呵呵地笑着，并调皮捣蛋地把溪水往对方的身上泼过去……很快，两个调皮的小家伙的身上便被浇得湿淋淋的了。

巨力人站在一旁的小溪岸边，望着她们俩儿，憨厚地呵呵地开心地笑着。

突然，从那灵儿面前的水草丛间，"扑通！"一声，跃起了一条红尾巴的大鲤鱼来，直溅得灵儿的脸上身上，全是水花。

"哇噻！……想不到这里还有鱼噢！"灵儿一脸惊喜地说道。

"太好了，看来我们有鱼吃了！"刚来到他们身后的浪儿，也满心欢喜地说道。

浪儿说完，便三下、两下地脱掉了脚上的长筒布靴，"扑通！"一声，一脚踏入了那清凉的溪流间，弯腰开始在那水草丛间，摸起了鱼儿来。

奇怪的是，浪儿弯腰在那碧绿、蓬勃生长着的水草丛间，摸索着寻找了好久，却一条鱼也没有摸到！

"浪儿哥哥，你到底行不行呀！"灵儿在岸上略带疑惑急切地问道。

"不会吧，你怎么摸了半天一条鱼儿也没有摸到呀？"火鑫公主也略带嘲设地说道。

"你们别急嘛，我正在慢慢找呃！"浪儿一着急，脚下一滑，竟"扑通！"一声，跟跄地摔倒在小溪中了。

"哈、哈、哈……"他那狼狈的样子，直逗得岸边的灵儿与火鑫公主前俯后仰的，哈哈大笑着。

而火鑫公主，更是笑得眼泪都流出来了！

这时，小白龙与卡斯娜公主也走到了他们的身后，"喂，你们在笑什么呀？"小白龙略带好奇地问灵儿道。

"哦，浪儿哥哥在那小溪中抓鱼，可哪知道鱼儿没抓着，却摔倒在那溪流中，浑身湿得像只落汤鸡似的…呵呵…你看他那样子，太好笑了！……呵呵，呵呵……"灵儿边说边用手指着浑身湿漉漉的浪儿，直呵呵地笑着……

而卡斯娜公主却掩着嘴嫣然一笑，小声地责备浪儿道："你可真是个冒失鬼，这鱼儿哪能这么随便就被抓到呀！"

这话却正好让一旁的小白龙给听到了，只见他神气地甩了甩头，扭头对卡斯娜公主说道："不就是抓几条鱼嘛，这对于我小白龙来说，简直就是小事一件，看我的！"

话音刚落，他便腾空而起，飞身跳入了面前的那条碧绿的溪流之中而去。

可哪知道，他是一头撞入了一个浅水泥潭之中，他的身子，竟像弹跳的泥鳅钻入那稀泥中似的，竟一下子溅起了几丈高的两道稀泥水柱，直冲向了空中而去！

而后，那两道稀泥水柱，又变成了两道"稀泥瀑布"，从空中飞流而下，往岸边的灵儿、卡斯娜公主、巨力人他们三个的头顶上，扑头盖脸地浇落而下。

那边的小白龙，浑身是稀泥地从那泥潭中站起身来，走前几步，用那碧绿的溪水，冲洗一身的污泥。

站在岸边的灵儿、巨力人、卡斯娜公主他们三个，边擦着脸上的稀泥，边啼笑皆非地取笑着小白龙。

"哇，你成了一个大泥蛋了！……哈哈！……""你也好不到哪里去，脸上黑的像泥坛子！…呵呵！…呵呵……""卡斯娜，你的裙子全弄脏啦！……""你们看，那小白龙，可真是变成一条灰泥鳅了！……呵呵呵……""哈哈哈……"

"哈哈……刚才还取笑我，现在你们的样子，才是真正的好笑哩！"只有浪儿一身清爽地站在溪流间没有受"灾"，只见他笑得前仰后合的，幸灾乐祸地笑道。

小白龙在那小溪中，又酿酿跄跄地往前摸索着走了几步，来到了那边的碧绿深溪中。

只见他扎了一个猛子，钻入了溪流中，待泡洗干净了身上的稀泥，才钻出水面。

从溪流间站起身来，此时英姿飒飒的他，手中却握着了一把银光闪闪的鱼叉，只见他拽着那把鱼叉，低头望着那溪水中正游动着的鱼儿，高举起了手中的鱼叉，并瞄准了，然后，便猛地直往那溪流中的鱼儿叉去！……

可哪知，"哎哟！"一声，鱼儿没叉着，那鱼叉却不偏不斜地，正好叉到了他的脚背上，疼得他"哎哟！哎哟！"地叫起来，从那溪水中，抬起了脚来，便见他的脚背上插着一把鱼叉，直淌着鲜血把小溪都染红了。

"真是大笨蛋，叉鱼竟然叉到自己的脚背上去了！""呵呵……""哈哈……"这下，岸边上的小灵儿、巨力人、卡斯娜公主他们，都笑得更厉害了！

笑声小白龙听在耳里，心里很是不爽。

只见他飞身一跃，从那溪流中腾跃而起，站在空中，竟倏地施法，伸手朝他脚上的鱼叉一指，只见一道银光一闪，他脚上的鱼叉便不见了。

这时，他在半空中，神气十足地哈哈大笑着道："你们别高兴得太早了，我刚才是逗你们开心而玩的小把戏，所以才会那么有趣、搞笑！好吧，现在，我该给你们看我的真本事了……"

说着，只见他在半空中，翻身一跃，自己变成了一条银光闪闪的白龙，并在半空中，腾地翻滚了一下身子，便倏地飞跃而下，直钻入了那碧绿的溪流中。

只见那小白龙，在浪儿他们几个面前的溪流中，扑扑腾地跃着身子，摇头摆尾，翻江捣海般地游动着。

大家正惊诧地看小白龙时，却见从那溪流间，"扑通、扑通！"地跃起了一条条活蹦乱跳的鱼儿，在空中划出了优美的弧线，直往那岸边的碧绿草坪上，飞跃而去。

"啊，快抓鱼儿呀！"火鑫公主欢快地大叫一声，便与灵儿、卡斯娜公主她们，一起欢快地，手忙脚乱地抓鱼儿去了。

只见巨力人、灵儿、火鑫公主、卡斯娜公主他们，边弯腰抓捡鱼儿，边用那长条草根，把那鱼儿给一条条地串了起来，很快，她们各自的手中，便拎起了一串肥硕的，活蹦乱跳的鱼儿。

他们一个个笑得合不拢嘴，七嘴八舌地说道："太好了，有鱼吃了！""是呀，俺也很喜欢吃鱼噢！""小白龙，你还真不赖噢！"

只见从那溪流中还在往岸上跳跃着一条条活蹦乱跳的鱼儿。

"呵呵……你们都抓不下了，我也来帮你们抓吧！"浪儿从溪流间爬上岸来，并赶紧过去帮他们抓鱼了。

很快，他们便抓了很多的鱼，而后，他们来到了溪流后面的一片树林里，围坐成一圈，大家商议着决定，把这些鱼儿做成烧烤鱼，好好地美餐一顿！

于是，他们几个先去小溪边，把鱼给收拾好了，然后，卡斯娜、灵儿、火鑫公主她们几个，去林子里拾柴火去了。

而浪儿与巨力人却在那泥地上，开始用那"R头神剑"与音片神叉，挖起了土灶坑来，这时，那小白龙也已变回原身，手上拎着一条肥硕的活蹦乱跳的鱼儿，走了过来。

"我们来做焖烤鱼吃吧……"小白龙乐呵呵地说道，他左手一伸，变出一片碧绿的大莲叶来，并随手把那条肥硕的鱼儿给包裹了起来，随即弯腰把鱼儿放入了浪儿与巨力他们所挖的那个土灶坑中。

这时，卡斯娜公主与灵儿、火鑫公主她们几个，各自抱了一大把干枯的柴草过来。

浪儿往土灶坑中包裹着的鱼儿上面撒上了一层碎土。

卡斯娜她们便各自抓了一些干柴草，放在土灶坑的上面。

火鑫公主伸手，朝土坑灶上的柴火堆一指，便见一道金色的火光，点燃起了熊熊大火。

而后，卡斯娜便施展魔法术，变出了一张银光闪闪的铁丝网来。

将网架在柴火堆上方后，灵儿与巨力人、浪儿他们几个，已把那些收拾好的鱼儿给提了过来，放在柴火堆上的铁架上烧烤了起来。

完毕，他们围坐成一圈，静静地等候着。

很快，他们便闻到了那焦香的烤鱼味……大家站起身来，往那铁丝架上一看，发现那鱼儿已被烤得焦黄、焦黄的了。

卡斯娜公主施魔法术，往那铁丝架一指，便见一道七彩的奇光托着铁丝网架，飘然地飞落到了他们面前的那片青草坪上。

巨力人望着那黄澄澄的烧烤鱼，直咽着口水，灵儿在一旁拍了一下他的肩膀，说道："巨力人，你还愣着做什么呀！……快准备吃吧！……"

巨力人倏地回过神来，憨厚地"哦"了一声，便伸手往面前铁丝架上的烧烤鱼抓去。

但刚一触着那烧烤鱼，便被烫得"啊"地大叫一声，连忙把手给缩了回来。

"笨蛋！……笨得可笑！"火鑫公主嘀咕了一声，便从身上抽出了一把银光闪闪的小叉子来，伸手从那铁丝网架上，叉了一条烧烤鱼来，欢快地吃了起来，还一个劲地直叫着："嗯，好吃，好吃！"

浪儿与卡斯娜公主、巨力人、灵儿他们都各自施魔法术，把自己腰间的神器变小了，便各自叉了一条烧烤鱼，津津有味地吃了起来。

可奇怪的事又发生了，他们竟然各从自己所吃的那条烧烤鱼的肚子里，吃出了一个神奇的纸团来。

"哇，这是什么呀？"他们各自手里抓着一个纸团，一脸惊诧地说道。

而后，他们便各自好奇地把手中的纸团给打了开来……

那是一张薄薄的油纸，上面却画着一些奇异的图画。

经过仔细辨认，这才发现，浪儿手中的那张纸上，清晰地呈现的

109

第二十六章

是：一个像鳄鱼似的怪兽蛇头上，戴着一个金光闪闪的皇冠！

灵儿、巨力人、小白龙、火鑫公主他们手中的那张画上，都画着几截长着碧绿鳞甲的蛇身子，而最后展开的卡斯娜手中的那画面上，却显示着一对毛骨悚然的怪兽爪子。

但是，他们左看右看都看不出，自己手中的那张纸上，画的到底是什么东西？

正在大家犹豫不决地不知该咋办的时候。小白龙灵机一动，主动提议道："我们大家把这些奇异的怪画，放到草地上去拼拼看，也许就能看出那是什么怪物了！"

"对呀，对呀，我们快拼拼看呀！"大家一齐欣喜地应答道。

于是，他们便各自走向前去，把自己手中的那张图画，铺在了草地上，只见大家几经移动、凑拼之后，竟然组合成了一张奇异、恐怖的怪兽蛇图像。

那是一幅让他们看了感觉毛骨悚然的"奇异怪兽蛇图像"。

只见画面上的那只奇异怪兽蛇显示：一个巨大的鳄鱼头，粗大、颈长的蛇身子下，撑着一对奇异的怪兽爪，一副飞扬跋扈的样子，爬行在一片碧绿、茂盛的青草地上，并张开它那血盆大嘴，直吐着那鲜红的舌信子。

27　大战怪兽蛇的偷袭夜

"啊！"灵儿被吓得惊呼一声，倏地后退了好几步。

浪儿、巨力人、小白龙、卡斯娜公主、火鑫公主他们反而凑上前去，仔细地朝画上的那条奇异怪兽蛇，盯着看了好几眼。

只见那条巨大的怪兽蛇，长着一颗奇异的鳄鱼头，颈长巨大的身子，长着一对碧绿的龙爪似的怪兽爪，呈飞扬跋扈的扑腾状。

而那颈长、巨大的蛇身子后，却拖着一条尖长的鳄鱼尾，浑身的鳞甲，一直闪烁着碧绿的亮光儿。

更让人感觉蹊跷奇怪的是，那怪兽蛇的头上，竟然戴着一个金光闪闪的，正前方镶嵌着一颗晶莹、闪亮的蓝宝石的皇冠。

只见那怪兽蛇，一双暴突、幽绿的三角眼里，闪烁着阴兮兮的锐利的、幽蓝色的亮光儿。

"难道它就是这个蛇王星球上的蛇王吗?""奇怪了，竟然在这鱼肚子里都有它的恐怖画像，看来这蛇王可真是神通广大了!"大家不由得在心里犯起嘀咕来。

想到这里，大家似乎感觉他们的身后有一股阴森、清冷的寒风，直朝他们的后背吹袭而来，让他们不由得浑身一颤地打了一个冷战。

"我们吃了它的鱼，这蛇王会不会自己找上门来，偷袭我们呀?"灵儿略带担心地说道。

"嘿，有什么可怕的? 有我这小白龙在，还用得着你们去担心、害怕一条小怪蛇会来吗! 它要是敢来找我们麻烦，我小白龙，不把它给打个落花流水，咬碎、撕烂才怪哩!"小白龙用一副满不在乎的样子说道。

"算了吧，又开始在这儿吹大牛了，等一下怪兽蛇真的来了，你可不要第一个溜走就行了!"火鑫公主又开始在旁边讥讽小白龙了。

"好了，天色不早了，我们该找个地方歇息了!"卡斯娜公主在一旁提议道，看来，他们暂时是不想回"利箭一号"飞船上去了，并已决定下来，尽快先去找那件奇异的"宇宙珍宝"了。

大家应声抬起头来一看，见那灰白的天空，明显地暗了下来。于是，他们站成一排，一齐念魔咒，施展着各自奇异的魔法术，变出了一栋绿色的草房子来。

那是一栋三大间的草房子，然后，他们几个进入那草屋中歇息了下来。

因为第二天，还要到这个奇异的蛇王星球上，去打听、寻找那件奇特宇宙珍宝的下落，所以，他们早早便睡下了。

浪儿与小白龙合睡在左边的那间草屋，小白龙跷起二郎腿，躺在那草铺上，很快便酣然入睡了。

浪儿呆呆地躺在床上，想着今天下午所发生的"怪兽蛇画像"蹊跷的事……竟翻来覆去的，怎么也睡不着。

脑海中，不由得涌起一种不祥之感，他预感今晚上一定会发生些什么似的……是在担心那条奇异的怪兽蛇，会来偷袭他们吗？

浪儿就这样略带担心地想着，迷迷糊糊地睡着了。

而巨力人，只一个人在中间的那间草屋中，铺着一床长长的草席仰卧着呼呼大睡。

卡斯娜与火鑫公主、灵儿她们三个，则横躺在一张宽宽的草席床上。

似乎也已进入了那沉沉的梦乡。

在她们三个人脸上，表情却各不相同。

火鑫公主的脸上是愤怒的表情，原来她正与小白龙在梦里吵架，并天翻地覆地在那里斗法、决战着！

灵儿的脸上却挂着那甜甜的微笑，原来，她又梦见自己与巨力人，在那碧蓝的大海边，欢快地玩耍了……

那憨厚的巨力人，把她给高举起，骑驾在他的脖子上，呵呵地笑着，欢快地朝前奔跑着。直乐得灵儿在他的肩背上，呵呵地欢笑着。

而沉睡着的卡斯娜公主，却是焦虑、担忧的表情。

原来，她又在那个奇异梦里的云雾中，迷茫地朝前走着，呼喊、寻找着她的母后。

可是，她在那云雾中，往前追赶了很久，始终未见到她母后的身影。

"卡斯娜，我的女儿，你不要担心我，你与你的朋友们，一起勇敢地去对付'震嗣'那个叛徒吧！"只听见母后亲切、熟悉的声音，在她的耳边回响着。

"母后，等等我！等等我！"卡斯娜急切地惊呼道，便一下子从梦中惊醒了过来。

夜很静，只听见耳边传了一阵阵奇异的夜虫叫声，"叽里，叽里！……"听着、听着，卡斯娜又迷迷糊糊地睡着了。

在他们睡觉的草房子四周，则是一片弥漫在暮色中的，灰茫茫的原野。

突然，那原野上刮起了一阵疾风，把那四周茫茫原野上的草木，给吹得东摇西晃的。

继而，便见浪儿他们草屋前那片茂盛的野草丛，竟簌簌而奇异的朝两边推移而去。

中间露出了一条铺着绿茸茸野草的空道来……一转眼，又听见一阵簌簌然的草木声，便见在那灰暗的天屏下，一条巨大的怪兽蛇，从大道左边的那片茂盛的野草丛中，簌簌地爬了出来。

并沿着中间的那条宽阔大道，高昂着它那奇异、恐怖的怪兽蛇头，并不时地扭头，张扬着它那张利齿毕露的怪兽蛇大嘴，还一直吐着那暗红色的舌信子。

怪兽一双暴突的三角眼里，却直闪烁着那幽绿的亮光。那模样，完全与昨天下午，那凑拼到一起的怪兽蛇画像一模一样。只见它簌簌然地往前面的那栋草房子的方向悄悄地爬去。

而后，便见那怪兽蛇来到草房子跟前，幽然地张扬了一下那怪兽蛇头，竟停了下来。

然后，只见怪兽蛇朝前面的那栋草房子一摇头，便扬头朝前面的那栋绿色的草房子，吐出了一团红色的焰火来，竟倏地把那栋草房子给点燃了。

很快，那栋绿色的草房子，便淹没在了一片火海之中。

只听见"呀呀！"的几声大喝响过，便从那火海中，龙腾虎跃般地飞跃而出了浪儿、小白龙、灵儿、卡斯娜公主、巨力人、火鑫公主他们几人。

只见他们从半空中飞身而下，飞落在那怪兽蛇四周的草坪上，把那条摇头晃脑、狞狰、恐怖的怪兽蛇，团团围了起来。

浪儿他们六个，这才清楚地看到，眼前的那条毛骨悚然的怪兽蛇，竟然与他们昨天下午在那张"拼凑图画"上所见的怪兽蛇一模一样。唯一不同的是，这条怪兽蛇的头上，没有戴那顶金光闪闪的皇冠。

只见那条浑身鳞片，闪烁着绿光的怪兽蛇，东摇西晃着，它那柔软而又颈长的蛇脖子，用它那对闪烁着绿光的暴突三角眼，望了望四周的浪儿他们几个。

突然它张开那巨大的怪兽蛇嘴，"嗷！"地大叫一声，用闪电般的速度，飞扑着咬向了灵儿、浪儿、小白龙、火鑫公主、巨力人、卡斯娜公主他们几个。

他们六个赶紧飞身而起，飞跃到了半空中，并各自利索地从身上取出自己的神器，攻击在那片碧绿的原野上，飞扬跋扈地张扬着头颅、吼叫着的那条奇异、凶猛的怪兽蛇。

只见浪儿伸展着一对巨大的银色羽翼，手握那把银光闪闪的"R头神剑"，飞身刺向了巨大怪兽蛇的头颅。

可哪知道，那怪兽蛇却诡秘地一摇头，躲闪过了浪儿那凌空而来的一剑。

然后，便一扬头，扑向了空中的浪儿。

浪儿赶紧扑腾着他巨大的雪白羽翼，往那半空中飞翔而去躲过一劫。

这时灵儿也挥舞着手中的"闪电神剑"，从右边挥刺向了那条怪兽蛇的腹部。

火鑫公主飞身跃到半空中，手舞着"闪电神鞭"抽打着那条巨大怪兽蛇的身子，直击得怪兽蛇翻滚着巨大的蛇身，"呼呼、呜哇!"地乱叫着。

身材巨大的巨力人，则站在半空中，挥舞着一把奇长、巨大的、银光闪闪的音片神叉，直叉向了那条巨大的怪兽蛇的头颅。

只可惜，只见一道蓝光一闪，那怪兽蛇的身子便倏地一变幻，就见它那巨大的蛇头，从那音片神叉下给钻了出来!

并且倏地腾跃向了空中，准备逃离而去。

那小白龙连忙腾空一跃，来到了半空中，幻变成了一条的银色巨龙，腾跃着，扑向了怪兽蛇。冷不防前后受夹攻的怪兽蛇，身上便被那小白龙给咬穿了几个大洞来。

怪兽蛇身上淌着那紫色的血液发狂似的扑腾起来，与小白龙在半空中拼力地厮杀、扭打在了一起。

眼见怪兽蛇张着血盆大嘴，直面扑腾而来，就要咬向自己的脖子，那小白龙赶紧张扬着龙头，朝那怪兽蛇吐出了一个金色的焰火球，击打而去。

把那怪兽蛇给烧得"哇哇!"大叫着，从半空中摔落了下去。

而这时，浪儿与巨力人，也已飞身上了半空中，并把那太空战斗"变形"的能量芯片，往自己的额头上一贴，倏地变形成了两台魔幻激光大炮，直对准了下面那草原上，正挣扎着的怪兽蛇，"轰隆、轰隆!"

地发射起了魔幻激光炮弹来。

直击得那条巨大的怪兽蛇，在那片茂盛的原野上，张扬着它那乌黑、恐怖的怪兽蛇头颅，翻滚地挣扎着，它那颈长、巨大的蛇身子，直"嚎哇、嚎哇！"地怪叫着。

28　打探"宇宙珍宝"的下落

看得真切，卡斯娜公主此时看得真切，趁机飞身上了左边的半空中，施展起了自己奇异的七彩魔法术，倏地从她的手心中，飞出了一张七彩魔幻网，从空中铺天盖地的罩落而下，把那条巨大的怪兽蛇，给圈在网中。

只见那张七彩魔幻网上，倏地长出了一个个锋利的"七彩魔幻神刺"，像一支支锐利的七彩利箭似的，直从那张"七彩魔幻网"上，刺向了网中的怪兽蛇。

那簇簇然的"七彩魔幻神刺"，把那条挣扎着的怪兽蛇，给刺浑身都是血洞，并往外不断地咕咕地淌冒着那紫色的血液。

只见一道紫光，在网中的那条怪兽蛇的身上一闪而过，便见那条巨大的怪兽蛇，竟倏地变成了一位身着黑色紧身衣裳，外披黑色战袍，脸上蒙着一张黑色面纱，奇异的怪兽蛇人。

只见他弯腰、单膝伏地站在那张"七彩魔幻网"中，浑身战栗地朝空中的浪儿他们几个，拱手作揖求饶道："几位天外飞侠，行行好，放过我吧！我保证不会再伤害你们了！"

浪儿、卡斯娜公主、灵儿、小白龙、火鑫公主、巨力人，他们六个连忙从空中飞身落下，并伫立在了那张"七彩魔幻网"的面前。

而在"七彩魔幻网"中的那个奇异的怪兽蛇人，却依然在那里不停地拱手作揖地求饶着。

　　卡斯娜公主走向前两步，对那个怪兽蛇人说道："你叫我们收了这网、饶了你也行，但是，你得告诉我们一件事：我听说在你们这个的星球上，有一件'宇宙珍宝'，你如能告诉我，那件'宇宙珍宝'在哪里？我们便饶了你!"

　　"'宇宙珍宝!'……你们所说的是那'幻影神镜'吧?"怪兽蛇人低头沉吟了片刻，忽地抬起头来，语气异常惊喜地说道。

　　"是的，是能用来对付那'宇宙强敌''震嗣'的'神镜'，你知道它在哪里吗？快告诉我们呀!"卡斯娜公主略带急切地说道。

　　"我只知道它的大概位置所在，但不能具体地去帮你们找到它……"那黑衣怪兽蛇人略显遗憾地说道。

　　"此话怎讲，你能说明白点吗?"小白龙在一旁虎眉微皱，好奇而又不耐烦地问道。

　　"不是我不肯帮你们的忙，是因为这件珍宝不在我们'蛇王星球'上，它存在于C银河星系的'地鑫星球王国'，而我们的怪兽蛇人，是无法进入到那'地鑫星球王国'的。"

　　"但是，我们这蛇王星球上，却有一条通往那里的太空通道……"这话让浪儿他们几个不由得心里一阵惊喜，于是，怪兽蛇人的话还没说完，浪儿便好奇地问道："那里为什么叫'地鑫星球王国'，难道那里也有像我们一样的地球人吗?"

　　"说实在的，那里的人与你们的确长得是很相像，但究竟是什么原因叫'地鑫星球王国'？我也不是很清楚。

　　但是，那里有'幻影神镜'这件宇宙珍宝却是事实。这也是他们'地鑫星球王国'要寄居到我们'蛇王星球王国'相邻太空的另一面的缘故。"

　　"既然你们是毗邻，为何你们又不能进入那'地鑫星球王国'呢?"卡斯娜也在一旁急切地问道。

　　"说来话长了，大约在两千年前，我们的'蛇王星球王国'与C银河星系的'地鑫星球王国'因边境问题，发生了一场激战，自那以后，两国之间便结下深仇，从此不相往来了。

　　而且，无论是哪边的国民，私闯国境，都会惨遭对方国家的'杀头之祸'的。所以，这事我也无能为力了，帮不上你们的忙了……"

"可是，那我们要怎么才能进入那 C 银河星系的'地鑫星球王国'里面，去找那宇宙珍宝呢?"浪儿也急了，急切地问道。

"其实进去也不难，因为在我们这'蛇王星球'上，有一条通往那地鑫星球王国'的太空通道。而那通道的入口，就在我们"蛇王星球"上的那片怪石森林里。"怪兽蛇人说着，便恭敬地伫立着，等候着浪儿他们的答复。

"既然如此，我们就不劳驾你陪同我们前往了，你告诉我们，怎么才能找到怪石森林的入口处就行了……"浪儿在一旁答复道。

"那好吧，你们听好了……沿着前面小溪边的那碧草丛间的那条小道，一直往前走，便会来到一座名叫"魔幻峰"的大山脚下，在那里，你们能够看到一个山石洞口。

然后，你们可以从那洞口进去，穿过一条奇特、惊险的隧道，在里面闯过非常惊险的'几关'，便会来到一片银白色的怪石森林边上。

而通往那'地鑫星球王国'的入口处，就在那片怪石森林里，你们去那边仔细一找，便能找到了。"

那怪兽蛇人说完，便略带恳求地对他们几人说道："该说的，我都告诉你们了……你们这下可以把我给放开了吧? 这张奇异的七彩网，直勒得我都快喘不过气来了!"

只见那张七彩魔幻网，紧紧地箍在它的身上，直箍得怪兽蛇人高大、单瘦的身子，一颤一颤的，而那"七彩魔幻网"上，却不时地闪烁着一道道奇异的七彩之光。

见此情景，卡斯娜公主便走上前去，施展魔法术，准备收了那张"七彩魔幻网"。

只见她伸手，朝那张闪光的"七彩魔幻网"一指，便见那网上倏地闪过一道七彩之光，便倏地一下消失不见了。

怪兽蛇人，连忙舒然地伸展了一下腰身，又向浪儿他们几个弯腰行礼道："感谢几位天外飞侠的不杀之恩，日后有机会，本蛇君定将竭力回报几位飞侠。"

"不用了，刚才只是一场误会罢了，我们还得谢谢你，为我们提供了寻找宇宙珍宝的线索哩!"卡斯娜公主走向前去，一脸坦诚地说道。

之后，卡斯娜他们六人一齐转身，往小溪边的那碧草丛间的那条小道上走去。

他们沿着溪边的那条碧草丛间的小道往前走着，这边的浪儿他们刚走，那高瘦的怪兽蛇人，便弯腰缩身地趴在了那青草坪上，准备变回成一条怪兽蛇的模样。

这时，只见他四周那片茂盛的青草丛，忽地随风一阵东摇西晃的拂动，便从他所趴的那四周的草丛中，倏地一下子，涌出了一大群蛇来。

只见它们一条条，蜿蜒然的昂首挺胸着，直朝那怪兽蛇人这边，簌簌然地围涌而来。

可那怪兽蛇人却一点都不害怕，只见他从地上站起身来，昂首挺胸的一甩双肩，便见他倏地变成了一位：头戴金冠，内着银色长袍，外披金色战袍的"怪兽蛇王"的威武模样，只见他用双手，朝他四周的那蛇群，招手打了一个"过来"的手势。

那蛇群便簌簌然地爬行到了他的身前，只见一道紫光倏地一闪，那蛇群便倏地变成了一大队身着灰色"怪兽蛇袍"的"怪兽蛇士兵"的模样，直朝他拱手作揖的弯腰行礼。

29　魔幻峰洞内的
　　　千窟蛇石室

再说浪儿他们，往前行走了三个时辰后，他们便伸手探望前方，只见前方一片灰蒙蒙的，云雾缭绕的。

又往前走了一阵，便隐约地可以看到刚才那位怪兽蛇人所说的叫"魔幻峰"的大山了。

他们的心底不由得一阵惊喜，连忙加快了脚步往前走去。

当他们走近那座大山时，发现那座高耸的大山脚下，果真有一个拱形的石洞口，只见从那洞口里面，直往外放射着一束束缭绕着的，奇异的紫色魔幻之光。

看得浪儿他们几个，站立在那里，惊诧地睁大了眼睛地望着。

"哇，好美的紫色魔幻之光！"灵儿不由得欣喜地惊叹道。

"嗯，看来这石洞里面，一定是绝非等闲之地的"魔幻洞道"了！"卡斯娜公主却略带担忧地叹气道。

"怕什么，我们这么多人，难道还会怕这个不知名的小'魔幻洞'不成？"一身戎装，手握一把'青龙跨月长矛'的小白龙，却双手抱胸，用一脸满不在乎的神情说道。

"依我看，这里面一定是险境重重的，我们还是各自小心一点为好！"浪儿却一脸肃然地望着眼前的那个紫光缭绕的奇异洞口，双眉紧锁地说道。

"算了，别再犹豫了，依我看，我们还是先进去看一看吧……不能老待在这里，犹豫不决的了！……"火鑫公主却在一旁等得不耐烦了，急不可耐地催促道。

此时的灵儿，先是望了望前边的洞口处缭绕着的紫色魔幻之光，而后，又回过头来望了望浪儿、卡斯娜公主他们，带着担忧地提醒他们道："你们到底还进不进去？刚才听那怪兽蛇人说，我们还得从前面那石洞口进去，穿过这座魔幻山，才能赶到山那边的那片怪石森林地带……之后，才能去找那个通往'地鑫星球王国'的入口处哩！"

而此时的巨力人，也在一旁沉不住气了，只见他一把牵起了身旁的灵儿的手，便大踏步地往前面的那个紫烟缭绕的洞口走去："走，灵儿，我们俩先进去看看吧……不要再像他们一样，在这儿拖延着等下去了！"

见巨力人与灵儿带头往那边走去，大家也赶紧跟后走了过去。

当他们俩来到那洞口处往里张望时，只见那石洞里面，仍朝外闪着紫色的魔幻之光。

走在前面的巨力人犹豫了一下，便连忙一手把灵儿拉到自己的身后，而自己却走在前面，并大踏步地往前走去。

浪儿与小白龙也大踏步地跟上前去。卡斯娜与火鑫公主，却走在最后。

那是一条奇异的、紫光缭绕的魔幻洞道，只见他们脚下的石洞地面上，铺着棱形的黑白相间的石板，走在黑白斑斓的地上，让浪儿他们感觉像是走入了一条奇幻洞道中一样，心底怪怪的，一点儿也不踏实。

而且，从他们前面的洞道深处，仍朝他们这边放射着一缕缕紫色的魔幻之光。

让他们几个感到有些虚幻的同时，也照亮了他们脚下的那石洞路面。

而石洞两旁的一块块青灰色的、巨大、平整的石洞壁上，雕刻着一条条奇异的怪兽蛇。

浪儿他们停下来，仔细地观望那石洞壁上浮雕画时，只见雕刻在那石洞壁上的怪兽蛇，一条条气势凶猛，张牙舞爪的飞跃着，并张开着它那利齿毕露的巨嘴，吐着鲜红的蛇信子。

那浮雕画，让浪儿他们六个看了，顿时感觉有些毛骨悚然，就像第一次见到那怪兽蛇画像似的，感觉从他们的背后，有一阵清凉、阴冷的风吹来，不由得浑身一颤地打了好几个寒战。

大家连忙各自伸手，紧握了一下自己腰间的神器，并做好了随时作战的准备。

他们沿着那条蜿蜒往里延伸而去的石洞道，又往前走了一阵儿，便来到了一间很宽阔的石室内。

那是一间四周洞壁呈圆形状的石室，而更让人感觉蹊跷的是石室墙壁上，竟千疮百孔全是一个个蜂窝状的小石洞。

他们刚走入那石室时，那里面是一点声响也没有，寂静极了。

他们走过去，先好奇地抚摸着那蜂窝状石洞壁，而后，他们各自探头往那石壁上蜂窝状的小洞内张望，可里面黑漆漆的，什么也没有看到。

好奇的灵儿竟然靠着石洞壁，把耳朵伸探到一个个蜂窝状的小石洞上，仔细地聆听着。

奇怪了，她竟听到小石洞内有"簌簌"的声音若隐若现地传来。

"这小洞内有声音！"灵儿的话在石室内响亮而又清晰地回响着。

"不会吧……"大家伙连忙学着灵儿刚才的样子，伸着头耳朵贴近石洞壁上，仔细地倾听着。

果真清晰地听见有"簌簌……"的声音，从这些蜂窝状的小石洞孔内传来。

他们屏息地在那四周蜂窝状的小石洞孔上，听了好一阵子，这才惊恐地发现：四周石洞壁上，所有的蜂窝状的小石洞内，都有簌簌的声响传来。

可那是什么东西发出的声音？他们却在心底想了很久，也没有想出来。

听着听着，他们竟然感觉"簌、簌！"的声音竟然越来越大声并他们四周的石洞壁上、蜂窝状的小石洞孔内，围涌地传来。

这让他们六个感觉倏地一惊，而后，便警觉地扭头，朝四周的那些密密麻麻的蜂窝状小石洞内，扫视而去。

到最后，那簌簌的声音，竟然像那"噼里啪啦！"的响声一般地传来。

他们六个人，连忙背靠背地站在了一起，并警惕地从腰间抽出了各自的神器，做好了随时应战的准备！

"嘶、嘶、嘶"而后，"嘶啦！叭！嗒！"的一声巨响过后，便从他们四周的蜂窝状的小石洞内，倏地跳钻出了一条条五颜六色、花花绿绿的奇异怪蛇来。

只见那些奇异的怪蛇，跳爬到那石洞地上之后，便从石室四周，向在石室中央站立着的浪儿他们六个，蜿蜒地爬行着，围涌而来。

浪儿他们六个惊然地发现，在他们的四周竟都是一大片花花绿绿的蛇头昂着首，吐着暗红色的信子，朝他们围扑而来。

当那些花花绿绿的蛇群，倏地快爬到浪儿他们的身边的时候，竟一条条忽地从那石洞地上弹跳而起，飞扑向了浪儿他们几个的身体。

浪儿他们赶紧各自挥舞着手中的武器，砍向了那些从四周蜂拥而至的，弹跳着向他们而来的花花绿绿的奇异怪蛇。

只见浪儿挥舞着手中的"R头神剑"，剑风簌簌地砍向了他身前的那些，凌空飞击而来的奇异怪蛇，只见一道道银光闪过，那些奇异的怪蛇，便被砍成了好几段，从他面前的上空中，飞落而下。

灵儿则挥舞着手中的"闪电神剑"，"呀、呀、呀！"地喝叫着。

便见在她的面前，一道道红色的"闪电剑光"，簌簌地一闪而过，便见那些奇异的怪蛇们，被红色的"闪电剑光"给击落而下，直挺挺地掉落在那石洞地上，死掉了。

卡斯娜公主则英姿飒飒地挥舞着手中的"七彩魔幻神剑"，只见一圈圈奇异的七彩魔幻剑光，在她的身子四周，一圈圈地荡漾开来，那些迎面扑来的怪蛇，一撞上那"七彩魔幻剑光圈"，便被那锐利的剑光击落而下，身子被击断成几段，掉落在那黑白相间的石洞地上，死掉了。

小白龙，则飞身向前几步，直翻腾着身子，挥舞着手中的"青龙跨月长矛"，簌簌地把那些花花绿绿的奇异怪蛇给剁成两段、三段的，从他的四周簌簌落下……那情景，竟然像那仙女散花似的，惊险而又美妙极了。

而那巨力人正挥舞着手中的音片神叉，虎虎生风地上、下、左、右的挥扫向了身前的那些朝他凌空飞击而来的，吐着鲜红的蛇信子的花花绿绿的怪蛇。

把那些奇异的怪蛇们，给叉击得直"叽叽!"叫着，并被划破了肚皮地从那洞空中，纷纷的掉落而下。

火鑫公主却走向前几步，灵活自如地挥甩着手中的"闪电神鞭"，"砰叭!砰叭!"地抽向她身前的地面上蜿蜒爬行着，向她围涌而来;和洞空中朝她凌空飞击而来的那些花花绿绿的奇异怪蛇。

只见那些奇异怪蛇，被她抽击得簌簌地掉落而下。

可奇怪的是，那些奇异的怪蛇，虽被他们打死了很多，但却很快，又从那石洞壁上的小石洞内，又爬出了很多来，并从他们的四周，密密麻麻地、蜿蜒地爬行着，包围了过来。

浪儿他们，依然在奋力地与那些奇异的怪蛇拼搏着，但是，他们六个刚打死一圈围涌上来的怪蛇，另一圈刚从那蜂窝状小石洞中，爬出的奇异怪蛇，却又直吐着红色的蛇信子，气势汹汹地，从他们的四周，围攻了过来。

30　惊险大破群蛇阵

浪儿他们渐渐感觉有些支撑不住了，他们的一双双奋力拼搏、刺杀着那怪蛇的手，也累得逐渐感觉有些麻木了。

而四周的那些奇异怪蛇，却依然从小石洞内爬出，朝浪儿他们，围涌着昂首地，吐着鲜红的蛇信子，簌簌地朝他们爬涌而来。

眼见着筋疲力尽、手忙脚乱的浪儿他们几个，就要因抵挡不住那些蜂拥而来的奇异怪蛇的攻击，而被怪蛇群给围困、抵挡不住了！

卡斯娜公主连忙默念了一句魔法咒，只见一道七彩的魔幻奇光一闪，便见一张奇异的"七彩魔幻网"，从她头顶的空中，倏地闪出，并飞落而下，把他们六人给网住了，并把那些奇异的花花绿绿的怪蛇，给阻隔在了那张"七彩魔幻网"之外，大家余惊未了地喘着气，直擦着额头上的冷汗。

而在"七彩魔幻网"之外，那些奇异的怪蛇，却不断地从四周蜿蜒地往那张"七彩魔幻网"上爬着，并直接往那张"七彩魔幻网"内爬钻着。

可那网上神奇的"七彩魔幻法力"，却把那些奇异怪蛇，噼里啪啦的从"七彩魔幻网"上，给摔落了下去。

火鑫公主见此情景，便施法变出了一张很小的"闪电神刺网"来，而后，她用嘴一吹，便把那张很小的"闪电神刺网"，给吹钻了出去，并倏地变大，并覆盖在了那张"七彩魔幻网"之上。

只见那网上的一个个银光闪闪的"闪电神刺"，倏地刺入了那爬涌上来的，那些奇异怪蛇的肚皮、身子，把那些奇异的怪蛇，给刺扎得直蜿曲着身子，"吱吱、叽叽！"地怪叫着，从两张奇异的"网"上，摔落了下去。

可是，浪儿他们刚安心地歇息了片刻，很快便发现，那些奇异的怪蛇，竟幻变成了一条条银光闪闪的机器蛇，而那"闪电神刺网"上的"闪电神刺"，竟然无法穿透那些奇异的"机器怪蛇"的腹部了。

眼见着那一条条银光闪闪的机器怪蛇，就要从网上四周钻入，攻击网中的浪儿他们几个。

浪儿他们六个人，挤站在"网"下的中央，被吓得目瞪口呆地站立在那里，惊诧地望着那些从四面的"网孔"处爬入的蛇群，竟然感觉头皮发麻，两腿发酥、发软了。

而小白龙却气得直咬牙切齿的，真想变成一条巨龙，从那奇异的"魔幻网"中钻出去，对付那些奇异的怪蛇。

可一旁的浪儿，却把他给拉住了，劝说道："这里是它们的蛇洞窟，我们还是不要轻举妄动的为好!"

卡斯娜公主与火鑫公主,正准备收了那两张奇异网,而后,大家一齐飞身而起。

突然,只见一道奇异的金光,在他们的眼前一闪……便见一条巨大的金蛇,忽地从那石室中腾空跃出,并飞身落到了他们面前的那石洞地上。

只见那巨大的金蛇,昂然地张扬着它那巨大的蛇头,点头似的摇晃了三下,便见那些正围攻,浪儿他们的机器怪蛇群,倏地停止了攻击,并一齐扭转身子,围涌向了那条巨大的金蛇。

那条巨大的金蛇,被包围在那个奇大的蛇群中,而那四周的小怪蛇们,竟一条条地摇头晃脑地朝它行礼、致意着!

那条金色巨龙,却威严地盘曲着,昂然地伫立在那蛇群的中央,并摇头晃脑地,朝那四周的蛇群们"咝咝、簌簌!……"地低叫了一阵后,便见四周的那个巨大的蛇群,竟然各自转身,又爬上了那四周的石洞壁,并从石洞壁上的蜂窝状的小石洞口,又爬了进去。并簌簌地爬行着,远去了。

只剩下那条金色的巨蛇,依然盘曲在浪儿他们面前的那石洞地上,昂扬着它那巨大的金色蛇头,闪烁着一双幽绿色的眼睛,直盯望着那网中的浪儿他们几个……

"完蛋了,还不知道这家伙会使出什么诡计来陷害我们哩!"浪儿他们几个不由得在心底犯嘀咕了。

可让他们感到惊诧而又奇怪的是,那条金色的巨蛇并没有扑上前来伤害他们,只是静静地伫立在他们的面前,直到浪儿他们的耳边,听不到那簌簌然的,怪蛇爬行的声响了。

只见一道耀眼的金光,在浪儿他们的眼前倏地一闪而过,便见他们面前盘曲着的那条金色巨蛇,竟倏地变成了高瘦的黑衣怪兽蛇人,只见他抱拳、拱手作揖地朝浪儿他们行礼道:"几位天外飞侠,让你们受惊了。放心吧,它们不会再来伤害你们了!……你们可以安心地继续往前赶路了……"

"原来,你就是这"蛇王星球王国"的蛇王呀!…要不,咱俩现在比试比试吧,看到底是你蛇王星球上的蛇王厉害,还是我地球东海的小白龙厉害!"小白龙意外惊喜地说道,并挥舞着拳头,一副跃跃欲试,要比试法术、功夫的样子。

可怪兽蛇人却很是谦虚地向小白龙行礼道："天外飞侠，您误会了……我并不是这蛇王星球上的蛇王，因你们几位对我有恩，而且，我又曾见过那蛇王，刚才恰好路过这里，见你们被那蛇群困住，我便变成了蛇王的样子，把它们给吓跑了而已……至于功夫与法术，我可不是您的对手。所以，还请天外飞侠，能够放过小蛇……"

见怪兽蛇人那诚惶诚恐的、不想争斗的坦诚样，卡斯娜连忙走向前去，替他解围道："放心吧，小白龙不会这么无礼对待我们的朋友的，我们还得感谢您，刚才在危难之中的解救之恩呢！"

卡斯娜的这话，倒是让那小白龙，不由得挠了挠后脑，略带尴尬地笑了："呵呵，真是不好意思，我刚才差点失礼了。"

而后，黑衣怪兽蛇人对他们说道："几位天外飞侠，虽然前面不会再有蛇群的骚扰，但你们还得过这洞道中的几道魔幻关卡。这是我们"怪兽蛇国"的祖先们，所遗留下来的。所以，前面的洞道中，你们依然要多加小心！……我相信，用你们的智慧与能力，是一定可以顺利通过的……再见了！天外飞侠们！"

说完这些，黑衣怪兽蛇人，便倏地一下，不见了踪影。

卡斯娜与火鑫公主，连忙各自收了魔法网，他们六个，便继续往那前面的洞道走去……

出了那间圆形的大石室，便来到了一条空旷的隧道中，与先前的那些隧道不同的是，这条隧道两旁的石洞壁上，并没有那些浮雕的怪兽蛇图案，而且，那两旁的石壁顶上，每隔一段距离，都会点燃着一盏闪烁着幽蓝色火苗的灯。

那火苗在那阴暗的石洞道中一闪一闪的，让人感觉极其神秘莫测的……

几人沿着那条空旷的石洞道，大踏步地往前走了一阵，前面便来到了一个向左拐弯的石洞口处，经过那个拐弯石洞口后，他们惊奇地发现，前面进入了一条狭窄，路面坑坑洼洼的隧道中。

"前面黑漆漆的，不会是没有出口了吧？"火鑫公主不由得低呼道。

"不会吧，我们这一路进来，并没有看到其他的岔路的洞道口呀！因此，我们应该没有走错的。大家准备火把前行吧！"卡斯娜公主说着，

125

第三十章

便率先施魔法术变出了一个火把来，并高举着，领头往前走去。

浪儿、灵儿、小白龙、火鑫公主、巨力人他们，也连忙各自施法，变出了一个个火把来，高举着，跟后走了过去。

前面的洞道依然是黑漆漆的……而且，洞道内，除了他们几个"踢踏！"的脚步声回音，便听不到别的什么声响了。

他们不由得加快了脚步地往前走去……

突然，他们听到前面的洞道深处，忽地，若隐若现地传来了一阵奇异的"嗡嗡"的黄蜂叫声。

可是，当他们停下脚步来，凝神仔细倾听时，那声音却又消失了。

一种好奇心，顿使他们快步地往前走去……

为了安全起见，他们几个干脆施法，隐其身形朝前赶去。

31　大战黄蜂魔幻怪兽

大约往前走了没多远，他们便进入了一间空旷的奇大石室内，在其中央有一个巨大的马蜂窝，悬挂在那高高的石洞顶中央，一只只马蜂在那蜂窝上进进出出的。

原来，刚才那嗡嗡声，就是这些马蜂所发出来的。大家不由得舒然地松了一口气，便施法现身出来，准备穿过那间大石室，往前面的石洞门出口处走去。

可是，他们才走入那石室内十几步，便见那石室内忽地刮起了一阵"狂旋风"，卷起了一阵黄沙，让他们几个的眼前，不由得一阵迷惘。

他们几个生怕那沙子会被吹入眼内，便连忙拂起衣袖，掩住了眼睛。

"嗡狂！"这时，他们的耳边，传来了一声惊奇的怪兽吼叫，他们连忙睁开了眼睛来一看，只见有一只奇大的，浑身披着金色鳞甲皮的黄蜂怪兽，站立在他们面前不远处，那马蜂窝下的石室中央，正扑腾着翅膀，向他们咆哮、吼叫着。

"天哪，我们不会是在做梦吧！"灵儿不由得小声地惊呼道。

因为，在他们面前的那只黄蜂，竟然身高几丈，披着怪兽鳞甲皮的它，看来外形与平时所见的黄蜂差不多，只是要超大若干倍罢了。

只见这家伙毫不客气地扑腾着一对巨大的翅膀，"嗡狂！嗡狂！"地怒吼着，朝他们飞扑而来。并用它那奇长的、银光闪闪的、锐利的针刺嘴，快速地蜇刺向了浪儿他们，浪儿他们几个赶紧飞身而起，并利索地躲闪了开去。

只见黄蜂怪兽又从那洞空中，忽地跳落到了那石洞地上……

而后，只见它那巨大的身子，倏地左右摇晃了两下，便忽地变形成了一只金刚石身子的黄蜂怪兽，它倏地一抬头，便伸展出了那根银光闪闪的、锐利的金刚石刺管，竟"轰隆、轰隆！"地向面前的那石洞地上的浪儿他们，发射起了那银光闪闪的"焰火弹"来。

浪儿他们不由得一惊，连忙施法在洞中隐身而去。

而后，他们几个，便把那"变形"的能量芯片，往额头上一贴，各自大叫一声："变形！魔幻激光炮弹！"

他们便倏地变形成了几台银光闪亮的"魔幻激光炮"，并快速地从四周包围着，轰炸向了中间的那只巨大的黄蜂怪兽，可那家伙却倏地一闪，不见了。

当浪儿他们变回原身，在室内四处寻找黄蜂怪兽的踪迹时，却忽地一下，便见那黄蜂怪兽又从石洞空中，凌空飞跃而出。

这下，浪儿、灵儿、火鑫公主、巨力人、卡斯娜、小白龙他们，各自手握神器，飞身向前，围攻着杀向了那怪兽，可那只巨大的黄蜂怪兽，却一直扑腾着一对银光闪闪的巨大翅膀，东腾、西跃地躲闪着他们几个的攻击。

浪儿他们在那石洞内，围攻了好一阵子，却连那黄蜂怪兽的身子，都没有他们沾着一下。

"怎么办呀，这家伙那么厉害！"他们一齐飞身而起，凑到了一块巨大的崖石后，商量着对策。

大家低头沉默了片刻，忽地，小白龙抬起头来，小声地对大家说

127

第三十一章

道："我想到一个好方法了，你们先隐形而去，歇息一下，让我来对付那家伙！然后，你们再找准时机，上来帮忙就是了！"

于是，浪儿、灵儿、火鑫公主、巨力人、卡斯娜公主他们，便施展魔法术，隐形而去了。

而后，小白龙竟然施起法术，只见一道轻烟缭绕而过，变成了一只与那黄蜂怪兽一模一样的"金刚石黄蜂怪兽"，在那石室洞内现身出来……"嗡狂！嗡狂！"地狂叫着，飞扑向前去，与那只黄蜂怪兽，狂然地扭打在了一起。

它们都试图用那银光闪闪的刺管，插入对方的体内，可是，那摇头晃脑着扭打着的两只黄蜂怪兽，却都感觉对方的铁甲皮太坚硬，根本就无法刺入。

这时，浪儿他们出来帮忙了……

只见浪儿变成了一只凶猛的金刚石蝎子怪兽，直喷吐着那滚滚白烟。

昂然着一对，钳子似的锋利、坚硬的双爪，气势汹汹地飞扑向前，竟嘶啦一下，便钳破了那只真"黄蜂怪兽"的肚皮。

便见从那只巨大的金刚石黄蜂怪兽的肚子上，嘶嘶地冒出了几道奇异的白烟。

而此时，灵儿、卡斯娜公主、巨力人、火鑫公主他们几个，却倏地变成了几名身着银色太空服的太空战士，手握那银光闪闪的利器，从四周攻向了那只黄蜂怪兽。

很快，那只巨大的金刚石黄蜂怪兽，便躲闪不及地被击中了几剑。

而小白龙所变的"金刚石黄蜂怪兽"，却从后面用坚硬刺管，猛地刺入了那只真"金刚石黄蜂怪兽"的身体内。

只听见那只巨大的黄蜂怪兽，昂首"嗡狂！嗡狂！"地嗷叫了几声，便听见一阵"嘶嘶！"声响过之后，那只巨大的金刚石黄蜂怪兽，便仰天倒翻在那石洞地上，一动不动。

"大家快闪开，那黄蜂怪兽要爆炸了！"这时，从那洞空中，传来了怪兽蛇人的招呼声，浪儿他们几个，赶紧飞身跳跃开来，并倏地隐形而去。

只听见"轰隆！"一声巨响过后，石洞地上的那只巨大的黄蜂怪兽便轰然一声自爆了，一团熊熊的大火，就在那间大石室中倏地燃起，把那石室洞内给照得火光通亮的！

大家此时已来到了石室的石门出口处，回头望着那团熊熊大火，不由得余惊未了地直抹着额头上的汗水。

"看来，刚才又是那位怪兽蛇人救了我们呀！"浪儿站在那里，小声地嘀咕道。大家应声抬起头来，望了望四周，并没有见到那黑衣怪兽蛇人的踪影，但在大家的心底，却早已把他当成了一位坦诚的朋友了。

"我们继续往前吧……"卡斯娜提醒的声音，清晰地在大家的耳旁响起。

大家随即，往前面的那条空旷石洞道内走去……

奇怪的是，这条石洞道里一直没有灯，而在那石洞顶上，却有一个个奇形怪状的"天然缝隙"漏光口，于是，每往前走一段距离，都有一缕亮光，从那石洞顶上的缝隙口，投射而下。

"能看到洞外的亮光了，看来，前面离石洞的出口处不远了……"大家不由得欣喜地在心里想道。

他们再次加快了脚步地往前走去。

当他们沿着那条隧道，大概往前又走了半个多时辰，他们的耳旁，便传来了淙淙的流水声。

他们终于走到那条空旷隧道的尽头，见那隧道往右一拐弯，便拐入了一条闪烁着红、橙、黄、绿、紫光的五彩魔幻奇光石洞中。

这时，他们清晰地听到了那哗哗的流水声，他们应声扭头一望，只见他们的左前方不远处，是一片空旷的石洞地带，那里有一座座高高的石崖山耸立着，而那哗哗的流水声，便是从那山石崖上，飞流直下的瀑布所发出的，那瀑布流入了他们左边下面的那条淙淙流淌的小溪之中。

在小溪上空，有一缕缕白色的轻纱似的白雾缭绕着，缥缈而又仙逸的，宛如异域仙境似的，美极了。

这时，他们听到了一阵悦耳的风铃"叮咚！叮咚！"声，他们便循着那风铃声，脚步轻快地往前走去。

上了前面的那座天然小石桥，这才发现，在那小石桥上，竟然有一座美丽的七彩"魔幻转盘"小屋伫立在那里，只见那座直闪烁着七彩的"魔幻之光"的小屋，门口处挂着几串雪白的贝壳风铃，在那风中直"叮咚、叮咚!"地撞响着。

浪儿他们几个,左顾右望了一阵儿,见四周再也没有了其他的去路,便只好朝那座七彩"魔幻转盘"小屋走去。

他们准备从那小屋里过去,走过那座小桥,赶到小桥的对面去。

小灵儿与火鑫公主,更是欢快地跑在前面,推开了那座一直闪烁着七彩魔幻之光的"魔幻转盘"小屋门,银铃般地嬉笑、打闹着,走了进去。

浪儿与卡斯娜公主、巨力人他们也连忙跟后走了进去,而那手握一把青龙跨月长矛的小白龙,却东张西望地走在最后。

当他们走进去时,竟发现里面是一间闪烁着七彩的魔幻之光的宽大石室,他们抬头一望,发现石室顶上挂着七盏奇异的七色灯。

只见"隆!"的一声响过之后,他们身后的石门,便"砰"的一声关上了。

之后,他们脚下的那石地面,竟也"隆!隆"地响着,便快速地转动了起来!

浪儿他们几个,连忙手拉手地靠在一起,并闭上了眼睛,任那脚下的地面与四周的石洞壁,快速地旋转着。

好一会儿,只听见"刷!"的一声,他们脚下的地面便倏地停止了转动。

32 奇异的三叉魔幻洞

当他们连忙睁开眼睛来一看时,发现他们已出了那间石室,并站在了一条空旷的隧道中。

在他们前方的不远处,有一个三岔的石洞道口,他们站在那里,有些犹豫不决了,"到底从哪个洞口进入,才能走出这山洞,赶到那片怪石森林地带呢？"

可他们站在那里猜想了很久，也没有猜想出哪一个"洞口"才是这个魔幻山洞的"真正"出口？

"依我看，我们还不如分成三组，分别从这三个石洞口进去，这样，也许就能找到真正的石洞出口了！"浪儿突然抬起头来，略带惊喜地建议道。

"可是，人员怎么分配呢？"卡斯娜公主有些为难地说道，因为，她知道小白龙与火鑫公主是死对头，所以不好分配。

浪儿挠了挠后脑勺，抬起头来说道，"这好办，为了公平起见，我们来抽签做人员分配吧……只是，不管抽到谁同谁一组，都不许反悔哦！……而且，为了绝对公平起见，大家都不许施魔法术捣鬼！"

"有趣！……" "嗯，这方法好！" "好啊，好啊！"大家一致赞同道。

于是，他们六人便在六张纸片上写下了"1" "2" "3"三个数字，并规定：抽到相同的重复数字的人，为一组。然后，把那六张纸一，各揉成一团，放入了一个竹筒之中，浪儿用一只手捂住竹筒口，把那竹筒给上下地抛动了一阵，然后翻过来，把那六张纸片倒在那石洞地上。

大家连忙走向前去，一人从那石洞地上捡起了一个纸条，并打开来一看。

"我的是1号"浪儿大声地说道。

"我的也是1号"卡斯娜公主意外惊喜地说道。

"2号"，"2号"那巨力人与灵儿举着手中的纸条，异口同声地说道。

那边的火鑫公主小声地嘀咕道："我的是3号"

那小白龙听到这话，竟然脸色都发"黑"了，只见他瞪了对面的火鑫公主一眼，用一脸无可奈何的表情说道："我，3号。"

结果已经出来了，不管怎样……浪儿先前已经说好了，是谁也不许反悔的。

"那我们俩先从左边的那个石洞口进去了，大家各自小心点！……"浪儿说着，便与卡斯娜公主，一前一后地往左边的那个石洞口处走去。

这让那一旁的小白龙看在眼里，不由得眉头一皱，眼睛直愣愣的，心里很不是滋味！

而巨力人却一把牵过灵儿的手，乐呵呵地扭头，对小白龙与火鑫公主道："两位少陪了，那我们也先走了！"而后，便见他们俩一头钻入了中间的那条石洞道。

剩下的火鑫公主与小白龙，嘟噜着嘴，大眼瞪小眼地在那里对望了一阵后。

"哼！"火鑫公主低哼了一声，便扭头直往右边的那个石洞口走去。

"呕依！"那小白龙朝着她的背影，直翻着白眼做了一个鬼脸，便也跟后走了过去。

哪知道，小白龙才往前走没几步，便见那火鑫公主倏地扭头，冲他大声地训斥道："你干吗跟着我来！"

哪知那小白龙倏地一闪身，便恰似一阵风一般地，穿蹿到了她的前面而去，不逊地反讥道："笑话，我走在前面，还不知道是谁跟着谁来的呢？"

"你耍鬼、赖皮！……"火鑫公主气恼地说道，便倏地飞身而起，便直往前面右边的那个石洞口内，飞蹿而去。

再说浪儿与卡斯娜，从左边的那个石洞口，进去之后，便步入了一条缭绕着紫色亮光的，宽敞的石洞道。

可怪异的是，他们往前走了一阵之后，便发现前面竟是一堵高高的石洞墙壁，没有了去路。

他们俩倏地一怔，正准备回头往回走时，却忽地从他们的身后刮来了一股旋风，那股旋风卷着他们俩，直往前面的那堵石洞墙壁的方向吹去。

他们俩便身不由己地高高飞起，并往前面的那堵石洞墙壁上撞击而去。

可奇怪的是，他们俩竟轻松、自如地穿过了那堵石洞墙壁，只见一道银光，在他们的眼前一闪，他们便发现自己出了那石洞，竟然来到了一片碧绿、青翠的山谷竹林上空。

"太好了，我们出了那石洞了！"浪儿不由得牵着卡斯娜公主的手，欢呼道：

"不会吧，我们刚才是从那石洞中的"魔幻转盘小屋"里进入的，哪有那么容易就出来了！如果我猜得没错的话，我们这是进入了黑衣怪兽人曾说起过的"魔幻阵"了……因而，只有穿过这片"魔幻竹林"，我们才能真正走出这石头隧道。"可卡斯娜却没有被眼前的这虚幻的自然美景所迷惑，只见她头脑清醒地分析道。

　　"不会吧，会有这么玄幻……"浪儿不由得小声地嘀咕道。

　　"不怕一万，只怕万一吧，我们还是自己小心、谨慎点为好！……"卡斯娜说着，便与浪儿从空中扑腾着他们身后的一对巨大的雪白羽翼，飞落而下。

　　他们降落在山谷间的一片竹林坡前。

　　此时的巨力人与灵儿，正在一条石洞道内走着，没多久，他们竟发现前面洞道中的光线越来越亮，他们急切地往前走去。

　　"前面会不会已到石洞的出口了，灵儿，我们走快点，快，我来背你出去！"巨力人高兴地说道，说着一把背起了灵儿，直往外飞奔而去。

　　很快，他们就到了石洞的出口处，让他们感到惊喜而又意外的是，呈现在他们眼前的，竟是一片广阔无垠的碧绿大草原！

　　"太好了，我们终于走出石洞了！"他们俩站在那里，不由得挥举着手欢呼道。

　　然后，他们俩欢快地往下面的那片碧绿的大草原，飞奔而去。

　　"癞皮狗，不要跟我走！""是你'臭屁虫'先要跟我来的！"此时的小白龙与火鑫公主，却还在石洞内骂骂咧咧地往前走着。

　　突然，他们面前的那面宽阔的石洞壁上，竟出现了一幅神奇的幻境，只见那幻境上显示出：有一条大蟒蛇，正在蜷曲地在石洞地上，往前爬行着。

　　他们俩被吓得倏地一惊，连忙屏息着站立在那里，吃惊地望着……而后，只见那石洞壁上的那奇异幻境，倏地一闪，不见了。

　　只听见"吱嘎！"一声，便见刚才呈现出幻境的那面坚硬、厚实石洞壁，竟倏地往一旁推移而去。

　　一束雪白的亮光，从石洞口投射了进来，火鑫公主与小白龙，连忙飞身而起，从开启的石洞口，飞钻了出去。

可呈现在他们眼前的，却是云雾缭绕的万丈深渊，抬头环顾四周，全是崇山峻岭的险峰地带。

见此险境，火鑫公主不由得额头上惊出冷汗来，她连忙施展魔法术，高高地飞起，准备往一旁的一座陡峭的险峰上降落而去。

可忽地，她身子底下的那深渊中，便刮起了一阵旋风，把她直往那底下的深渊中卷落而去。

火鑫公主"啊！"地惊呼一声，又连忙施展魔法术，准备向上飞来。

可那股旋风的威力实在太大了，她的身子，根本就无法挣脱那股力量，而向上飞起。

上面的小白龙，见此情景，本想幸灾乐祸，停在一旁的一座险峰顶上看把戏，不去救她。

可当小白龙见火鑫公主的身子，直往下掉落而去，并坠入了那深渊中的云雾而去时。

却担忧得"啊！"的惊叫一声，竟不忍心看她身坠深渊了。

小白龙连忙腾空一跃，变成了一条威风凛凛的白龙，腾地穿过那缭绕着的深渊云雾，飞落了下去，去救火鑫公主了。

只见那条白色的巨龙，扑地用嘴咬住了那直坠而下的火鑫公主的后背衣裳，并一扬头，往自己的后背上一抛，便见那火鑫公主，稳稳地骑坐在了白色巨龙的后背上了。

小白龙便载着她，从那云雾缭绕的万丈深渊中，腾地飞了上来。

并往一旁的一座高耸在云雾间的险峻高峰上，飞落而去。

再说此时的浪儿与卡斯娜公主他们，从那石洞口处出来后，便一直在这片魔幻竹林中往前走着，可他们走了很久，却也未能走出这片奇异的魔幻竹林，却反而又回到原处了。

因为天快黑了，所以，他们决定在这片竹林中歇息一晚。于是，傍晚时分，他们便在竹林里砍了一些竹子，准备盖一间竹篷草屋。

能够与卡斯娜单独待在一起，一直都是浪儿心底所期盼的……如今，这个愿望终于实现了，这让浪儿简直不敢相信这是真的！

想到这里，正在砍竹子的浪儿，用嘴咬了咬自己的手臂，"嗯，好痛！……是真的。"他不由得喜滋滋地在心里肯定地想道。

很快，那栋绿色的竹篷屋便盖好了，天黑的时候，他们已在那竹篷屋的前边，燃起了一堆熊熊篝火。

他们俩一边啃着卡斯娜捎带的烧烤鱼，一边满脸欢欣地笑着说着。

山谷竹林里的夜很静，四下里除了那"叽里、叽里！"的夜虫叫声，便听不到别的什么声响了。

"累了吧，浪儿？"卡斯娜公主望着满身都是碎竹叶的浪儿，微笑着问道。

"还好，不累噢！……嘻嘻，只要能和你在一起，这点辛苦，根本就算不了什么！……"浪儿一脸欢欣地望着卡斯娜，笑着说道。

这话让卡斯娜的脸上一热，倏地闪过一丝羞涩的神色。

但未了，她也甜甜地笑了。

"谢谢你，浪儿，与你在一起，我也感觉很开心，真的！"而后，卡斯娜便走过去，坐在浪儿的身旁，并把头斜靠在他的肩膀上，一脸微笑着对他说道。

"我们的卡尔斯王国，是宇宙中的一个历史悠久的文明怪兽古国，在很久以前……"然后，卡斯娜便开始给浪儿讲述他们卡尔斯怪兽王国里有趣的事情了。

浪儿此时，坐在她旁边的火堆旁，聚精会神地倾听着……还不时欢欣地笑着。

此时的巨力人与灵儿，还行走在那片碧绿的大草原上。

走着，走着，见走了很久都未能走到草原的边缘地带，灵儿便略带担心地，对走在她身旁的巨力人说道："巨力人，我不能再跟着你往前走了，我们得赶在天黑前，找个地方休息一晚才行，我们已在那洞道中走了很久，而在这片大草原上，我们走了这么久，却都没有看到一户人家，看来，我们一定是进入那怪兽蛇人所说的魔幻阵了……现在，我感觉又累又困了！"

"那好吧，我们就在这草原上搭一顶帐篷歇息一晚吧！"巨力人说着，便变戏法似的，从他的口袋里掏出了一个绿色的，像气球一样的东西，放在嘴边，用力地吹着、吹着……

便见那绿色的东西，被越吹越大，竟然变成了一个绿色的帐篷，巨力人把那个绿色的充气帐篷，摆放在草原上，像一座绿色小屋似的帐篷，就是他们临时的家了。

"太好了，我们今晚上终于有地方歇息了！"灵儿站在一旁，不由得拍着小手欢呼道。

"放心吧，有我在这里，是不会让你受苦的。"巨力人在一旁，一边搬动着那帐篷，一边憨厚地笑着说道。

33　魔幻险峰石洞内惊险斗巨蟒

这时的小白龙与火鑫公主，他们还正在那险峰上的一个山洞中。

天黑了，他们也只好暂且在这山洞中歇息一晚了，因这四周的险境地形，他们还无法想象出，明天会出现什么奇异险境，所以，今晚上，他们俩得好好休息一晚，养足精神头了。

只见小白龙仰卧在石洞中的一块青石板上，双手环抱着，似乎已进入了香甜的梦乡。

而火鑫公主，却躺在离他不远处的一个干草铺上，翻来覆去怎么也睡不着。

想到今天下午，那小白龙飞身下去救她的那一幕，她便在心底对小白龙，产生了一些"稍微"的好感！

可一想到他们俩平日里那"死对头"的"斗气样"，她又一下子把这"稍微"的好感，给抛到那九霄云外去了。

"哼，这很正常，就算刚才是我见到他遇到险境，也同样会下去救他的。"她不由得在心底满不在乎地想道。

之后，她便迷迷糊糊地睡着了。

可是，当火鑫公主一觉醒来的时候，却发现小白龙坐在她的身旁，正色迷迷地望着她！

"啊！……"火鑫公主大叫一声，便忽地坐起身来，把那小白龙给一掌劈推开去，并大声地骂道："你这个色魔，滚远点！"

那毫无防备的小白龙，被火鑫公主给推得一个踉跄地摔倒在石洞地上。

只见他一脸无辜而又没好气地嘀咕道："好心没好报，黄土砌黑灶，要不是你刚才叫冷，把我给惊醒了，我也就不会过来帮你盖衣裳了！"

他这话让那火鑫公主不由得倏地一怔，低头一看，竟发现小白龙的那件宽大、温暖的外袍，竟然盖在自己的身上，而自己却在那里错怪、责骂他，想到这里，她向小白龙道歉，"对不起，刚才……"

耳旁却又传来了那小白龙不满的嘀咕声，"就你那火急火燎的急躁样，也不想想，哪里有人会喜欢你！还叫我色魔，就你那凶样，打死我也不会喜欢上你的！"

他这话，倒是又让那火鑫公主火了，只见她灵机一动，便讥讽地回应道："别光顾着说我的坏话了，好好反省你自己吧。要不，就你那样，别说我讨厌你，就连那卡斯娜也会讨厌你的！也难怪卡斯娜会喜欢浪儿，就你这"火龙"燥样，鬼都不会喜欢上你的！"

"你……"那小白龙气急败坏地指着她，愤怒地低呼道。

"我，我怎么啦？我又不会喜欢上你！……呵呵……"火鑫公主幸灾乐祸地呵呵笑着，便把那小白龙的外袍，一下子抛扔了过去道："还给你！……臭袍子，可别把我的衣裳给弄脏了！"说着，便见她伸手，朝面前的石洞地上一指，便见那石洞地上，倏地燃烧起了一堆熊熊大火来。

一下子便把那清凉的石洞内，给烘烤得暖暖的。

火鑫公主伸了一个懒腰，便又倒在那草铺上舒适地躺下了，"不欠这臭小子的人情，才是心底最舒爽的事！"她不由得在心里嘀咕着想道，便又沉沉地睡着了。

"哼，真是好心没好报！……下次，冻死你都不关我屁事了！"小白龙见此情景，也恨恨地低哼了一声，便又走过去，仰卧在那青石板上，睡着了。

火鑫公主正睡得迷迷糊糊的，耳边忽地传来了一阵儿"窸簌、窸簌!"的声响。

她猛地睁开眼睛来一看，不由得被吓得"啊!"地低呼一声，原来，借着火光，她看到了，在她身前不远处的空旷石洞中，有一条巨大的蟒蛇，正簌簌地朝她这边爬过来!

而那蟒蛇的模样，竟与他们在"石壁幻景图"上看到的那条蟒蛇一模一样!

火鑫公主因为小时候被蛇咬过一次，所以，一直都很讨厌蛇，这也是她为何曾一度与小白龙为敌，争执吵闹不休的缘故。只见她从腰间嗖地抽出了那根"闪电神鞭"，飞身向前，簌簌地抽向了那条蟒蛇的硕粗的腰身。

那蟒蛇被击中疼得"嗷"地咆哮一声，便倏地回头，扬展着它那颈长、水缸粗的蛇身，张开它的血盆大嘴，直朝火鑫公主这边猛地扑过来。

火鑫公主连忙飞身一躲，挥舞着手中的"闪电神鞭"，再一次猛烈地抽向了那巨大恐怖的蟒蛇头，那巨蟒狡猾地一摇头，竟躲过了那"闪电神鞭"的抽击，而后，倏地一扬头，冷不防地便又扑向了火鑫公主，并一口把那火鑫公主的身子给叼入了嘴中，火鑫公主吓了一大跳连忙施法，倏地一变，变成了一个金色的火把，把那巨蟒给烫得连忙张嘴把火鑫公主喷吐了出来!

刚一落到石洞地上，那金色火球便倏地变回了火鑫公主的模样，可是，她才往前飞奔几步，却又被那追扑上来的巨蟒给咬住了，那火鑫公主被吓得"啊!"的惊叫数声，把那沉睡着的小白龙给惊醒了，只见他一个鲤鱼打挺，倏地从那青石板上飞身跃起。

眼前却见那巨蟒，正张扬着头，在那里吞食着火鑫公主的身子，那小白龙连忙飞身而去，一把抓住了那露在巨蟒嘴角外面的双脚，把火鑫公主从那巨蟒的嘴里，给拖了出来。

随后，就见那石洞空中一道白光一闪，那小白龙便倏地变成了一条白色巨龙，飞扑着向前，龙爪飞扬地与那条巨蟒打斗厮杀了起来。

巨蟒用那巨大乌黑的蛇身，缠向了小白龙的身子，小白龙却倏地一个"翻江捣海"似的"银龙翻身"，倏地避开了那乌黑的蛇身，并扭过身咬向了巨蟒的脖子。

那巨蟒疼得"哇呀!"地大叫了一声,便翘起它那坚硬、尖长的蛇尾,抽向了那白色巨龙的眼睛,只见小白龙一扭头,便一口咬断了那巨蟒的尾巴,掉落在那石洞地上,直蜿蜒地颤动着。

再看断尾的巨蟒,一下子地从那石洞空中摔落而下,掉头往那前面的洞道深处,逃窜而去。

"哎哟!"小白龙还想去前面的洞道中,去追杀那条巨蟒,耳边却传来了火鑫公主的呻吟声,小白龙连忙一扭转那巨大的龙身,倏地变回了人形,连忙飞奔到了躺在石洞地上的火鑫公主的身旁,一把扶着她坐了起来,并关切地问道:"火鑫公主,你还好吧?"

哪知道那火鑫公主却搂着他的脖子,竟"哇!"地哭了起来:"我好怕,我好怕!"

这让那小白龙啼笑皆非地笑了,连忙安慰她道:"好了,好了,别害怕了,那家伙已经被我打败了,它遍体鳞伤地逃走了,再也不会回来了!"

火鑫公主仍泪眼蒙眬、余惊未了地问道:"是真的吗?你不会是寻机报复,而骗我吧?"看来,火鑫公主还是没有忘记,自己与小白龙曾是"死对头"的往事。

"我怎么会骗你呢,要不,你看看那前面的石洞地上,那半截扭曲着的蛇尾,便是那巨蟒断掉的!"小白龙边说边指着那石洞地上,扭动着的蛇尾。

这下,那火鑫公主还真是信了,只见她用手朝那蛇尾一指,便见一团金色的焰火,倏地从她的手心射出,燃烧起了那个扭曲着的,棒子般粗的蛇尾。

"好了,那蛇尾已被烧没了。我们也该休息了,明天还得设法闯出这个"魔幻奇阵"哩!"小白龙提醒搂着他脖子的火鑫公主道,他这话倒是让那火鑫公主一把便把他给推开来,而后,准备往那边的干草铺走去。

"等等!……你就不怕那条巨蟒,再回过头来,把你给吃了吗?"那英姿飒飒的小白龙,用一脸啼笑皆非的神情,对火鑫公主说道。

"我当然怕啦,可是……"火鑫公主略带羞涩地望了望小白龙,便不再往下说了。

"放心吧，还是在我这边安全点，我去把那草铺给抱过来，你呀，就在我的身边躺着吧，我至少不会像那巨蟒一样，把你给一口吃了呀！……呵呵…呵呵！"小白龙乐呵呵地调笑道。

说完，他连忙伸手往那边的草铺一抓，便见那草席已摆放在了他们面前的那青石板上。小白龙随手把那草席往那青石板上一铺，然后，仰天躺下，并自在地把手给枕在头下，笑眯眯地望着火鑫公主道："如果你不想被那巨蟒给吃了，就躺在我身边吧，我会保护你的！"

见小白龙那诚挚而又胸怀坦荡的样子，火鑫公主便也不再顾忌什么了，靠着小白龙躺下了，小白龙连忙把那件宽大温暖的外袍，给抛盖在了她的身上。

经过刚才的那一番惊险、恐怖的折腾，火鑫公主也感觉累了……此时，躺在那小白龙的身旁，竟舒服地睡着了。

小白龙扭头看着那沉睡而去的美丽的火鑫公主，不由得微笑着小声地嘀咕道："要是等我们闯出了这魔幻阵，你还能这么乖巧、温顺就好了。"

石室中依然燃烧着一团熊熊火焰，让小白龙感觉这石洞内，比起上半夜来，要温暖、踏实多了！

"这个美丽的夜晚，或许该让我们俩的"死对头"关系，改变些什么了……"小白龙不由得在心里，略带欣喜、向往地想道。

34　美丽的温馨浪漫夜

"从前，有一只青蛙，碰到一只苍蝇，它正准备一口把那苍蝇给吃下去，可那只苍蝇却讨好地嗡嗡说道：'尊敬而又伟大的青蛙先生，如果您只是吃了我，那可真是大材小用了，您呀，该去干一件更惊天动地的事情来，让整个动物王国都被轰动！'

那青蛙听后，很是高兴，却不解地问道：'不会吧，我要做什么事，才能去轰动整个动物王国呀？'

　　那苍蝇连忙神秘而又小声地对那青蛙说道：'我把这个秘密告诉你，你可不许告诉别人哦……我跟您说，你能一口吃掉一头大象，便能具有神奇的魔力，并把整个动物王国都给轰动了！'

　　青蛙想了想，自言自语地说道：'是呀，我还是该把肚子给留着，去吃大象，这样，我便能具有神奇的魔力，并成为动物王国的大名人了！……呵呵……'而说这话时，青蛙的嘴一松，那只苍蝇已乘机逃命，飞走了。

　　后来，那只青蛙遇到大象，它说，'大象，苍蝇说我能一口把你给吃了，你能不能让我试试……'

　　大象笑了，说：'你可真是大笨蛋，苍蝇整天除了传播细菌，就是嗡嗡地乱叮、乱叫，你相信它的话，只会害了自己的……'

　　可那青蛙便不相信，只见它一下子跳过去，抱着那大象长长的鼻子，便啃了起来……直啃得那大象鼻子痒痒的，便'阿嚏！'一声，打了一个大喷嚏！……

　　把那只笨青蛙，一下子给冲到了半空中，又摔了下来。

　　可那只青蛙却在心里乐呵呵地想道：想不到，那苍蝇说吃大象肉，会具有神奇的魔力，还是真的！这不，我这才咬了一口大象的鼻子肉，便一下子飞这么高了！"

　　而此时的灵儿与巨力人，正在那草原上的帐篷中，巨力人正在给灵儿讲笑话，直听得那灵儿哈哈地大笑道："哎呀，巨力人，想不到，那只青蛙比你还要笨呃！……哈哈……呵呵……都快笑死我了！"

　　"好了，好了，你别再笑了。这些都是我前些日子听浪儿说后，自己瞎编的故事，这不，我都讲了十一个笑话给你听了……如果我是大笨蛋，能编那么多的笑话来给你听吗？不早了，我们也该休息了。你不困，我今天背着你，走了大半天，都没有走出这片魔幻大草原，还真是感觉累了呃！"说着，巨力人不由得伸着懒腰，打了一个呵欠，一副疲惫不堪的样子。

　　"好吧，那我就不闹你了，你先躺下来休息一会儿吧。"灵儿说着，便准备去对面的草铺上睡觉了，"你别走远，这地方并不是你所想象的那么平静、安宁，万一我睡着了，你被这草原上的奇异怪兽给叼走了，那这茫茫大草原的，我该到哪里去寻找、搭救你呀！"巨力人一把牵住了灵儿的手，担心地说道。

"那怎么办呢？你也不能老是给我讲故事不睡觉呀？"灵儿一脸天真地望着巨力人，嘀咕道。

"这样吧，你就在我的身边睡吧，这样，万一有个异常的声响，我也便能知晓了……"巨力人说着，便盘膝打坐的，让灵儿坐在一旁，趴在他的膝盖上睡。

"哦，这样，恐怕不太好吧……"灵儿略带羞涩地说道。

"有什么不好呀，我是你的大哥哥，所以，保护你也是应该的，你就放心地趴在我的膝盖上睡吧，也只有这样，我才能睡得安稳一些……"哪知，那巨力人，却憨厚、大方地说道。

于是，灵儿便乖巧地趴在巨力人的膝盖上，他们俩很快便进入了香甜的梦乡。

而此时的浪儿与卡斯娜公主，还坐在草屋前的火堆旁，他们抬着头，一起欢快地数着深蓝色夜空中的一颗颗晶亮闪烁的星星。

"卡斯娜，你看，那天上的星星好美哦！……"浪儿用手拍了拍身旁的卡斯娜的肩膀，一脸微笑地说道。

"是呀，它们就像你的眼睛一样，晶莹而闪亮！"卡斯娜回过头来，一脸喜悦地望了望浪儿说道。

"不会吧，我的眼睛会有那么晶莹、闪亮吗？"浪儿惊喜而又诧异地问道。

"至少，在我心里是这么认为的吧……"卡斯娜略带羞涩地小声说道。

"那小白龙他……"浪儿略带犹豫地问道，"他不会再把你从我身边抢走吧？"

"你在胡说些什么呀？我一直都只是把他当成好朋友而已。"卡斯娜回过头来，一脸坦诚地对浪儿说道。

"卡斯娜，那等我们战胜了'震嗣'后，我们便回到你们的怪兽星球王国里，隐居在那片美丽、茂盛的"怪兽森林"深处，那个美丽的山谷之中，过着平淡而又幸福的生活吧……"浪儿一把拥过那卡斯娜的双肩，望着那群星闪烁的深蓝色夜空，一脸遐想地说道。

"可是，你不想去找你的地球父母了吗?"卡斯娜却提醒地说道。

"当然想，如果能找到他们的话，我还要把你这个美丽的外星媳妇带给他们看哩!"浪儿乐呵呵地说道。

说着，说着，他们便相互倚肩，坐在那竹篷草屋前的火堆旁，睡着了。

忽地，夜空中刮起了一阵清凉的山风，把浪儿与卡斯娜公主吹得浑身一颤，打了一个冷战，一齐惊醒了过来。

"卡斯娜，你去那竹篷草屋中去睡吧，我在这火堆旁不会冷的，快去吧……"浪儿拍了拍睡眼惺忪的卡斯娜，准备送她往那草屋那边走去。

"不行，我还是陪你在一起吧，这样，万一发生什么意外，我们两个人在一起，也好有个照应。你就不怕再出现一只黄蜂怪兽来，把我给抓走吗?"卡斯娜睡意浓浓地挣脱了浪儿的手，说道。

浪儿想想也对，在这片魔幻的荒野之地，是难免会出现意外险境的……

于是，俩人便在竹篷草屋中，并排躺下睡着了。

而在他们的中间，却隔放着一把竹梢枝头，那是他们心中那条清新自然的"界线"。

夜很静，周围的一切，都是那样宁静而又清新自然的美，空气中带着淡淡的芳香气息。

"也许，这是我一生中最美丽的一个夜晚了，我竟然能听到她均匀的呼吸声……"浪儿不由得欣喜地在心里感叹道。

而此时早已是心力疲惫的卡斯娜，一躺下就进入梦乡。

她在梦里，见到自己与浪儿，在那片碧绿的竹林间荡秋千……

清凉的山风，舒服地吹拂着，从竹林深处，还不时地传来了一阵儿"叽里、叽里!……"的小鸟的叫声。

浪儿与她，沿着一条竹林深处的小道，欢快地奔跑着……

第二天一大清早，浪儿与卡斯娜便起床来，他们准备早点走出那片魔幻竹林去。

清晨，竹林里四处都是一片白雾茫茫的，茂盛的竹枝叶上，与那竹子丛下的草地上，有晶莹剔透的露珠儿滚动着，浪儿与卡斯娜，沿着一条竹林间的小道，朝前面的那座山顶上爬去。

才走没多远，他们便听到了簌簌的草木声，他应声扭头一看，竟发现草丛中的那些花花绿绿的小蛇们，正竞相地往高处爬去。

他们俩停下脚步来，观察了一阵，见没有什么意外险境，便又继续，往前面的那座山坡上爬去。

可是，才走没几步，便听到"咔嚓！隆！"一声响过，只见他们四周的那片竹林，竟快速的旋转了起来，直看得他们眼花缭乱的。

浪儿连忙牵着卡斯娜公主，倏地飞向了半空中，准备先看个究竟。

只见下边的那片碧绿、茂盛竹林，正像一个绿色的漩涡似的，旋转着，陷落了下去，竟变成了一个空陷的大黑洞。

没一会儿，便见从那个空陷的大黑洞中，倏地闪过一缕紫光……

再看大坑的下面，"隆隆！"地升起了一只奇异、巨大的怪兽，只见那怪兽浑身披着乌黑的，像荆棘刺似的鳞甲皮，长着一颗巨大的鳄鱼头，身后却拖着一条尖长，长着巨刺鳞甲的大尾巴。

只见它着头地吼叫了一声，便张嘴，扬头朝半空中的浪儿与卡斯娜，吐出了一团团金色的焰火来。

35 大战科莫尔怪兽

浪儿与卡斯娜只感觉从下面竹林谷深坑中，刚升上来的那只奇异怪兽的身上，发出了一股巨大的"奇异吸力"，把他们俩从半空中，给直拉拽了下来。

浪儿与卡斯娜，连忙把那"太空战斗"变形的"能量芯片"往自己的额头上一贴，他们便倏地变形成了两个巨大的银光闪闪的金刚石机器人，并挥举起了它们巨大的金属手，朝下面的那只张牙舞爪的怪兽射击而去。

可那只巨大的怪兽，却只是摇了摇头，便朝浪儿他们这边的方向，大踏步地走了过来，那对三角形的暴突鳄鱼眼里，直闪烁着幽绿的亮光。

怪兽朝浪儿他们这边喷吐着一个个燃烧的焰火球……眼见那些焰火球，就要朝他们飞击而来。

浪儿与卡斯娜所变的金刚石机器人连忙一扭身，那奇异的焰火球，未能击打到他们的身上，落在了他们身旁不远处的竹林丛上，并熊熊地燃烧了起来。

浪儿与卡斯娜连忙挥举起了他们的金属手，朝那燃起的竹丛林上，发射了好几枚灭火弹，便把那火给熄灭了。

为了灵活地对付那只巨大的怪兽，浪儿与卡斯娜便又大叫一声："变形！"

然后倏地变形成了两名身着紧身太空服的太空战士，而后，浪儿手握"R头神剑"，卡斯娜则手握"七彩魔幻神剑"，从两边包围着厮杀向了那只巨大的怪兽。

霎时，便见那只怪兽，一左一右地被包围在一片银色的"R头神剑光"与"七彩的魔幻剑光"之中。

可那怪兽的鳞甲坚硬，浪儿的"R头神剑"与卡斯娜的"七彩魔幻神剑"，根本就无法刺入它那坚硬的鳞甲皮内。但那锐利的剑光，还是击得它直昂首、扬头、躲闪，痛苦不堪地哇哇大叫着。

而后，便见那怪兽恼怒地一摇头，随即张嘴"嗷！"地吼叫了一声！

便见怪兽身上的那些乌黑的鳞甲刺，竟然像一支支利箭似的飞射而出，直接射向了空中的浪儿与卡斯娜公主。

浪儿与卡斯娜连忙在半空中隐身而去。

躲闪过了那些坚硬的鳞甲刺的射击，他们俩飞身来到半空中，见那只巨大的怪兽，还在那下边的竹林谷里，张牙舞爪地哇哇大叫着！

他们俩便在半空中凑到一起，商议了片刻，随即，他们两个人便开始了分头行动。

首先，卡斯娜便在那怪兽的正上方施法，布下了一张"七彩魔幻网"，直飞落下地，罩套住了竹林谷中的那只巨大的奇异怪兽。

而浪儿则在半空中，倏地变形成了一台魔幻激光大炮，并"咣、咣!"地朝山谷中的那只奇异的怪兽身上猛轰。

这下可还真行通了，只见那张"七彩魔幻网"中的奇异怪兽，被那一枚枚银光闪闪的 35135 型"魔幻激光炮弹"给射击得直挣扎着摇晃着它那巨大的身子，摇头晃脑、痛苦不堪地哇哇大叫着!

而此时，这奇异怪兽身上的乌黑的、荆棘刺似的鳞甲皮，竟不时地闪烁着，一红一暗的奇异的魔幻之光。

原来这家伙在想"变身"隐形而去，从那张"七彩魔幻网"中钻出，可被网住的它，根本就无法隐身变形，这怪兽气得张开它那巨大的鳄鱼嘴，仰天"呜哇呜哇呜哇!"地嗷叫了三声。

便见那上空中，倏地飘来了一朵白云，那云头上，站着一位鹤发童颜，身着仙逸的黑白道袍，手握仙尘的老者。

只见他笑吟吟地驾云倏地来到了半空中的浪儿与卡斯娜他们的跟前，悠然地一挥甩手中的拂尘，上前单手行礼道："两位施主，实在对不住，老道因下棋下晚了，竟然让这劣兽私自下了"太空怪兽园"来为害宇宙下界了，我这就把它给收了，带回太空怪兽园去!"

说着，只见他一挥仙拂，朝下面那山谷中的怪兽一指，便见他手中的仙拂，便倏地变成了，一条银光闪闪的金刚石链子，并倏地套住了那怪兽的脖子，而后，便见他牵起那只巨大的怪兽，飘飘逸然地大踏步着，往那灰蓝色的上空中走去。

当那只被牵的怪兽，大踏步地路过浪儿与卡斯娜他们的身旁时，却见那只巨大的怪兽，倏地一伏身子，便变成了一名身着黑白小道袍褂，头上扎着两个冲天羊角辫的小道童，并忽地来到那老道跟前，朝他跪下，行礼道："师父，师父，求您放过徒儿，让徒儿跟随这两位侠客，一起去太空中的 V 星系，去寻救我的父王吧!"

"那你先起来吧……"可那老者先是示意那小男孩站起身来，而后，扭头望了望浪儿、卡斯娜他们俩，却并没有作声答应那小男孩的请求。

这让浪儿他们很是诧异，卡斯娜走向前去，问道："老爷爷，这是怎么一回事呀？"

"哦，说来话长了，这孩子曾是Ｖ星系的"科莫尔怪兽星球"王国的一名王子，他父王多年前，把他送到我"太空达摩园"学艺。

自从六年前，他们的"科莫尔怪兽王国"被那宇宙公敌震嗣，给突袭灭亡了之后，他的父王与母后，也被那"震嗣"的怪兽军给抓走了，这孩子便一心要去那Ｖ星系，找那"震嗣"报灭国之仇，并救回他的父王与母后！

所以，他四处寻找"太空魔法术"与"太空战术"，比他高强的宇宙英雄。

这才出现了刚才与你们决战的那一幕，让你们见笑了！"那老者用手捋了捋他那雪白的胡须，对浪儿与卡斯娜他们俩说道。

可浪儿他们听后，甚是惊喜地说道："这么巧，我们与他，还真是同路人了！……老爷爷，不怕您笑话，我们也是去宇宙中，挑战震嗣，并报灭国之仇的。"

"是啊，老爷爷，您就让它与我们一同去吧，说不定，他还能帮上我们的大忙哩！"卡斯娜也在一旁略带急切地恳求道。

而那老者却用手捋了捋他那雪白、飘逸的长胡须，低头沉吟了片刻，便抬起头来，对他们说道："既然你们都有此意，那我就同意科莫尔陪同你们一同前往吧，只是，那"震嗣"可是强敌，这一路上，你们可得小心行事了！"

说着，那老者望了望那小男孩，招呼他道："科莫尔，过来，我这儿有一件法宝，你拿去带在身上，如遇困境，你只要拿出它，点燃这半截魔烛，我便会立即出现在你们的面前，帮你们解除困境的。"说着，老者递给了科莫尔一个绿色的锦盒与半截紫色的蜡烛。

小男孩儿一把接过锦盒来，并随手打开来一看，只见那里面放着一颗师父修炼了五千年的魔珠，便感激地对师父又弯腰行了一礼，道："师父，谢谢您了！"而后，便倍加珍爱地把那半截魔烛，也放入了那锦盒中，并把锦盒放入了胸前的斜口袋中。

这时，那老者便朝他们三个挥手道别道："那我先回去了，你们这一路上要多加小心、珍重！"便见他化成了一道银光，直冲飞向了那深蓝色的太空中而去。

"我们该怎么称呼你?"浪儿与卡斯娜回过头来,一脸微笑地问那小男孩儿道。

"你们就叫我科莫尔吧,哦,对了,我很快便变成一只很小的玩具怪兽,你们只要把我装入口袋里,我便能跟着你们一起去那太空中了!"

"这,恐怕不太好吧?""是呀,我也觉得这样子对你,很不礼貌!"浪儿与卡斯娜为难地说道。

"没关系,你遇到困难时,我便会变成刚才你们所见的那只科莫尔魔幻怪兽,出来帮助你们的。而我变成玩具怪兽,只是不想让"震嗣"知道我的行踪,给他来一个"突然袭击"罢了。所以,我还得谢谢你们,带我潜入"震嗣"的皇宫去,去找那家伙报仇呃!"

"哦,原来是这样呀!……""那好吧,我们就如你所愿吧。"浪儿与卡斯娜恍然大悟地说道。

而后,只见一道绿光一闪,那小道童科莫尔飞身一跃,便倏地变成了一颗小石子大小玩具怪兽,并从那上空中抛落而下,掉落在了浪儿的手心上。

浪儿连忙小心地把它装入了胸前的口袋中。

这时,只见下边山谷中的那个巨大的深坑处,倏地闪过一道"红、橙、黄、绿、紫"的五彩奇光,便见那个大深坑,又神奇般地填平合上了,并恢复了以前的那片翠竹林的模样。

这时,半空中传来了,黑衣怪兽蛇人熟悉的声音,"两位在此歇息一晚,等你们的同伴们,破了各自所困的魔幻阵之后,你们六位便能出了那魔幻峰下的那个"魔幻洞"了。

到时,你们便能相聚,一同前往那怪石森林了!"

浪儿与卡斯娜,便飞身而下,往他们昨天所盖的那栋竹篷草屋处降落而去。

36　大破魔幻气流球
与草地魔毯阵

再说小白龙与火鑫公主，天一亮，他们便出了那个险峰上的山洞，俩人在那四周的峡谷、深渊上空飞行，他们俩准备飞越这片魔幻的险境地带。

可是，他们往那东、南、西、北四方各飞蹿了一阵，却都未能飞越出这片魔幻地带，而且，每次都被一股强大的气流，给冲击了回来。

小白龙急了，飞身上了那半空中，开始施展法术，用法眼朝四周一望，这才惊诧地发现：原来，他们是被困在一个银灰色的半透明的"奇异魔幻气流球"内，所以，根本就是无法穿越出去的。

"看来，我们是被困在一个"魔幻气流球"中了！"小白龙飞落到下边险峰顶上，虎眉紧锁，面色担忧地对火鑫公主说道。

火鑫公主也连忙飞跃而起，在空中施展魔法术，仔细地观看四周的境况。

只见四周全是银灰色的气流，直打着漩涡地转动着，把他们俩给包围在这片奇异的险境魔幻地带。

"怪不得我们俩无论怎么努力，也无法飞越出去！"火鑫公主不由得气恼地小声嘀咕道。

说完火鑫公主从身上掏出了一把金光闪闪的"霹雳火星小圆球"，奋力地往那东、南、西、北四方投掷着。

便见那金色的小圆球"轰隆、轰隆！"地炸向了那东、南、西、北四方的"魔幻气流壁"！

可正站在险峰顶上观看状况的小白龙，却发现根本就是无济于事，那个魔幻气流球的四方，略微抖动了几下，便又恢复了原状。

见此情景，那小白龙对空中的火鑫公主说道："不行呀，你先下来歇歇吧，让我来试一试！"

那火鑫公主刚飞落到险峰上，小白龙便倏地变成了一条白色巨龙，直往东边的"魔幻气流壁"飞蹿而去。

可是，他刚飞到东边的那道石崖山边，刚撞击到那面强大的"魔幻气流壁"上，便倏地被反弹了回来，他连忙飞回了火鑫公主的身边。

他们俩垂头丧气地站在一座魔幻峰顶上，急得满头汗水地却无计可施。

火鑫公主抬头望着远方，入神地沉思着。

小白龙一直用手挠着后脑勺，急切地在脑海中寻找着最好的破阵方法。

突然，小白龙的眼前一亮，欣喜地说道："有了，我们可以变形成一台"魔幻激光大炮"，把这个强大的"魔幻气流球"给轰破了，我们便可以突围出去了！"

"嗯，这方法不错，看来，小白龙，你还真是不笨呃！"

于是，他们俩又连忙把太空战斗"变形"的能量芯片，往自己的额头上一粘，并大叫一声："变形！……魔幻激光炮！"

便见他们俩倏地变形成了两台银光闪闪的魔幻激光大炮，并一齐向那东边的气流壁，籁籁地发射着那魔幻激光炮弹，只见一枚枚银色的激光炮弹，籁籁地射向了那东边的魔幻气流壁。

可发射了好一阵子，却只见那魔幻气流壁，强烈地拱动了几下，并未能射穿一个大洞来。

他们俩气急地变回人形，直急得在那魔幻峰顶上跺脚着，"哇哇！呀呀！"地大叫了一阵。

突然，火鑫公主倏地想起了那"利箭一号"与机器人"波哩"，便满脸惊喜地说道："我们可以呼叫波哩前来帮忙呀！……那"利箭一号"上的魔幻激光导弹，应该会更厉害一些！"

于是，他们俩低头从脖子上的衣领内，各自掏出了一个"微型太空呼叫器"，并急切地呼叫道："波哩，波哩，我们在你飞船前方不远处的那座魔幻峰脚下的那个魔幻洞中，在那个魔幻气流球内被困，请求援助、请求援助！"

而此时的波哩，躺在那"利箭一号"太空飞船上的太空舱内，做着它香甜的系统休眠梦，并进行着能源充电。

忽地，它头顶上的那两根"遥感信息接应棒"，忽闪忽闪地直闪烁红光、绿光……

"谁呀？什么，小白龙与火鑫公主被困！"波哩嘟哝着，翻译着那信息接收系统的语言。

只见它倏地睁开了那对晶莹的闪烁着蓝光的机器眼，便呼拉一下，从那"能源系统充电座"上，弹跳了起来，便灵活地扭动着一双机器腿，直往那飞船的"太空战斗操纵舱"内飞奔而去。

他很快便打开了主机系统的操纵电脑，按着刚才火鑫公主、小白龙他们所说的，调整好了太空战斗系统的"瞄准方向图"，并把那银光闪闪的导弹发射口，瞄准了它面前的，那蓝色屏幕上的"目标"那个银灰色的魔幻气流球阵。

按下了操纵台上的那个三角形的红色"发射"按钮，便朝魔幻气流球发起了威力无比的攻来。

只见一枚枚银光闪闪的 2.5 四级的 2506 型的魔幻激光导弹，簌簌地从"利箭一号"的导弹发射口射出，闪电般地快速射击向了那个银白色的魔幻气流球！

只听见"簌簌簌！""轰隆！轰隆！轰隆！"几声响过后，便见那个银灰色的魔幻气流球，便被击穿了一个大洞！

小白龙与火鑫公主只见一道银光一闪，便见眼前的那些深渊、险峰的魔幻幻景，都不见了。

他们俩，倏地来到了一个山石洞外的一片草地上，浪儿与卡斯娜公主，正笑吟吟地站立在那里，等候着他们俩哩！

而此时的灵儿与巨力人，也正走在一片碧绿的茫茫大草原上，都走了大半天了，可他们面前的那片大草原，却还是一望无际的。

走着，走着，他们四周的草坪，竟忽地变成了一片片的草地魔毯，并倏地飞起，直包围着向他们俩飞扑而来。

那巨力人，赶紧从耳朵里掏出了一把细针般大小的音片神叉，放到嘴边一吹，便倏地变形成了一把银光闪闪的巨大的音片神叉，握在手里，便旋风般地朝那四周飞击而来的草地魔毯，挥舞着砍扑而去！

并发出了天翻地覆般的"隆隆隆!"的声响。

冷不防,灵儿的衣衫,便被"草地魔毯","唰"地给划破了一大道口子来。

灵儿连忙从腰间掏出了那把"闪电神剑",并倏地飞跃而起,英姿飒飒地砍向了那些朝她飞击而来的"利剑"似的草地魔毯。

只见她面前的草地魔毯,在银光闪闪的剑光中,被砍得粉碎,并纷纷飞落而下。

可是,新的草地魔毯不断地又朝他们包围着攻击而来。

就这样,几番折腾,本来生龙活虎、龙腾虎跃的他们俩,便渐渐感觉气喘吁吁的,力不从心了。

眼见着身旁不远处的灵儿就要被草地魔毯给包围着"吞噬"掉了。

那巨力人连忙飞身过去,一下便把灵儿给拉到自己的身旁,而后,挥舞着手中那个巨大的音片神叉,轰轰隆隆地挥砍向那四周的草地魔毯。

一下子,他便把那一大片密集而来的草地魔毯,给全都砍碎了,并纷纷飞落而下。

巨力人拄着那"音片神叉",不由得松了一口气,这时,从他们的四周,又簌簌地飞击来了一片片三角形的草地魔毯。

巨力人这下可真是气急了,只见他与灵儿凑到一起,小声地嘀咕了几句以后,便见巨力人倏地飞身而起,默念着魔法咒语,从半空中,用手中的那把巨大的音片神叉,凌空而下,直插入了下边的那片魔幻草地中。

而灵儿也轻盈地飞身而下,默念着魔法咒语,用那把"闪电神剑",围着那把插下的巨大的音片神叉,在那片魔幻草原上,刻画下了一个巨大的圆圈。

只听见"嗞啦!"一声,那个巨大的圆圈上,便燃起了一圈金色的焰火。

此时的灵儿,也已飞身来到了,在巨力人身前的下方不远处,用那银光闪闪的"闪电神剑",簌簌地挥砍着,帮他挡击着,那些从下边簌簌地飞击而来的"草地魔毯"。

那巨力人却站上方紧握那把巨大的音片神叉长柄,快速地旋转着。

他们俩就这样配合着,忙乎了好一阵子。

下面的那片魔幻草地上的"草地魔毯"，竟然慢慢地停止了飞射，那个巨大的"金色焰火圈"内的那片碧绿的魔幻草地，竟然被巨力人用那把奇大的"音片神叉"给叉着，用力往上一拉，便被"掀盖"而起了。

可是让巨力人与灵儿感到惊诧的是，那下面竟是一个弥漫着绿色轻烟的大坑洞。

而且，竟有一栋绿色的尖塔形的草房子，从那坑洞中慢慢地升起。

巨力人与灵儿，正惊诧地望着时，却见那草房子已上升到了平地上，从那草房子里走出了一位拄着一根绿色拐杖，满头银发被挽成一个包头发髻，夹在脑后，身着绿色褂袍，步履轻盈，红光满面的老太太，与一个身着蓝色小花褂，头顶上扎着一个冲天辫子的小男孩。

只见那老太太用那绿色的拐杖，气势汹汹地指着半空中的巨力人叫嚷道："哪里来的浑小子，竟敢如此吵闹，把我的"千年魔幻草地阵"给破了！"

灵儿正准备礼貌地向前道歉、打招呼。

哪知巨力人，却一把把她给拽拉到了自己的身后，而后，手握那巨大的音片神叉，从空中飞身而下，大踏步地来到了老太太的跟前，并气势汹汹地回应道："哦，原来是你这个老妖婆在此捣乱，怪不得我们刚才怎么也走不出这片魔幻草地了！……呵呵，你还嫌我们太吵了，我刚才没有再用力点，把你的老巢给掀烂，就算是对你很客气的了！"

"你，你这个混蛋大呆子！"那老太太气得脸色发青地拄着手中的拐杖，朝浪儿呵斥道。

见双方争执吵闹的情景，灵儿连忙走向前去，朝那老太太弯腰、赔礼道歉道："老奶奶，您消消气，他是一时冲动，才会对您这样不礼貌的，我代他向您赔礼道歉了！"说着，灵儿便把巨力人拉拽到自己的身后，然后面带微笑地弯腰朝那老太太鞠了三躬，又接着说道："您大人有大量，就不要放在心上。说实在的，您这"千年魔幻草地阵"，实在是威力无比，要不是您有意出来，看看我们这两个不懂事的娃娃。我们俩是无论如何，也破不了您这"千年魔幻草地阵"的！……呵呵……呵呵……"

灵儿的这番话，倒是让老太太笑容可掬地笑了，并一脸微笑地说道："看在这小姑娘的份上，我今天暂且就不与你们小孩子们一般见识了，你们俩是这一千年来，唯一能把我这"魔幻草地阵"给破了的人。小草孙，快过去把那道布"魔幻草地阵"的咒语，告诉那位小姐姐！"

"噢，好的。"小男孩欢快地应道，便蹦跳着，走到了灵儿的身旁，垫起小脚，把嘴凑到灵儿的耳旁"……"小声地告诉了灵儿，那道奇异的魔法咒语。

之后，小男孩又走回到了老太太的身旁，只见一道奇异的绿光，在巨力人与灵儿的眼前一闪，他们面前的那老太太与那小男孩，还有尖塔形的绿色草房子，便都不见了。

只见又一道银光一闪，巨力人与灵儿便惊喜地发现，眼前的那片碧绿的魔幻大草原不见了，他们竟已来到了一个石洞口外下边的一片青草坪上。

"喂，巨力人，灵儿，快过来……我们已在此等候你们大半天了！……"而在他们身前的不远处，卡斯娜公主、浪儿、小白龙、火鑫公主他们，正朝他们挥手，招呼他们过去哩！

他们俩连忙高兴地往那边走去。

37　奇异的怪石森林

经过重重险境后的久别重逢，让大家惊喜异常……

巨力人走过去，拥抱了一下浪儿与小白龙，而灵儿却飞奔过去，被卡斯娜与火鑫公主，给一左一右地牵着手，拥簇着欢呼着："我们在这里等得好焦急哦，真担心牵挂你噢！……""是呀，如果你们再不出来，我们准备返回那个山洞中，去营救你们了！……"灵儿也欢欣地回应道："太好了，我又见到你们了！"

这时，波哩从他们的身后蹿了出来……

波哩乐呵呵地笑道："几位小主人，我来了，你们快过来拥抱一下我呀！……"

"波哩……"大家不由得回过头来，惊喜异常的叫唤道。

"你怎么来这里了，我们的'利箭一号'飞船呢?"卡斯娜担心地急切问道。

"它呀，正在下边的那片草层地底下，睡大觉哩! ……我们是钻地而来的! ……几位小主人，你们有什么需要我帮忙的吗?"

"不用了，为了防止打草惊蛇，打乱我们的行动计划，你呀，就与'利箭一号'飞船，在此静候待命吧!"卡斯娜思忖后，眨着一双晶亮的大眼睛说道。

而后，卡斯娜便与浪儿他们，朝波哩挥了挥手道:"再见了，波哩，我们得先去寻找那个太空通道的入口了!"

之后，他们几个便沿着那条杂草丛间的斜坡小道，下了那座魔幻峰而去了……

而波哩却在他们的身后，小声地嘀咕道:"我得去看守"利箭一号"飞船了……"

浪儿他们几个下了那座魔幻峰，再沿着一条平坦的青石板大道，往前走了一段，然后，往左绕过一个拐弯道口，然再往前走一段，便来到了一座光秃秃的黄土坡跟前。

浪儿、小白龙他们俩连忙高兴地爬上了那座黄土坡，在他们的眼前，惊喜地看到了那片银白色的怪石森林。

"太好了，我们终于看到那片怪石森林了! ……你们快上来呀!"浪儿与小白龙转身朝下面的卡斯娜公主、灵儿、火鑫公主、巨力人他们四个，大声地呼喊道。

大家欢快地爬上了那片黄土坡，果真，在他们眼前下面的那片山谷空地上，是一片银白色的怪石森林。

只见那里的一座座银白色的怪石山，像一棵棵参天大树似的，伸展着那雪白的枝杈，树枝上，长着一片片雪白的石头树叶，远远地望去，很像那冰晶树似的，奇异、美丽而壮观极了。

这时，黑衣怪兽蛇人的声音，又清晰地在他们的耳边响起:"这里便是怪石森林了，两千多年前，这里曾是一片碧绿、青翠、枝繁叶茂的大森林。

但自从那 C 星系的"地鑫星球王国"与我们的"怪兽蛇星球王

国"，发生了一场激战后，这片碧绿的森林，便成了象征着两个星球王国之间的关系恶化的"边界地带"了。

那地鑫王国的祖先国王，曾预称：如果有一天，这片怪石森林能变回一片绿色的林海，那么，就说明这两个星球王国，能化解恩怨，重新和好了。"

"这还不好办，我们施展魔法术，便能一下子变回去了……"小白龙听到这里，不由得小声地嘀咕道。

"不行，两国之间的友好往来，是靠诚心诚意的，所以是用魔法术也无法解决的。"怪兽蛇人的声音，又清晰地在他们的耳旁响起，"好了，我已经送你们到这里了，接下来，该你们去那片怪石森林中，去寻找那个太空通道的入口了……"

"谢谢你，怪兽蛇人……"浪儿他们不由得小声地嘀咕道，他们相信那怪兽蛇人能够听得到。

他们六人下了那片黄土坡上的斜坡小道，往底下山谷中的那片怪石森林走去。

在下边的怪石森林里小白龙他们六个东瞧瞧、西望望。

还不时地用手去摸，那晶莹、雪白的怪石树，感觉尤为好奇而惊诧万分。

灵儿好奇地从地上捡起了一块石头，在那怪石树上边敲、边翘着耳朵听着。

而小白龙，却抱着那粗大的树干，想往上爬，可爬了几下，却又滑落了下来。

他感觉那怪石树又滑、又凉的，很难爬上去，最后一次，他竟然从那六尺高的怪石树干上，一下子滑落了下来，并一屁股摔倒在地上，直"哎哟、哎哟！"地叫着。

火鑫公主连忙走过去，一把拉起了他，带着关切地问道："怎么样，屁股上没摔两半儿吧？"

这让大家很是惊诧地望着他们俩儿，那样子仿佛在说：不会吧，平日里这两个"死对头"碰到这种情况，不互相嗳落对方一番才怪哩！今天是不是中邪了？要不，那刁钻、古怪的火鑫公主，怎么会关心起那小白龙来了？

"好了，大家别光顾着玩了，赶紧去找那个去 C 星系的地鑫星球王国的太空通道入口吧……"卡斯娜走到他们的面前提醒着。

大家这才想起他们该做的最要紧的事，便连忙分散开来，去那怪石森林里寻找去了。

小白龙从地上捡起一块石头，在那怪石林间，这儿敲敲、那儿打打，并竖着耳朵听着；巨力人更是急性子直用他那巨大的头颅，去顶击那粗壮的怪石树干。

而灵儿与卡斯娜，用手撩开一棵棵怪石树下的茂盛的杂草丛，仔细地寻找着那奇异太空通道入口处的蛛丝马迹。

火鑫公主，也是急切地走到一棵棵怪石树跟前，上、下、左、右地直东张西望寻觅着。

浪儿一个人往前走了很久，只见他每走到一棵怪石树下，都要用手在那怪石树上，这里摸摸，那里按按，他多么希望自己能够发现奇迹：从那怪石树下，"吱啦"一下地打开一个石洞口来。

可是，他们在那片怪石森林里找了很久，也没有寻到那个地下太空通道的入口。

大家累得垂头丧气地坐在怪石森林中间的一片青草坪上歇息，并互相望着。

突然，坐在一块大青石上的浪儿，突然感觉胸前口袋里的那只"科尔莫玩具怪兽"在不住地拱着。

浪儿连忙从胸前的口袋里，把那只小石子般大的玩具怪兽，给掏了出来。

只见一道绿光在他的眼前一闪，便见那只玩具怪兽倏地从他的手心中跳出，直往前面的那片雪白的"怪石森林"深处，飞蹿而去……

浪儿连忙起身，紧跟着急追了过去……

"浪儿，浪儿，你干吗一个人先跑了呀！"小白龙他们几个在后面急切地问道。

可浪儿只顾去追赶那只玩具怪兽，却没有来得及回答他们。

"这小子，乱蹦乱窜的，也不等等我们！"小白龙不由得小声嘀咕道，累得两腿发软的他，一屁股坐到在那草坪上，竟然舒服地跷起二郎腿，仰天躺下了。

第三十七章

卡斯娜公主却似乎猜到了什么似的，便一个人直往前面，紧跟浪儿而去。

一直在前面追赶着那只"科莫尔玩具怪兽"的浪儿，在那怪石森林中，东奔西窜地跑了很远，直累得气喘喘吁吁的了，可他仍穷追不舍地紧跟着……

突然，浪儿发现前面的那只玩具怪兽，突然停止了往前奔蹿，绕着他身前不远处的一棵"枝繁叶茂"的雪白"怪石树"，跑了三圈，便听见"吱啦"一声响过，然后，便是"隆、隆!"的石洞门打开的声音。

浪儿应声低头一看，只见从那怪石树下的左边，露出了一个四方形的、拾阶而下的古道石洞口来。

只见从那石洞口内，突突地直往外冒出绿色的轻烟，让人感觉神秘而又奇异莫测的……

这时，卡斯娜也已来到了浪儿的身后："太好了，我们终于找到它了!"卡斯娜一脸惊喜地望着那石洞口说道。

浪儿回头朝小白龙他们欣喜地大喊道："快过来呀，我们已经找到了!"

小白龙、灵儿、巨力人、火鑫公主他们四个，赶紧朝他们这边奔跑而来。

大家围站在那个直冒着绿色轻烟的石洞口前，好奇而又诧异地望了一阵，便由浪儿带头，往下边的那个古道石洞口处走去。

那石洞内清凉、清凉的，越往下走，便越感觉那凉气袭人。

38 神秘的"魔幻太空通道"
与奇异的"地鑫国"

他们拾阶而下往下走着，而他们身前的石洞隧道内，依然弥漫着一缕缕绿色的轻烟。

那斜坡石洞道内，出奇的安静，只听见几个人"踢踏！踢踏！"的脚步声。

他们沿着斜坡石阶洞道，往下走了好远一段后，来到了一个拐弯的石洞道口处，绕过那个"拐弯石洞道口"后，便见他们面前的那条石洞道，平坦地往前延伸而去。

浪儿他们，这下可是放开了胆子，迈开大步地往前走去。

也许是因为很多年，没人走了的缘故吧，他们几个竟感觉脚下的石洞地面，似乎长了一层苔藓似的，很是滑溜。

他们不由得放慢了脚步，小心地往前走去……"哎哟！"突然，走在最前面的火鑫公主的脚下一滑，一屁股摔倒在那石洞地上了。

"怎么样，没摔疼吧？"走在浪儿身后的小白龙，连忙快步跨上前去，一把扶起了火鑫公主道。

"我没事，你自己小心点……"哪知那火鑫公主却关切地回应那小白龙道。

"咳！咳！咳！"走在他们身后的浪儿，不由得干咳了几声，似乎在调侃地提醒他们俩似的。

"嗯，呵呵……""嘻嘻……""哈哈哈……"而卡斯娜、灵儿、巨力人他们都会意地笑了，笑得有点笑谑、夸张。

在弥漫着绿色轻烟的石洞道内，本来紧张的气氛，一下子变得活跃了起来。

"嗯，呵呵，这个……这个……"

"小白龙，火鑫公主，你们能跟我们说说，怎么一下子由"死对头"变得这么"关系密切"了？呵呵……"

"是呀，是什么改变了你们？""就是嘛，我也感觉很奇怪噢呃……""噢，你们是不是在那个"魔幻转盘阵"中给中邪了，所以才会？""呵呵！""哈哈！"嘻嘻……"大家不由得取笑起他们俩了。

只把那火鑫公主羞涩得不知该怎么回答他们好了。

可是小白龙，却所向非的答地回答道："这样不是很好嘛，我就不会再与浪儿争抢卡斯娜公主了……至于具体情况是怎样，这个……等我们打败了那"震嗣"后，再慢慢同你们说吧……呵呵！……

呵呵！……"

他这话，倒是让大家的心情，又倏地变得沉重了起来。

这时，他们又走到了一个拐弯的石洞隧道口处，绕过那个拐弯口，再往前，便走到另一个石洞道口了，而那石洞道口，却又是拾阶而下地往下延伸而去。

而这时，那洞道内弥漫的轻烟，则变成了橘黄色的轻烟。

他们往下走了一段拾阶而下的，斜坡的石阶洞道后，便来到了一个超大的漩涡状的"深坑"跟前，只见那深坑内，直往上弥漫着橘黄色的轻烟。

而一条条旋转状的圆形石阶小道，便在那个超大的漩涡坑内，由外向内地直往下一圈圈地延伸下去。

他们惊诧地望了望那个巨大的漩涡状的"深坑"，便鱼贯而下地，沿着那条旋转状的缧旋形石阶小道，一圈一圈地往那个"大漩涡"中间的"漩涡"底下的最深处走去。

当他们刚踏上那个缧旋内的石阶小道时，却惊奇地发现，那螺旋状的一圈一圈的石阶小道下，竟奇怪地发射出了一圈圈的七彩奇光。

当他们走到那个深处的最"底部"的，那块圆形的石板地上时，却发现从那圆形石板地的中央，忽地"呼！"的一声，掀开了一个圆形的小盖，直往上放射着一束束奇特的七彩奇光。

而此时，他们脚下的那个圆形的石板地，竟然快速地往下旋转着，直向下陷落而去。

而在他们的四周，却由下而上地，一直放射出一束束奇异的七彩之光。

惊得他们一个个哇哇大叫起来，原来，他们已进入了那条旋转而下的太空幻道中了。

他们就这样旋转着，往下掉落了好一阵后，他们脚下的那圆形石板，忽地停顿在一间飘着蓝色轻烟的石室中。

他们连忙从那块圆形的石板上走了下来，并穿过那间弥漫着蓝色轻烟的石室，往前步入了一条弥漫着紫色轻烟的石洞道。

这时候，他们发现那石道两旁的石洞顶上，点燃着一盏盏橘黄色的灯。

看来，这儿离那 C 星系的地鑫星球王国不远了，他们几个不由得放轻了脚步地往前走去。

"等等！"走在后面的卡斯娜突然停住了脚步，叫住大家道："为了不引起那些异域星球人见到我们时的惊诧、反感，依我看，我们还是先隐形而去地往前走吧……"

"好吧……"大家一致赞同地微笑着答道，便一齐施展魔法术隐去身体，之后，便疾如闪电般地在那洞道中，快速地往前穿梭而去。

只见他们在那石洞道中，往前七拐八弯地走了好长一段，便发现前面的不远处，竟来到了一个明亮的石洞口处。

隐形而去的浪儿他们几个，齐齐地挤到那石洞口前，往外望去。

天哪，他们竟看到那洞外是一座座枯黄的、高耸入云的大山。

"哈哈哈！……我们终于又自由了……"小白龙不由得小声地嘀咕道。

站在他身旁的火鑫公主，看了一旁不远处的卡斯娜公主，用手臂捅了捅小白龙，示意他说话注意点，不要让卡斯娜的心情难过。

果真见那卡斯娜公主，叹着气地自言自语道："不会吧，我们怎么又回到地球了？"

这时，卡斯娜他们又惊诧地发现：在前面的不远处的一条山道上，走来了一个人，只见那人的衣着打扮与地球人差不多，可不同的是，他们的衣服，要比浪儿他们的那个"地球村"里的人，要短小很多，简单地说，那人穿的不是长袍，而是紧身自然的太空服。

而且，那人的头上，竟然横顶着一只椭圆形的绿色瓶子，而那个绿色瓶子上，却有一根管子自上而下，弯曲地通向了那人高耸的鼻子上，夹着的一个透明的呼吸器内。

"奇怪了，原来那 C 星系的地鑫星球王国的怪兽人，就是这模样的呀！"见此情景，灵儿不由得小声地嘀咕道。

"是呀，头上顶着一个瓶子，鼻子上还戴着一个东西，这样子累不累人呀？""是呀，你说他们干吗要这样呀？""不知道……"灵儿他们几个七嘴八舌地小声议论着。

可他们的话还没说完，便感觉眼前直冒金花，天旋地转着，而且胸口发闷，呼吸困难了……

"快，快变出一个与那人一样的呼吸器，戴在头上！"卡斯娜在他们的身旁急切地吩咐道。

他们几人赶紧随身一变，便变出了一个空气过滤器，戴在鼻子上，这才喘过气来，感觉舒服多了。

"怪不得，这里的人会戴着这东西，原来一点都不累人，而且需要得很哩！"大家又开始调侃道。

他们赶紧追向了前面的那个C星系的地鑫星球王国人，并跟随他下了前面的那条大路，沿着一条稍窄一些的小道，往前面的那座尖塔似的城堡里走去。

可才走没多远，前面的那人便站在那公路旁，拦了一只甲壳虫，而后，便上了那"甲壳虫盒子"（汽车）。

"依我看，我们没必要跟着那人了，我们不如还是自己到处走走吧！而且，我们得赶紧去打听那件宇宙珍宝"幻影神镜"的下落了。"看着那甲壳虫（汽车）一溜烟地开走了，卡斯娜在浪儿他们的身后建议道。

于是，他们便在那座陌生的城堡里，四处地行走着。

也许，C星系的地鑫星球王国的这里还是冬天吧，只见那路旁的树木，全都是枝枯叶黄的，没有一点绿色生机，那阴冷的天幕，看起来竟像要哭的孩子脸似的紧闭着。

"看来，这C星系的地鑫星球王国的城堡里，比起浪儿他们的那个地球村来，要冷清、落寞多了……"卡斯娜不由得感慨地在心里想道。

只见那城堡中，一条条笔直大道的两旁，虽然商铺林立，但却都关着店门。街道上，也很少看到有人行走，偶尔碰到一个戴着呼吸器的人，也是一脸发青的，一副垂头丧气的样子。

他们闲逛了大半天，也没有找到一点有关那件宇宙珍宝——幻影神镜的蛛丝马迹。

天快黑的时候，他们几个便变成了那地鑫国人的模样，卡斯娜带着大家，住进了一家门口有着七彩灯光的大旅馆。

卡斯娜对那里面的人说，"他们是一群暑假出来旅游的孩子……"

那人见他们是一群半大不小的孩子，便把他们给安排在一个优雅的大套间居室内，浪儿他们六个入住后，发现那房间里，摆放着很多奇奇怪怪的四方盒子似的东西。

"我们先出去买点东西来吧，你们在这里好好呆着，我们很快就回来……"卡斯娜说着，便与巨力人、火鑫公主他们出门去了。

39　打探幻影神镜的下落

　　房间的那些奇异的摆设，对于卡斯娜他们来说，也许没什么，因为他们的星球科技与这地鑫星球王国差不多。

　　但这些对于来自地球的远古时代的浪儿、灵儿、小白龙他们来说，却是陌生而又稀奇的。

　　只见他们在那房间里这里摸摸、那里按按的。

　　一下子便把房间里的那些灯光、电视机、音响等全都给打开了。

　　房间里，音响大声地唱着不知名的歌曲，电视里，正在播放着两个人在打架的功夫片节目。

　　浪儿、小白龙、灵儿他们三个，惊慌地急走到电视机跟前，左看右顾的。

　　"哎呀，不好了，有两个人被关在这个"奇异魔盒"中了!""是呀，我们快想办法，把他们给救出来吧!"说着，便见浪儿与小白龙，站在电视机跟前，便挥拳踢腿地施展起了那神奇的魔法术来。

　　只见一道红光与一道紫光，自他们的手心中射出，直接射向了前面茶几上的那台电视机。

　　可是，那电视机里的那两个人，却依然在争吵不休地打闹着，竟毫不理会。

　　"糟了，在这魔幻房子里，我们的魔法术竟然施展不出来了!"见那"魔盒"里的那两个人，还是未能出来，浪儿与小白龙，直急得满头大汗、垂头丧气地说道。

　　"快点呀，再不把那两个人从那魔盒里救出来，他们就要被打死了!”而站在一旁看着的灵儿却更急了,只见她倏地从腰间掏出了那把银光闪闪的"闪电神剑",倏地挥剑上前,直砍向了那台电视机,只听见一阵"噼里啪啦!"地响过之后,那台电视机,便被她给打得稀巴烂了!

"糟了,怎么那里面的两个人,竟然还不见出来!"浪儿与小白龙他们俩,却发现那"魔盒"虽烂了,可那里面的人,却并没有出来。

于是,他们又上前,把那台破电视机给搬抬着,高高挥举起,摔落而下……

只听见"砰叭!"一声,那台电源没有被切断的破电视机,便倏地起火,燃烧了起来。

"哦!起火了,快救火!"浪儿与小白龙连忙手忙脚乱、东奔西闯地,跑到隔壁房间里,用小盆把那鱼缸里的水打来,直往那火苗上浇着。

这时,旅馆的服务员,闻声用钥匙打开了他们的房门,见眼前的房间里一片零乱,台布与沙发都烧了起来,他们不由得惊诧地用手捂住了嘴,"啊"地大叫了起来,"快救火呀,快救火呀!"

没多久,卡斯娜与火鑫公主、巨力人他们三个,手里拎着大包小包地从走廊的另一头,走了过来。

但见眼前的小白龙、浪儿、灵儿他们三个,满脸乌黑,浑身衣裳被烧得破破烂烂的,站在那门口处,房间里,浓烟滚滚,那些服务员正手忙脚乱地用"灭火器"灭火着。

卡斯娜他们三个,直惊诧得眼大、嘴歪的了……

卡斯娜赔了旅馆很多的钱,但他们还是被人家从那里面给赶了出来……

垂头丧气的他们几个,直往城堡附近的一座大山深处走去。

很快,他们便来到了一座树草枯黄的,大山深处的一片树林里。

"想不到,在这地鑫星球王国,生活一天都不容易,一下子就被人家给赶出来了!"

"是呀,我们也没做错什么嘛,只是想把被困在魔盒里的两个人救出而已!"

"还没做错什么,人家的房子都快被你们给烧光了!"火鑫公主不由得诙谐地在一旁说道。

"从明天开始，你们就老实地待在这片树林里，我与火鑫公主一起去那座城堡里，打探"幻影神镜"的下落。巨力人，你就负责在这儿看着他们，不要到处乱跑、闯祸了。""哦！是的，公主！"巨力人把手放到胸前，一脸恭敬地朝卡斯娜点了点头，爽快地答道。

那天晚上，他们在那片树林里，搭建起了两个绿色的帐篷，浪儿与巨力人、小白龙睡一个帐篷；灵儿与卡斯娜、火鑫公主她们三个睡一个帐篷。

四处瞎跑、忙乎了一天的几个人很快便进入了梦乡。

心情焦虑的卡斯娜，也很快又进入了那个四周云雾缭绕的奇异梦境中。

只见她在那云雾间，飘然地往前行走着，忽然，耳旁又传来了她母后熟悉的声音。

"卡斯娜，我的女儿，你们现在到哪里了？"

"母后，我们现在正在"C"星系的地鑫星球王国，寻找那宇宙珍宝——幻影神镜！……等找到幻影神镜后，我们很快就会来 V 星系的卡尔斯怪兽星球王国，救你与父王了。"卡斯娜急切地向母后解释道。

"好的，孩子，你们可不要耽误得太久了，我与你父王在这里等候着你们！你父王他身体不好，已经快经受不住"震嗣"的酷刑折磨了！"说着，只见眼前一道金光一闪，她母后的声音便消失了。

"母后，母后……"卡斯娜在云雾间大声地呼喊着。

卡斯娜心里一着急，一下子惊醒了过来。

第二天，卡斯娜与火鑫公主，就在那座奇异的城堡里，四处行走，打听着那宇宙珍宝——'幻影神镜'的下落。

她们问了几位年轻人，都说不知道，没听说过什么"幻影神镜"。

于是，她们俩又上前去问一位老爷爷："老爷爷，您好，请问您听说过宇宙珍宝——幻影神镜的事吗？""有人听说，这件宇宙珍宝——"幻影神镜"，就在你们 C 星系的地鑫星球王国，是真的吗？"

也许是由于这里的空气不好，她们俩面前的那位戴着呼吸器的老爷爷，竟咳嗽了好一阵子，才抬起头来，对她们俩说道："什么'幻影神镜'？我从来没有听说过我们地鑫星球王国的珍宝，都在国王的大仓库里装着哩！你们最好去皇宫，找国王问问去吧！"

"看来问了等于没问。"火鑫公主不快地小声嘀咕道。

走访了一个上午，她们俩累得两腿发软地走到了一个广场上，却看见有一大群地鑫星球王国人，正围在广场上的一张公布栏前，看着什么新公文。

卡斯娜与火鑫公主连忙挤上前去，可那些奇异的弯曲状的文字，她们又看不懂，所以她们不知道，那上面写了一些什么？

只见她们俩身旁的那些地鑫星球王国人，正在大声地叫骂着什么。

但见他们的脸上，满是愤怒、担忧的神情。

有三名身穿制服的解说员，整齐地站在公文前，似乎在等候那些国民们的提问。

卡斯娜连忙上前问一名解说员道："您好，请问这公文上写的是什么？"

解说员面色担忧地说道："这是我们的国王所发布下来的一道公文：说要在我们 C 星系的地鑫星球王国内，诚招一些能够战胜那'雪魔山之王'的勇士。"

因为自从那雪魔山之王施展魔法术，从 A 星系的地球上，采集来了过剩的魔幻废气，导致我们地鑫星球王国空气中的二氧化硫，二氧化碳增多，空气被严重污染，全体国民呼吸困难，接下来还会引发 C 星系的地鑫星球王国的南北两极上空的臭氧洞扩大，导致天气无序气候时冷时热的，恶劣天气增加。

这样一来，魔雪山之王便可以用他的雪魔世界，统治我们整个的地鑫星球王国了……所以，国王希望诚征勇士战胜、消灭那魔雪山之王。"

"A 星系的地球在哪里，他们那里为什么会有污染的魔幻空气？"卡斯娜又是好奇地问道。

"听说，地球那遥远的太空中的一颗类似我们"地鑫星球"的有生命的"蓝色星球"。在他们星球上，所生活的人类众多，科技发达，但是，他们贪图享受，大量地砍伐树木、滥用能源、浪费资源，没有多植树造林，保护好地球的绿色环境，维持生态平衡。从而导致他们的星球上空，弥漫了大量的魔幻废气——二氧化硫，二氧化碳。

而那野心勃勃的魔雪山之王，便收集了这些魔幻废气，带来我们的

C 星系的地鑫星球王国，把我们原本清新自然的空气给污染了，想以此来整垮我们的地鑫星球王国。"

"哇，会这么糟糕，难道，就没有别的方法，能把你们原来的清新空气给找回来吗？"火鑫公主由是好奇地问道。

"有，但唯一的一瓶'空气净化魔法液'，也被雪魔山之王给夺走了，并被他放在雪魔峰顶的一个山洞里，所以，国王要诚征勇士去夺回……"

"那雪魔山之王，是一个什么样的人，他怎么会有那么厉害？"卡斯娜却更是好奇地问道。

"他是一位外星魔法师，是多年前来到我们 C 星系的地鑫王国的。听说，他是那宇宙祸害——"震嗣"的同党。他们野心勃勃，想要用他们那邪恶的魔法术，统治整个宇宙……"解说员又气愤滔滔不绝地说道。

"看来，我们又来对地方了，要遇到劲敌了！"卡斯娜不由得在心里嘀咕道。

她们俩赶忙上前取下了那张公文，很快，便有两名身着紧身太空制服的卫兵，带着他们往前面不远处的皇宫城堡走去。

40 挑战魔雪山之王

当卡斯娜与火鑫公主，站立在那位头戴金色皇冠，身披金色外袍，内着金光闪闪的太空服，威严、高大的国王面前时，那国王简直不敢相信，眼前这两个不起眼的外星娃娃，竟然声称："能够帮助他们战胜那'魔雪山之王'，夺回'空气净化魔法液'，还他们地鑫王国一个清新、自然的生活环境"……

只见国王惊诧地望了她们俩好一会儿，便朝她们俩摇着头，对身旁的卫兵说道："让这两个孩子走吧，我还有很多很重要的国事要处理哩！"

"国王陛下，请相信我们，我们一定能够帮你战胜"魔雪山之王"，夺回那瓶"空气净化魔法液"的！只要你能答应我们一件事……"那卡斯娜大声地对国王说道。

原来，她们想借用地鑫王国的那件宇宙珍宝——"幻影神镜"，作为与国王合作的条件，这样，她们便能拿到幻影神镜，去对付"震嗣"了！

可她们的话还没有说完，便已被国王身边的那两名卫兵，给从那皇宫里赶了出去。

卡斯娜与火鑫公主只好垂头丧气地回了那座大山深处的树林里。

"怎么样，看你们俩那垂头丧气的样子，一定是事情并没有能办成吧？"浪儿微笑着问她们俩道。

卡斯娜便把事情的经过告诉了他们，小白龙不由得笑着道："是呀，两个女娃子，还想逞能，呵呵，失败了吧？下次，得看我们的了！……"

这天晚上，树林里忽地下起了雪来，而且是白雪飘飘的，一阵紧接一阵地越下越大。

他们几个连忙施展魔法术，把帐篷变成了一座坚硬、温暖、结实的小城堡，这才没有被那树林里的积雪给压埋掉。

他们六个在城堡中呆了三日，第四天的时候，浪儿与小白龙便一起去国王的城堡里谈交易去了……

由于地面积雪深厚，山高路滑，无法步行走下山去，浪儿与小白龙便干脆隐身而去，飞身往那皇宫城堡的上空飞去。

他们俩刚飞到城堡的上空时，却发现那些甲壳虫似的汽车，全被困在雪白的大道上，完全被困住了。

见此情景，浪儿要上前施法魔术，帮助解除困境，一旁的小白龙却一把拉住了他道："等等，这是魔雪山之王所布的一个魔雪阵，如果我们现在去帮忙解困，只会打草惊蛇，让那魔雪山之王知道我们的魔法能力。所以，我们现在，是千万不可以轻举妄动的。

于是，他们便一路往那皇宫城堡的上空中飞去。

一会儿，他们便在那皇宫城外的一个拐弯路口处，飞身而下，变成了两名威猛的 C 星系地鑫星球王国的大男子。

两人相视一笑，便大模大样地往那皇宫城门口走去。

有两名手握激光枪的士兵，上前挡住了他们俩道："站住，你们是做什么的？""我们是应国王公文的邀请，来与国王谈判战胜魔雪山之王的勇士，请带我们速去见国王。"小白龙上前一步，倏地一甩他身后那雪白的战袍，神气十足地说道。

"我们的王国，刚刚遭遇了百年难遇一次的雪灾，国王国事繁忙，哪有时间接见你们呀？"可那士兵断然地回绝了他们的请求。

"可是，你们难道还想让这雪灾继续下去吗？这将会让我们的整个王国冰冻、灭亡的！"浪儿却在一旁大声地提醒他们道。

"你胡说些什么呀，我们当然不希望这样！"那名士兵用满脸担忧的神情说道。

"那你还不快点带我们去见国王！帮助你们战胜那魔雪山之王，找回一个清新自然的生活环境。"浪儿又在一旁急切地催促道。

这时，两名士兵连忙打开了城门，其中的一名士兵，便带着俩人往皇宫内走去。

当浪儿他们见到国王的时候，见他正忙着接听下属们的报告："禀国王陛下，全国的电路网被积雪压断了，正在全面抢修……""禀国王陛下，全国的交通那积雪给阻塞、中断了……正在全面疏通……""禀国王陛下，连日来的降雪，导致国内，取暖的能源大量消耗……"

奇怪的是，国王却并没有慌乱，只见他平静、祥和地部署好了一切，然后，望了望那士兵带进来的浪儿与小白龙他们，便问那名士兵道："这两位勇士有何事，要求见本国王？"

那名士兵连忙答复道："禀国王陛下，他们说是来帮助我们战胜那'魔雪山之王'的两位勇士。"

浪儿与小白龙连忙走向前去，朝那国王弯腰、拱手行礼道："我们此次前来，是想帮助国王战胜那魔雪山之王，解除雪灾困境的。但是，我们也有一个条件：那就是，我们战胜了那'魔雪山之王'后，您得把你们的国宝'幻影神镜'，借给我们去宇宙中，对付宇宙公敌'震嗣'，不知您可否答应？"

国王望了望他们俩那高大、威武的模样，低头思忖了片刻，便抬起头来对他们说道："你们要是有能力，去战胜那'魔雪山之王'。我便能把那'幻影神镜'送给你们，去对付宇宙公敌'震嗣'了。但是，你们有什么本事让我能相信你们，有能力去战胜魔雪山之王呢？至少你们该把的本领显露一些出来，让我看看吧……"

"这好办，我们就变一只怪兽出来给您看看吧！"浪儿说道，便从怀中掏出了那只科莫尔玩具怪兽，往那大厅中的空地上一扔，便见那只玩具怪兽，倏地变形成了一只超大的科莫尔怪兽，并张开了利齿毕露的嘴，朝国王与他身旁的士兵们，狂然地咆哮着吼叫了三声。

国王见此情景，连忙欣喜地对浪儿他们说道："好了，我相信你们有能力，去战胜那魔雪山之王了，你们快准备去与那魔雪山之王决战吧，至于幻影神镜，等你们战胜了魔雪山之王以后，我便自会送给你们了。"

说着，国王便吩咐一旁的士兵，把那张画着"空气净化魔法液"瓶的图画拿了过来，交给了小白龙与浪儿他们道，"这便是我们地鑫王国的那瓶"空气净化魔法液"了，你们带上这张画做样图，便能去那魔雪山顶的石洞中，寻找那瓶"空气净化魔法液"了。"

浪儿接过来一看，只见那上面画的是：一个蓝色的宝葫芦状的玉石瓶子，那瓶口上扎着一根红色的丝飘带……

浪儿小心地把画给折好，放入了他胸前的口袋中。

国王又吩咐士兵们摆下了一桌丰盛的宴席，宴请了浪儿与小白龙他们俩儿。

席间，国王一个劲地给他们俩敬酒、添菜，浪儿、小白龙他们俩也不客气，大口吃菜，大口喝酒。

说实在的，那酒根本就没有酒味，原来是一些液压气体饮料，所以，浪儿与小白龙，虽喝了很多碗，却一点也没有喝醉。

见浪儿与小白龙一副酒足饭饱的样子，国王连忙轻声地问道："两位勇士前往魔雪山，对付魔法师之神，要不要我们给你们提供别的什么援助？"

"不用了，国王大人，我们另外还有几个人哩，自己人去就行了。只是，等我们战胜了那魔雪山之王，您到时可不要忘了把'幻影神镜'借给我们一用哦！"浪儿与小白龙，再三肯定地交代道。

于是，他们俩便出了皇宫，走出皇宫城门后，便在一个拐弯山道口处，隐身而去，回那白雪皑皑的大山深处的那座温暖、结实的小城堡里了。

"怎么样，你们与国王谈成了吗？"卡斯娜走向前去，急切地问道。

"那当然，我们变成了他们王国里最威猛的男子，还施展魔法术，变出一只大怪兽来，一下子便把这事给谈成了。"小白龙抢先报"战功"（也难怪，他并不知那只科莫尔怪兽是真的）。

"哦，那太好了，我们明天就出发应对那'魔雪山之王'吧！"卡斯娜公主惊喜地说道。

"你们看，这可是那国王交给我们的"空气清新魔法液"瓶的样本图哩！那国王说了，只要我们能帮他们，到那魔雪峰顶的山洞中，找回这瓶空气清新魔法液。他便能把那幻影神镜借给我们去宇宙中对付震嗣。"浪儿也从胸前的口袋里掏出了国王给他们的那张图画，打开来，欣喜地对大家说道。

41　魔雪山下的一场恶战

再说，在 V 星系"震嗣"的怪兽王宫内，"震嗣"正坐在他那金刚堡垒的指挥室内，手握闪光鼠标，坐在一面镶嵌在墙壁中奇大的四方荧光屏跟前，接收着他手下的太空战队发来的太空电子邮件。

"禀大王：我们在 F 星系内，已战败了那木星王国，正在凯旋途中……"

"禀大王：我们在 T 星系内，已占领了水星王国，正押着那国王启程返回……"

一连看了两封邮件，都是胜利战况，这让"震嗣"不由得喜上眉梢，直摇动着身子，哼起了那'呜哩哇啦'的小调来……"

　　紧接着，只见屏幕上倏地闪过一只"雪白信封"，他便收到了佐军团长所发来的一封太空电子邮件，他连忙打开来一看，不禁气恼地摇着头。

　　原来，邮件显示：禀大王：我们的佐军团在 A 星系的地球"浪基岛"上空，遭遇了卡斯娜公主的怪兽奇兵与地球太空兵的袭击，被他们打死了两大队怪兽奇兵，击破两艘太空飞船，现余兵正在追击卡斯娜他们的途中，而伤兵则在回程途中。

　　"震嗣"连忙紧急回了一封邮件：是否需要增援？

　　没几秒钟后，佐军团长便回了一封邮件：我们已往 C 星系的地鑫星球王国赶去了，我们准备与 C 星系的"魔雪山之王"，一起对付卡斯娜他们，并已联系好了魔雪山之王。

　　看完这封邮件，"震嗣"的脸上，这才露出了狡诈的笑容，他不由得在心底想道："嗯，与魔雪山之王合作，应该一定可以把卡斯娜他们给抓住了。"

　　再说在魔雪山顶上的一座雪白、晶亮，由水晶石镶嵌而成的城堡里。

　　一脸阴险、狡猾的魔雪山之王，身着雪白飘逸的长袍，正与"震嗣"手下的佐军团长，对坐在一张水晶石桌跟前饮酒。

　　只见那佐军团长，长着一颗奇异的怪兽头，赤黄的怪兽脸膛上，长着一双暴突的三角眼，额头上长着一个黑色的奇异怪兽角，从那银灰色头盔头顶上，伸探了出来，只见他身着银白色的紧身太空服，外披那雪白的战袍……显得威武而又魔气十足。

　　他们面前那张圆形的水晶石桌上，摆满了 C 星系的地鑫王国的山珍海味，那是魔雪山之王，特意给佐军团长的接风洗尘酒宴。

　　他们豪饮了一阵，佐军团长起身，对魔雪山之王说道："我们此次前来，是奉我们的大王'震嗣'的命令：一来，是向雪山之王问好；二来，是与大王您合作，抓住卡斯娜公主，与那几个地球人，一并交给我们的大王做处置！……来，我们干了这一杯，愿我们合作愉快、顺利！"

　　"哈哈哈……如此最好不过了！……来，我们再干三杯，愿我们这次大功告捷！"魔雪山之王说着，便又亲自为佐军团长斟满了杯中的酒。

他们就这样，一直边饮酒，边商议战事，直到半夜时分，才把活抓卡斯娜他们的"魔幻战阵"商议好了，并各自胸有成竹地散了去。

再说浪儿他们几个，也在那天晚上，坐在城堡里温暖的壁炉火堆旁，也连夜商议好了第二天的作战计划。

第二天一大清早，他们六人便化妆成一行地鑫王国的商人，他们一人背着一个小包，往魔雪山的方向赶去。

只见四下里白雪茫茫，天寒地冻的……因为怕被魔雪山之王知道，所以，他们几个便也不敢施展魔法术，飞翔前往。只好艰辛地在那雪地里走着。

可他们却不知道，他们的一行人，早已被魔雪山之王手下的士兵，与佐军团长手下的探子怪兽兵们给发现了。

只见在浪儿他们行走的那条峡谷底山道，两边的险峰、悬崖顶上，一左一右地埋伏着一队白衣的魔雪山兵与一队黑衣的怪兽兵。

浪儿他们，边走边抬头望着两旁的险峰，又继续埋头往前走去。

走在最后的哪卡斯那公主，忽地感觉到了一点什么似的，倏地一抬头，施展魔法术，往那峡谷两边的险峰、悬崖上望去。

只见两边的险峰、悬崖顶上，有一道白光与一道黑光，在她的眼前倏地一闪而过，见此情景，卡斯娜的心里，便什么都明白了。

卡斯娜连忙用暗语，小声地招呼她前面的浪儿他们道："小心有埋伏！"

浪儿他们几个赶紧警惕地握了握腰间的利器，并做好了随时应战的准备……

果真，他们几个刚往前走没多远，便从两旁的险峰、悬崖上，一左一右地飞跳而下了一队白衣兵与一队黑衣兵。

浪儿几人定神一看，只见那白衣兵一个个脸色雪白，表情竟像那冰雪般的冰冷、僵硬，而且一个个是骨瘦嶙嶙的；而那些黑衣怪兽兵，他们却高大而威猛，那戴着灰色头盔的头顶上，伸探出了一个乌黑、锃亮的棱角，皮肤赤黄，一双暴突的三角眼下，长着一个乌黑的牛鼻子，而鼻子下面，却长着一张利齿毕露的嘴，站在雪地里，正一张一吸地直往外冒着热气呢……

　　浪儿的心里一怔，竟感觉好像曾在哪里见过这样的怪兽人似的。

　　他快速地在脑海中搜寻着记忆……朦胧间，忽地想起，好像是曾在梦里见过它们似的。

　　他刚想到这里，那群黑衣的怪兽兵，与白衣的魔雪兵，已手握银光闪闪的利剑，朝他们围扑着厮杀而来。

　　浪儿他们连忙各自从腰间抽出了利剑，飞身上前，与那些魔雪兵、怪兽兵们打斗了起来。

　　浪儿挥舞着手中的"R头神剑"，把身前的那几名白衣魔雪兵，给厮杀得在山道边高耸的悬崖上，东飞西撞地，像蝙蝠似的飞快躲闪着。

　　浪儿扑腾着身后的一对巨大的雪白羽翼，飞身而起，脚踏那悬崖上的积雪，如飞燕般踏雪无痕地追击向前而去。

　　并倏地追砍上了一名白衣兵的后胸处，只见眼前一道白光倏地一闪，浪儿便见那名魔雪兵，竟倏地不见了。

　　浪儿还没来得及扭头，在他身后不远处，便有两名白衣魔雪兵，手握利剑，簌簌地朝他追杀而来。

　　而此时，在他对面不远的那卡斯娜公主，英姿飒飒地飞起一腿，踢倒了她身前的两名黑衣怪兽兵，而后飞身一跃，便来到了浪儿的身后，并挥举着手中的"七彩魔幻神剑"，为浪儿抵挡住了他身后那两名白衣魔雪兵飞刺而来的利剑。

　　然后，浪儿与卡斯娜他们俩，便并肩上前的抵挡、厮杀向了那些朝他们围扑而来的黑衣怪兽兵与白衣魔雪兵。

　　而那边的火鑫公主，正在一个白雪皑皑的拐弯道口处，挥舞着手中的"闪电神鞭"，把她身前的那些黑衣怪兽兵们给抽打得在雪地上乱滚、乱撞的。

　　而火鑫公主，却神气十足地边打边笑谑道："喂，丑八怪们，是不是上次吃本公主的'闪电神鞭'，还没有吃够？所以今日又前来送命了！哈哈哈……看鞭！本公主今天若不把你们给打个皮开肉绽，便决不善罢甘休了！……哈哈哈，哈哈哈……"

　　说着，她便快如闪电般地抽向了从她的身前向她围扑而来的那些怪兽兵们。

小白龙挥舞着手中的一把青龙跨月长矛，旋风般的扫向了他身前的那些围拥而来的怪兽兵与魔雪兵们，有的魔雪兵被他刺中了那飘逸的白衣裳，高高地甩向了半空中而去。

　　还有的竟然被他给击得倏地趴倒在雪地上，爬了好一会才爬起来，而后，便屁滚尿流地一闪身子，不见了踪影。

　　小白龙边打边往火鑫公主那边的方向靠拢了而去。

　　原来，他的心里还担心、牵着她哩……

　　而巨力人与灵儿，两人背靠背地厮杀向了他们身前的怪兽兵与魔雪兵。

　　巨力人挥舞着他手中的音片神叉，直叉得他身前的那些怪兽兵们哇哇大叫地躲闪着。

　　而灵儿则簌簌地挥舞着她手中的"闪电神剑"，追杀着向她身前的三名黑衣怪兽兵；而在她的身后的几名白衣魔雪兵，又朝巨力人围扑了过去。

　　巨力人边挡击、厮杀向那些魔雪兵，边扭头大声地招呼自己背后的灵儿道："灵儿，小心点……"

　　眼见悬崖下面的雪地大道上，正激烈地战斗着。

42　大破魔雪、怪兽魔幻阵

　　那隐身而去的，"震嗣"的佐军团长与那魔雪山之王，却隐身站在那左边的悬崖顶上，正津津有味地欣赏着他们所布的魔法阵。

　　"看来，老这样打下去，也不行了，该换一种战法了……"魔雪山之王，用手将了将他雪白的胡须，扭头小声地对身旁的佐军团长说道。

　　"那就实行我们的第二套魔幻战法方案吧……"说着，他们俩便朝半空中一指，便听见"砰！"的一声，空中便倏地闪过了一道"红光"。

再看下边，正与浪儿他们六个决战的那些黑衣怪兽兵，其中竟然有一群倏地变形成了一只只鳞甲乌黑的"短嘴巨蜥怪兽"；只见那些怪兽们，长得与那巨蜥怪兽龙很像，不同的是，它们的身子却稍小一点。

只见它们气势汹汹地，围涌而上地直扑向了小白龙他们几个。

而那些白衣的魔雪兵，也倏地变形成了一个个雪白的冰雪球。飞快地滚动着，包围向了浪儿他们几个；有七八个圆形的大雪球，簌簌地滚撞向了灵儿与巨力人他们的身前，并把他们俩给包围在中间，先是围着他们快速地旋转着，而后，便见一个个超大的雪球，纷纷击向了他们的身子！

巨力人挥舞着手中的音片神叉，"刷、刷、刷"地刺射向了那些从四周飞击而来的雪球。

灵儿却飞身向前，簌簌地挥剑砍向了那些从四面飞击而来的雪球……

只见那一个个巨大的雪球，纷纷被击中、砍裂后，便倏地一下不见了。

巨力人与灵儿各自转身，正准备稍喘一口气，却见忽地从半空中，又凌空而下地飞落下来了几个巨大的雪球，直朝他们压顶地击落而下。

他们俩赶紧各自飞身往旁边一闪，便躲闪了过去。

然后，便见他们飞身而起，飞行着追砍向了半空中旋飞着的那两个巨大的雪球。

却不料，从他们的身后，又有两个稍小一点的雪球，直朝他们的后背撞击而来！

直撞得巨力人与灵儿，踉跄地摔落在雪地上。

他们俩气急败坏地从雪地上爬起，转身挥舞着手中的音片神叉、闪电神剑，并各分东西地飞身而起，在半空中，东来西去地飞追向了那些从四周飞击而来的魔雪球。

而此时在前面不远处的浪儿与卡斯娜已被包围在了一个怪兽群包围圈中。

那些身子巨大的奇异怪兽们，体形像恐龙似的，只见那披着赤黄鳞甲的怪兽头上顶上，长着一只乌黑的棱角，闪烁着一双暴突的蓝色三角眼，一个黑扁的牛鼻子下，却长着一张鳄鱼似的利齿毕露的大嘴……

那四条粗壮、结实的，长着龙爪的龙鳞怪兽腿，奔跑起来，却是腾跃、快捷的……

而那些长得像巨蜥怪兽龙似的短嘴巨蜥怪兽，却浑身披着乌黑坚硬的鳞甲，张开那鳄鱼似的利齿毕露的大嘴，嗷嗷地叫着正朝浪儿他们飞扑了过来。

只见它们疯狂地吼叫着，从四周围扑向了中间的浪儿与卡斯娜公主。

浪儿赶紧挥舞着手中的"R头神剑"，飞跃而起地砍向了那些围扑过来的奇异怪兽们。

卡斯娜公主更是挥舞着手中七彩魔幻神剑，奋力地刺向了那些凶猛咆哮着，向她围扑而来的怪兽们。

可是，事情并没有浪儿与卡斯娜他们所预料的那么简单，只见他们的银色利剑，刚一碰击上那怪兽的身子，便见一道绿光一闪，那些怪兽们便倏地一下不见了。

继而，从他们的身子四周，却又包围上来了一大群奇异的怪兽，直把浪儿与卡斯娜，给折腾得晕头转向的。

"看来，再这样瞎打下去，是不行了……我们一定是中了魔雪山之王与"震嗣"的怪兽军的魔幻阵了！"卡斯娜公主直累得额头上渗出了冷汗地在心底想道。

于是，她连忙招呼浪儿道："我们也用太空魔法术对付它们吧……"

而后，浪儿与卡斯娜他们俩把"太空战斗变形"的能量芯片，往额头上一贴，便见他们俩大叫一声："变形！魔幻怪兽！"

紧接着便倏地变形成了两只长着一颗像乌龟一样的怪兽头，身披墨绿色的坚硬的鳞甲，背上披着一排坚硬、锋利的巨刺，身后摇摆着一条尖长、坚硬鳞甲尾巴的魔幻怪兽龙，与那些从四周围涌而来的，赤黄色鳞甲的怪兽们，激烈地厮杀、扭打在了一起。

但是，他们俩所变的那两只巨大的魔幻怪兽龙，很快便被那些从四周包围而来的，那些"震嗣"的赤黄鳞甲的魔幻怪兽与短嘴巨蜥怪兽们，给围困住了。

而且，此时，浪儿、卡斯娜他们竟感觉在他们的周围，有一股奇异的巨大压力，正朝他们逼压而来。

这时，浪儿赶紧变回原身，却不小心把他胸前口袋里的那只小石子般大的"科莫尔玩具怪兽"给掉落在了雪地上。

忽地，只听见一声震天吼一般"狂！"的咆哮，便见那掉落在雪地上的"科莫尔"玩具怪兽，竟倏地变形成了一只巨大的科莫尔怪兽。

只见那只科莫尔怪兽，仰天狂吼着，张开它那巨大的，利齿毕露的血盆怪兽大嘴，直朝四周的那些赤黄色鳞甲的怪兽与短嘴巨蜥怪兽们，扑咬而去。

三下五除二便把那些赤黄鳞甲的怪兽们，一只只地咬倒在地，有的竟被它发狂地一口吞下肚去。

还有那些短嘴巨蜥魔幻怪兽们，有的被它一口咬倒甩弃在地；有的被它咬得摇头晃脑的哇哇大叫着地逃走了。

那科莫尔怪兽往前走没多远，便见那一只只被咬倒在地的赤黄鳞甲的怪兽与短嘴巨蜥，竟一只只地"轰"爆炸了！……并化作一成一股金黄色的、黑色的轻烟，消散而去。

浪儿此时，已飞身跃入了那怪兽群中，变形成了一台旋转式的"魔幻激光大炮"，用银光闪们的 35135 型魔幻炮弹，簌簌地射向了那些从四周包围而来的，赤黄鳞甲的魔幻怪兽与短嘴巨蜥怪兽们。

而此时，在魔雪峰左边的山崖下，被围困在那个"魔幻冰雪球阵"中的灵儿与巨力人，却被一个个魔幻的冰雪球打得晕头转向的。

他们俩摔倒在雪地上，感觉眼前直眼冒金花，天旋地转着。

眼见着那些从四周飞射而来的魔幻冰雪球，就要把巨力人与灵儿他们俩给压击着，堆埋起来了。

"快，变形成魔幻机器怪兽……"巨力人突然大声地对他身旁的灵儿说道。

便见雪球堆中的他们俩，快速把那"太空战斗变形"的能量芯片，往他们各自的额头上一贴。

那巨大的冰雪球，依旧从空中飞落而下，很快，便堆积得像一座小雪山似的了。

只听见"哐！""哐！"的两声震天吼过，便见从那堆积而成的雪山底下，腾跃起了两只浑身披着金黄色鳞甲的"卡尔斯霸王龙"魔幻机器怪兽。

只见它们身材巨大，一双乌亮的眼睛里，闪烁着银白色亮光，张开着那巨大的怪兽嘴，高举起了那乌黑的机器怪兽爪，只见那爪子上倏地闪过一道银光，便见那乌黑的怪兽爪倏地变形成了两个银光闪闪的魔幻激光弹发射口，直朝四周的那些飞击而来的魔雪球，发射着那银光闪闪的魔幻激光弹，把那些魔幻冰雪球，给一个个地射击得稀烂，并化成了一股蓝色的烟雾消散而去。

而后，便见灵儿与巨力人所变的那两只"卡尔斯霸王龙"魔幻机器怪兽，又大踏步地往前，朝那些身披紫色鳞甲的怪兽群走去，并挥举着它们的机器怪兽手，直用那魔幻激光弹，射向了那些从四周向他们包围而来的，"震嗣"的紫色魔幻怪兽们。

只见那一个个银色的魔幻激光弹，远远地射击在那些紫色鳞甲的魔幻怪兽们的身上，倏地闪过一道道紫光，便"轰！"然一声爆炸并化成了一道道紫色的烟雾，消散而去。

有几只紫色鳞甲的魔幻怪兽，则快如幻影般地来到了巨力人与灵儿所变的那两只"魔幻机器怪兽"的身后，飞扑着，咬击向了那两只"卡尔斯霸王龙"魔幻机器怪兽，可奇怪的是，那金刚石般坚硬的机器身子，却让那些紫鳞甲的魔幻怪兽们根本就无法咬住。

那两只乌黑的"卡尔斯霸王龙"魔幻机器怪兽，却倏地一转身，狂然地咆哮一声，只见它们那乌亮的魔幻机器怪兽眼里，又倏地闪过两道银光，便见它们那乌黑的怪兽爪，倏地变形成了两把银光闪闪的金刚石利剑，并狂然地咆哮着，扑着刺入了它们周围的那些紫色鳞甲的魔幻怪兽的身体内。

而那些被刺中的魔幻怪兽们，则倒在那雪地上，哇哇大叫着，痛苦地挣扎了一阵，便"轰！"然一声爆炸化成了一道紫色的烟雾，消失不见了。

而卡斯娜所变的身披墨绿色鳞甲的魔幻怪兽龙，正与一只身披紫色鳞甲的魔幻怪兽扭打在一起。

魔幻怪兽龙把紫色鳞甲的魔幻怪兽扑蹿倒在地，一扭头，却见那"科莫尔"大怪兽，正张嘴嗷叫着，大踏步地朝这边的雪地走来，那墨绿色鳞甲的魔幻怪兽龙，连忙飞身一跃，便倏地变回成了卡斯娜的原身，并倏地飞身一跃，在半空中隐身而去地静观战况了。

而此时的小白龙与火鑫公主，他们正在那些白衣魔雪兵与黑衣怪兽兵的包围圈中，激烈地厮杀突围着。

只见他们眼前的那些黑衣怪兽兵与白衣魔雪兵们，变幻着纵横交错的魔法阵，从四周攻向了他们俩。

而且，竟如幻影般地，忽而幻变成一个个巨大的魔雪球与一只只凶猛的怪兽，从四周飞射、扑击向他们俩；忽而又幻变成一个个白衣、黑衣的魔雪兵与怪兽兵，手握那银光闪闪的利剑，从四周朝他们俩刺杀而来。

那个巨大的"迷魂魔幻阵"，把小白龙与火鑫公主直累得筋疲力尽，大汗淋漓地抵挡、应对着。

"快，快把太空战斗变形"的能量芯片给贴到额头上！"而此时在空中静观战况的卡斯娜公主，见此情景，连忙飞身跃下，来到小白龙与火鑫公主的身旁，吩咐他们把"太空战斗变形"的能量芯片，给贴到额头上。之后，便三人一齐大声地叫道："组合变形！旋转式魔幻激光大炮！"

只见他们三人站到了一起，倏地变形成了一台巨大的银光闪闪的旋转式魔幻激光大炮。

并直快速地旋转着，"轰隆、轰隆！"地轰向了四周的那些正变幻着攻击而来的魔幻怪兽、魔冰雪球、白衣魔雪兵、黑衣怪兽兵们……

把那些家伙给轰炸得化成了一缕缕紫色的轻烟，弥漫地消散而去。

眼见着下边雪地里的，那魔幻阵中的怪兽兵与魔雪兵，越来越少了。

那个站在险峰崖上，正施展魔法术，指挥着魔幻阵战的，"魔雪山之王"与那"佐军团长"是看在眼里急在心里，特别是当看到刚才最后的那个超大的"黑白变幻魔幻阵"，也被卡斯娜公主、火鑫公主、小白龙他们三人所破了……而且，把他们所剩的魔幻兵，也给消灭得差不多了时，那"魔雪山之王"与"佐军团长"，直急得连忙从悬崖上飞身而下。

而此时，已变回原身的卡斯娜、小白龙、火鑫公主他们三个，正好准备飞身而起，去那魔雪峰顶上的山洞中，去找那瓶"空气净化魔法液"。

可他们刚一抬头，却正好看见"魔雪山之王"与"佐军团长"，正从魔雪峰上飞身跃下。

43　大战魔幻怪兽

于是，卡斯娜与火鑫公主、小白龙他们，便倏地飞身而起，上前迎战。

只见卡斯娜公主，手握那"七彩魔幻神剑"，飞身向前，杀向了那魔雪山之王。

而那魔雪山之王，却倏地一扭身，躲开卡斯娜飞刺而来的一剑，并一甩那飘逸的双袖，便见从他那雪白、飘逸的双袖中，倏地飞射出了两把银光闪闪的软剑。

"碧血剑！"只见他大叫一声，便仙逸地挥舞着手中的双剑，直簌簌地杀向了那卡斯娜公主，他们俩便在半空中你来我往地厮杀起来。

而一边的火鑫公主与小白龙，马上迎战了那刚飞身落到那雪地上的佐军团长。

只见外披银色战袍，内着银灰色的紧身太空战衣的佐军团长，朝他们飞身一跃，便倏地变形成了一只巨大的身披蓝色鳞甲的奇异怪兽，"狂——狂！"地大吼着，直扑向了小白龙与火鑫公主。

火鑫公主见势连忙挥舞着"闪电神鞭"，英姿飒飒地飞身向前，抽向了那只奇特的蓝色鳞甲的怪兽；而小白龙则飞身一跃，倏地变成了一条银光闪闪的银色巨龙，飞升至空中，直吐着金色的焰火球，击打向了那只蓝色鳞甲的巨大怪兽。

再看那只蓝色鳞甲的怪兽，扑腾地躲闪过了那些金色的焰火球，然后张开它那利齿毕露的血盆大嘴，狠劲地扑咬向了它身前不远处的火鑫公主。

空中的那条银色巨龙，连忙腾跃而来，倏地挡在火鑫公主的面前，并旋风般地一扭头，咬向了那只蓝色鳞甲的怪兽的身子……竟一口把那蓝色鳞甲怪兽的肚子上，给咬出了一个大洞来。

怪兽直疼得哇哇大叫，身子东歪西颤地挣扎了几下，而后，它又张牙舞爪地挣扎了几下身子，从那一双闪烁着幽蓝色亮光的怪兽眼里，忽地闪过一道紫光，便见它肚子上的那伤口，却又神奇地合上了。

而后，更奇怪的事情发生了……那蓝色鳞甲的怪兽身上，竟忽地幻变地长出了无数个银色眼睛似的奇异怪洞来……

火鑫公主连忙把手中的闪电神鞭，倏地变成了一把银光闪闪的利剑，直簌簌地刺击向了那些个银色的奇异'眼睛洞'。

可利剑刺到那银色的"眼睛洞"上时，却感觉它坚硬无比，竟被反弹了回来。

随后，又见一道银光一闪，那一只只奇怪的银色"眼睛洞"，竟倏地幻变成了一个个凸出的、银光闪闪的、激光枪发射口，朝火鑫公主这边，突突地扫射过来。

火鑫公主心中一惊赶紧飞身而起，躲闪开去。

但她那银光闪闪的衣裳下摆，还是被那簌然而过的激光弹，给射穿了一个洞来。

火鑫公主低头一看，气恼得飞身一跃，跃向半空中，隐形一下子不见了踪影……

继而，只见一道金光，在空中一闪而过，便见空中忽地飞落下了一个圆形的七彩线球……

那个七彩线球，刚飞落到那只蓝鳞甲的"千眼怪兽"的头顶上方，便忽地幻变成了一张奇异的"闪电神刺网"，并倏地舒展开来，罩落直下，便把那只奇异的"千眼怪兽"一下子给网住了。

那只巨大的蓝鳞甲的千眼怪兽，急得在那网中张牙舞爪、嗷嗷大叫地挣扎着。

可是，它越挣扎，那张奇异的"闪电神刺网"却越是收缩……而且"闪电神刺网"上，竟直闪烁出一阵蓝色的火花，并"嗞啦、嗞啦"地响着，把那网中的蓝鳞甲千眼怪兽越束越紧了。

而此时，空中的小白龙，已变形成了一台银光闪闪的"魔幻激光大炮"，瞄准下面"闪电神刺网"中的蓝鳞甲千眼怪兽，射出魔幻激光大炮弹。

把那只奇异的蓝鳞甲千眼怪兽，给轰击得在"闪电神刺网"中张牙舞爪、哇哇大叫地挣扎着。

火鑫公主却依然在空中施展魔法术，收紧"张闪电神刺网"，而后，就见那"闪电神刺网"上，一个个银光闪闪的利刺，直刺入了"蓝鳞甲千眼怪兽"的那些银色的"眼睛"内，并流淌出了不少银白色的汁液来。

而后，便见蓝鳞甲的千眼怪兽痛苦不堪地挣扎着，仰天"嗷嗷!"地长啸了几声，便"轰"一声，爆炸了，化成了一团滚滚的蓝色浓烟，在雪地上空中弥漫着。

火鑫公主与小白龙，赶紧从半空中飞身而下，变回原身，见四周已没有了那些怪兽兵障碍，便连忙飞身再起，直往那魔雪峰的顶上飞去，他们准备去那魔雪峰顶上的山洞中，把那瓶"空气净化魔法液"给找出来，以便拯救C星系的地鑫王国的雪灾与清除魔幻毒气。

而此时，在前面不远处的那个大拐弯道口内，卡斯娜正簌簌然地挥舞着手中的"七彩魔幻神剑"，用七彩魔幻剑法，与魔雪山之王，已大战了几百个回合。

眼看着筋疲力尽的卡斯娜公主就要累得支撑不住了!

只见她那又宽又亮的额头上，直冒着冷汗，握剑的手，也开始微微颤抖了。

而刚才飞身跃入了怪兽群中，变形成一台旋转式的"魔幻激光大炮"，把那些从四周包围而来的赤黄色鳞甲的怪兽与短嘴巨蜥怪兽们，给扫倒了一大片的浪儿，倏地一回头，见此险境，便赶紧朝卡斯娜这边飞身过来。

当那筋疲力尽的卡斯娜，被"魔雪山之王"的银色利剑，给逼得快要仰后倒下……

还差一点点，卡斯娜就要被那魔雪山之王的碧血剑，给刺中胸口的时候……浪儿已飞身来到了她的身旁，"嘿"的大叫一声，闪电般地挥舞着手中的"R头神剑"，一剑便挡过了魔雪山之王飞刺而来碧血剑……

而浪儿的另一只手，赶紧一把扶住了快要倒下的卡斯娜，并一把将她揽入怀中，轻声地在她的耳旁说道："快隐身去歇息一下，让我来对付他，就足够了……"

可卡斯娜公主却吃力地回应道："不了……还是我们来一起应对他吧！……"

"喂，你们两个小鬼头，别再磨磨蹭蹭的，在那里假亲热了……有种的话，就快点上前来，迎战我魔雪山之王吧！"那身形邪异，双手挥剑的魔雪山之王，已在那里，用"激将法"叫阵了！

浪儿直急得把卡斯娜公主往自己的身后一推，便飞身迎战上前而去……

卡斯娜公主也只好暂且先隐身而去，歇息去了……

隐身而去的卡斯娜公主，此时正站在魔雪山顶上，边歇息，边看浪儿对战魔雪山之王。

"嗵！嗵！嗵！""砰砰砰！""嘿！""妖兵别逃，吃我一鞭……"忽然，卡斯娜听到，她身后不远处，传来了激烈的打斗声。

她倏地一回头，只见她身后下边不远处的一面魔雪峰悬崖上，火鑫公主与小白龙，正与几名魔雪兵在激烈地打斗着，卡斯娜便连忙飞身而下，往不远处的魔雪峰悬崖上飞跃而去……

卡斯娜公主挥舞着手中的七彩魔幻神剑，与火鑫公主，小白龙他们很快就把一小队魔雪兵给打倒在地了。

只见那些倒下的白衣魔雪兵身上，倏地闪过一道银光，便倏地不见了。

他们三个在那里四周寻找了一阵，见没有了魔雪兵的踪影，便连忙往那面拱形的悬崖石下边的一个石洞口跑去。

他们刚跑到石洞口，却从那石洞内又飞蹿出了一群黑衣怪兽兵，他们三个赶紧倏地变形成了三只高大威猛的金色鳞甲的"卡尔斯霸王龙怪兽"，并快速地扑向了那些黑衣怪兽兵。

几名黑衣怪兽兵，竟也倏地变成了几只乌黑鳞甲的魔幻怪兽，与三只高大威猛的卡尔斯霸王龙怪兽，疯狂地扭打在了一起。

在那片狭窄的山石地带，跟跄地打斗了一阵后，那几只乌黑鳞甲的魔幻怪兽，被卡斯娜、小白龙、火鑫公主他们所变的金色鳞甲的"卡尔斯霸王龙怪兽"，给咬倒在地了。

他们三个不敢停顿，赶紧又往下面的石洞道中飞蹿而去。

44　大战冰雪兽与冰雪利箭蛇

而在那魔雪峰下的雪地上，此时的浪儿，灵活自如地施展着"七彩魔幻剑法"，他把自己的身子包围在一片七彩的魔幻剑光之中，与那魔雪山之王，已大战了近三百个回合，累得那个刚与卡斯娜决战过的魔雪山之王，也气喘吁吁的了！

魔雪山之王也不笨，他知道这样的车轮战法，对他来说，很不利，看来得施展魔法术应战了。

只见他倏地挥舞着那一对宽大、飘逸的雪白仙袖，忽地一阵胡乱的舞剑，把浪儿给追得手忙脚乱地挥剑抵挡了一阵后，却发现他身前的魔雪山之王，竟倏地一下不见了。

当浪儿正四处寻找时，却见那魔雪山之王，倏地变成了一只巨大的奇异"冰雪兽"，从空中飞跃而出。

浪儿抬头仔细一看，只见那只奇异的冰雪兽，长着一颗刺猬头，熊状身子，还有那狮子似的四条腿爪，不同的是，只见它浑身披着雪白的绒毛。

再看它在半空中，朝下边的浪儿喷吐着一个个奇怪的"冰刺球"，浪儿连忙舞剑，在下边布下一个"七彩魔幻剑阵"。

只见浪儿手中那银光闪闪的"R头神剑"，越舞越快，越舞越有气势，很快，便见一道道七彩的魔幻剑光，环绕在他的身子四周。

而从空中，簌簌地飞落而下的那些魔幻"冰刺球"，打在一道道七彩魔幻剑光之上，竟被七彩魔幻剑光，纷纷抵挡了开去。

而七彩魔幻剑阵中的浪儿，却一点也没有伤害到。魔雪山之王所变的那"冰雪兽"，在空中直气得"哇！嗷！"地大叫一声，便倏地又隐身不见了。

再说此时的浪儿，正东张西望地寻找魔雪山之王所变的冰雪兽时，却见上空中倏地闪过一道银光，便见魔雪山之王，竟变成了一条巨大的"冰雪利箭蛇"，从空中飞冲而下，直接咬向了浪儿。

只见那条雪白的"冰雪利箭蛇"后背上，长着一排尖锐、锋利的魔冰利箭，从空中呼啸地飞扑而下。

布"七彩魔幻剑法阵"已来不及了，浪儿连忙往后一跃，便挥舞着手中的"R头神剑"，飞身而起，朝着那冰雪利箭蛇的蛇头直刺而去，可怪蛇却倏地一扭头，竟被它躲闪了开去。

随后，便见冰雪利箭蛇，翻腾着雪白、蜿曲的巨大蛇身，用它后背上的魔冰利箭，撞向了浪儿的身子。

还好，浪儿倏地一转身，躲闪开了自己胸前被刺入的险境，而那"冰雪利箭蛇"后背上的那排"魔冰利箭"，竟擦着浪儿的后背，嗖地穿梭而过。

浪儿只感觉后背上的一排冰凉的利刺，沙沙地擦拭而过，他倏地一惊，连忙扭身用手轻轻地一摸，竟惊然地发现，他的后背衣裳，被齐刷刷地给划破了一道口子！……幸好，还没有伤到皮肉。

这时，那条巨大的"冰雪利箭蛇"，竟又倏地一扭身，又朝浪儿直吐着那鲜红的蛇信子，张开它那雪白的利齿毕露的大嘴，恶狠狠地又飞扑而来。

这次，浪儿连忙腾空往后一翻越，迅速躲闪开了"冰雪利箭蛇"的扑击，倏地腾跃而起，跃入了半空中，把"太空战斗变形"的能量芯片，往自己的额头上一贴，而后，大叫一声："变形！金刚机器人！"

便见他倏地变成了一个银光闪闪的金刚石机器人，并挥举着那金刚石机械手，直往下边的"冰雪利箭蛇"簌簌地发射着一串串银光闪闪的激光弹，那家伙在激光枪弹雨中，东腾西蹿地躲闪着。

最终还是躲闪不及地被击中了几弹，便见那"冰雪利箭蛇"痛苦不堪地翻腾着身子，嗷嗷地大叫了一声，那巨大的银白色蛇身，倏地一蜷曲，便又化成了一道银光，不见了踪影。

而这时，巨力人与灵儿所变的怪兽机器人，已扑腾着用它们那魔幻怪兽爪所变的金刚石利剑，把那些紫鳞甲的魔幻怪兽，一只只地刺倒在雪地上，并"轰!"的一声，化成了一道道紫色的轻烟，全都消失不见了。

当最后一只紫鳞甲怪兽，化成一道紫色的轻烟消散而去时。灵儿与巨力人，便倏地变回原身，而后，飞身直往前面不远处的浪儿那边赶去。

"卡斯娜他们呢?"他们俩急切地问浪儿道。

"如果我猜得不错的话，她一定是与小白龙、火鑫公主他们去那魔雪山顶的山洞中，去寻找那瓶"空气净化魔法液"去了吧?"浪儿略一思忖，猜测地说道。

之后，他提醒灵儿与巨力人道："你们俩小心一点，那魔雪山之王刚才隐身而去了，可能就在这附近! ……小心他的突袭……"

话刚落音，那条巨大的"冰雪利箭蛇"，便从灵儿与巨力人背后的上空中，倏地腾跃而出，直吐着那鲜红的蛇信子，张开它那利齿毕露的嘴，并倏地扑咬向了灵儿与巨力人。

眼看着灵儿与浪儿、巨力人他们三个，就要被那条巨大的"冰雪利箭蛇"给一口吞入腹中去了。

浪儿只感觉他胸前的口袋里倏地一动，而后，便见他的眼前，一道绿光倏地一闪，只听见一声震天吼"嗷!"的咆哮，猛地从空中飞跃而出了那只巨大的科莫尔怪兽。

只见它从空中腾跃而下，张开它那乌黑巨大的、利齿毕露的怪兽嘴，挡在浪儿他们三个的面前，直接扑咬向了那条飞扑而来的"冰雪利箭蛇"而去。

并倏地叼住了"冰雪利箭蛇"巨大的蛇身，猛地一咬，直咬得"冰雪利箭蛇""哇!"地大叫一声，那只科莫尔怪兽连忙松嘴，倏地一甩，便见那条巨长的"冰雪利箭蛇"，蜷曲地挣扎着，巨大的蛇身，便从半空中，摔落了下来。

只见它雪白的、利齿毕露的蛇头，痛苦不堪地挣扎、扭动着，而从腰被咬断的蛇身，却奋拉地扭曲、挣扎着。

在雪地上挣扎了几下，便又化成一道白光，往空中飞蹿而去，逃走了。

见此情景，浪儿他们连忙飞身而起，直往那魔雪山顶上飞身而去。

第四十四章

那只巨大的科莫尔怪兽，也倏地化成了一道绿光，又钻入了浪儿胸前的口袋内。

45　魔雪峰洞中寻找
"空气净化魔法液"

浪儿、灵儿、巨力人他们几人，一来到魔雪山顶上，便往那面拱形悬崖下的石洞口内钻了进去。

他们先沿着那条拾阶而下的斜坡石洞道，往下走了一段，而后，沿着那石洞道往左拐弯，便来到了一条略微狭窄的石洞道中，却感觉那脚下的石洞道地面是高低不平的。

由于前面的洞道中越走越暗了，他们便各自变出了一个火把来，高举着，继续往前走去。

再说，在山崖底下不远处的另一条石洞道内，小白龙、火鑫公主、卡斯娜他们三个，也正各自举着一个火把往前走着。

只见他们走到石洞道的尽头，穿过一间四方形的大石室，便来到了一条石洞壁凹凸不平，脚下的石板道，坑坑洼洼的石洞内，他们警觉地往前走着。

看那洞道的样子，仿佛前面已没有了出路似的。

更奇怪的是，他们走过那条石洞道后，再往前穿过一间石室，他们就来到了一条石洞壁光滑得像那晶莹的玉石一般，光泽可照人的石洞隧道中。

而他们脚下的石板路面，也是清一色的黑色光滑的石板地面。更让人感到惊诧的是，只见那石洞壁两旁的顶上，每隔一段距离，都挂着一串像葡萄似的奇怪灯具，把石洞道内给照得通亮、通亮的。

虽如此，但小白龙与卡斯娜、火鑫公主他们，却还是不敢放松警惕，因为，他们不知道那魔雪山之王，已被浪儿他们与那科莫尔怪兽给打败逃走了。

而上面洞道中的浪儿、巨力人与灵儿已步入了一个奇大的石室洞内，只见巨大的石室洞内，倒挂着许多雪白的石钟乳，在阴暗的石室中，有一幢幢奇异、突兀的怪石山黑影伫立着，空气中弥漫着一种阴森、恐怖的气氛。

他们三人不由得放慢了脚步往前走去……

底下石洞隧道中的卡斯娜与小白龙、火鑫公主他们三个人，沿着那条优雅、舒适的石洞道，往前走了一段后，便来到了一扇紧闭的石门跟前。

当小白龙与火鑫公主，正为不知该怎么开启那道石门而发愁时，一旁的卡斯娜却惊喜地发现，石门左边不远处的上面石洞壁上，有一个不起眼的小凹陷口，她连忙伸手往那小凹陷口上按去。

只听见"隆!"的一声，那扇石门便倏地往一旁推移开去。

只见那里面是一间很平常的起居石室，石室内只简单地摆放着一张石床与一张圆形的石桌，有几个石墩凳子，环绕在周围。而在床边靠近石洞壁的地方，摆放一个立式长石柜。

他们几个进去后，便在石室内到处寻找着"空气净化魔法液"，卡斯娜揭开石床上的那张奇异的银灰色席子，发现底下除了一块四方整石板，其他什么都没有。

小白龙与火鑫公主，用力推开石桌，想看看那底下有没有机关、暗道什么的？

可那底下依然是光滑而平整的，看不到有什么蛛丝马迹。

他们三人，又一个个地把那石墩凳给搬开来，看看，可依然很令他们失望，什么意外的痕迹也没有。

这时，小白龙走到那只石柜前，用力地拉了拉石柜门，可那石柜门却很紧，怎么也打不开。

"快过来帮忙，把这石柜门打开看看!"小白龙急切地扭头招呼大家道。

于是，他们三个人，像拔河似的，一个抱着一个的腰，用力地往后拉着站稳了。

"一二三!"小白龙大声地叫着号子,那石门吱啦一声,便被他们给拉开了,而他们三个,却因为用力太猛,便一屁股摔倒在那石洞地上了!

站在最后的小白龙摔得最重,只见他拍着屁股站了起来,直"哎哟、哎哟!"地叫唤着,而火鑫公主与卡斯娜公主,连忙起身往那石柜里找去。

只见那里面除了一些他们根本看不懂的怪字书,其他什么也没有。

他们三个把那书从那柜子里取了出来,却并没有见到那瓶"空气净化魔法液",而好奇、心急的小白龙,又在柜子里这里敲敲、那里捣捣的,也没有听出一点什么异样声响。

小白龙直气得把石柜门,用力往里一推……只听见"吱啦"一声响过,从石柜门左边的不远处,竟奇幻般地打开了一扇半人高的,直往外弥漫着紫色轻烟的石洞道口来,他们三个连忙惊喜地弯腰,从那扇打开的石门口处,钻了进去。

而此时,在上面石洞道中的那间广阔、阴森、怪石嶙峋的大石室内,浪儿、巨力人、小灵儿他们三个,却正与十几个白衣魔雪兵,猛烈地打斗、厮杀着。

只见浪儿、小灵儿、巨力人,他们三个挥舞着手中的利器,簌簌地厮杀向了那些围扑上来的魔法兵,"嗬、嗬、嗬!"地,三下两下便把那几名魔雪兵给刺伤、打倒在地,竟都化成一道道白光逃走了。

还有几个白衣魔雪兵见此情景,浪儿、小灵儿、巨力人他们还没来得及追赶上去,它们便脚下抹油似的,钻入了那怪石山后溜走了。

浪儿他们连忙飞跃着往前,出了那间石室,便拐入了左边那条斜坡石洞道。

而此时的小白龙、火鑫公主与卡斯娜他们三个,却正在下面的那条弥漫着紫色轻烟的石洞道中,往前走着。

他们三个沿着那条斜着往下延伸而去的石洞道,往下走了一段后,便来到了一间八尺见方的小石室内,可令他们感到失望的是,那石室中,却四壁空空的,什么也没有,他们三个连忙转身从里面走了出来。

可是由于石洞地面太滑,火鑫公主竟不小心滑了一跤,竟一头撞到了石洞门边的一根奇异的石柱子上,只听见"隆"的一声,他们脚下的那间小石室的地面，便在轰隆声中，剧烈地震动着，快速地往下陷落而去。

他们三个吓得"啊"地大叫一声，连忙手拉手地站在一起，极力地稳住着身子。

那石室往下陷落了好一阵后，才在一扇三角形的石门跟前，停歇了下来。

他们三个连忙从那石室里走了出来，往前面几步远的那扇三角形的石门走去。

只见扇奇异的三角形石门上，浮雕着一条飞扬跋扈的"冰雪利箭蛇"，而且，让卡斯娜公主、火鑫公主与小白龙他们三个感到惊诧的是，只见从那"冰雪利箭蛇"的两只眼睛里，放射着两道耀眼的银光，让人感觉，像那魔幻蛇眼似的。

见那道石门紧闭，小白龙连忙走向前去，在石门上先挥舞着拳头，这里敲敲、那里撞撞的；见石门没反应，便又靠上石门，这里推推，那里拽拽的……可那扇坚硬、结实的石门，却依然一点反应都没有。

小白龙急了，抬起腿，朝那石门狠狠踢去……

折腾了好一阵子后，小白龙的脚被踢疼了，那石门却依然紧闭着。

"好了，小白龙，你别瞎弄了，过来动动脑筋想想办法吧！"见此情景，火鑫公主不由得在一旁招呼他道。

而卡斯娜公主却一直静静站在那扇石门跟前，盯着那扇石门上的浮雕"冰雪利箭蛇"，似乎在琢磨、思量着什么？

"可到底打开这扇石门的暗道机关在哪里呢？"小白龙与火鑫公主走上前去，一齐费神地嘀咕道。

而他们的这话，竟像一语惊醒梦中人似的，让卡斯娜公主一下子抬起了头来，眼睛雪亮地走上前去，肯定地说道："如果，如果我猜得没错的话，那么开启石门的机关，便在这里了……"说着，她便伸手往那石门上的浮雕"冰雪利箭蛇"的那双雪亮的眼睛上按去。

只见从那双雪亮的眼睛里，倏地射出两道银光，便听见"唧嘎"一声，那扇三角形的石门，便倏地向上推启开去。

让他们感到意外惊喜的是，在开启石洞门的那一瞬间，他们便看到了一个宝葫芦状的，瓶口上扎着一根红色的丝飘带的蓝色玉石瓶子，正放在那对面石洞壁上方的一个凹陷的石窿洞内，那晶莹的蓝玉石瓶子，在黑暗中，闪烁着奇亮的光芒。

小白龙飞身上前，从石窿洞内，取下了那个装着"空气清新魔法液"的蓝玉石瓶子，往自己胸前的口袋内一装，他们三个便连忙出了石室，沿着来时的洞道，往上面那石洞的出口处走去。

小白龙他们三个，在上面的那间怪石嶙峋的大石室内，撞见了正往这边而来的浪儿、灵儿、巨力人他们三个。

"怎么样，找到"空气清新魔法液"了没有？"浪儿急切地问道。

"找到了，找到了，我们在那间三角形石洞门的石室内找到的。"小白龙更是惊喜、自豪地说道。

而这话，却正好让前方不远处的一条石洞道中，正蹒跚地往前行走着的魔雪山之王给听到了。

只见那银白色的衣衫破烂，浑身是血的魔雪山之王，一听到这话，他那雪白、阴险的眼睛里，不由得闪过一道红色的凶光。

就见他那浑身血淋淋的身子，倏地化成了一道银光，在石洞道内一闪，便不见了。

46 "空气净化魔法液"为
地鑫王国解除魔雪咒

浪儿、卡斯娜、灵儿、巨力人、小白龙、卡斯娜公主他们六个，在那间空旷的、怪石嶙峋的大石室内，快速地往前行走着。

当他们六个刚走到石室边缘的那座灰蒙蒙的怪石山前时，却忽地从那怪石山后，蹿出了一条巨大的凶恶白蛇，只见它张开血红巨大的利齿毕露的嘴，直吐着鲜红的蛇信子，朝他们六个飞扑而来。

浪儿他们六个不禁"啊"地惊叫一声，便各自飞身而起地往后跳跃开去。

走在最前面的卡斯娜公主，差点就被那扑簌而来的巨大白蛇给咬到了……

她身旁的浪儿，连忙利索地从身上抽出了那把"R头神剑"，便挥剑朝那扑簌而来的白蛇头砍去。

那白蛇猛然把头一扬，躲闪了过去，而浪儿则乘机一把拉过卡斯娜公主，往他们身后不远处的一座怪石山上，飞跃而去。

而那白蛇却又腾地一跃，直扑又向了那边的小白龙、火鑫公主他们而去。

眼见着白蛇就要飞扑到他们俩的身前了，那小白龙把火鑫公主倏地往自己的身后一推，自己却飞身腾跃而起，变成了一条银光闪闪的巨大的白龙，勇敢地迎向了那条巨大凶猛的白蛇。

只见那龙爪飞扬的小白龙，与那条凶猛的白蛇，在怪石山间的洞空中，不住地扑腾着扑咬，厮杀着。

那巨大的龙身、蛇身击打在怪石山上，发出了惊天动地的"噼!""叭!"声，将整个怪石山都给击碎、击倒了，并轰隆地滚落而下。

而后，只见那巨大的白龙突然一跃，猛的一口咬住了白蛇的尾巴，那白蛇倏地回头，一个猛扑，也咬扑向了白龙的身子而去。

这边的火鑫公主，眼尖手快地朝那白蛇，猛地挥击而去了一支银光闪闪的"闪电飞镖"，嗖的一声正好飞刺在白蛇张开的利齿毕露的血盆大嘴上，那白蛇痛苦地呜咽着，"哇"地叫了一声，便连忙扭身，飞落入了那怪石山后的深沟中，逃走了。

浪儿他们几个连忙飞身去怪石山后一望，却早已不见了白蛇的踪影。

这时，只见一道银光一闪，小白龙便从那洞空中飞身而下，变回了原身，他调侃地说道："才斗几下，就溜了，真没劲……"

可卡斯娜却在一旁笑谑他道："刚才幸亏火鑫公主及时出手，要不然，你可要尝尝那白蛇的利齿，撕咬的滋味了!"

小白龙笑了笑，连忙回过头来，拍了拍火鑫公主的肩膀，自解嘲地笑谑道："娘子及时出手，救郎君……也是应该的……呵呵……呵呵……"

"你!"他这话让火鑫公主的脸,一下子便红透了,只见她啼笑皆非地推搡着身旁的小白龙……

可小白龙却乐呵呵地笑道:"娘子饶命,娘子饶命!"

这下浪儿与灵儿、巨力人他们几个都开始起哄了。

"哦呵!什么时候都变成娘子与郎君了?"浪儿带头欣然地起哄道。

"呵呵,怪不得两个人变那么亲热了,原来……呵呵……"巨力人也不甘落后地调侃道。

"是呀,什么时候拜堂成亲呀!……我来做你们红娘吧!……"灵儿更是蹿到小白龙与火鑫公主的中间,笑问道。

"好了,你们别再取笑他们俩了,我们还是快点出石洞去吧,还有很多的事情,等着我们去办呢……"卡斯娜公主却急切地催促道。

也难怪,她此时心里想着的,却是那被"震嗣"关押的父母,所以,她可是心急如焚地,急着要赶回那V星系的卡尔斯怪兽王国,去找那"震嗣"决战了……

于是,他们便脚步轻快地出了那魔雪峰顶上的山洞口,而后,便直往地鑫王国的皇宫赶去。

当小白龙变成一条银色巨龙,飞到那地鑫王国的上空中,施展魔法术,将那瓶"空气净化魔法液",洒落而下时,只见一道金光与一道绿光在浪儿他们的眼前一闪而过。

而后,只见那道绿光在空中又一闪,便见天空中的那些魔幻废气二氧化碳与二氧化硫所变的乌云,一下子便消失不见了。

碧蓝的天空中,顿时变得万里无云,眼前的一切顿时变得清爽而明亮起来。

而那道金光,在那碧蓝的空中,绕转了几圈之后,竟幻变成了一个金光耀眼的火球,在地鑫王国的上空中,来回地滚动着,一束束金色的焰火光,竟然从那火球上照射而下,把那地面上的皑皑白雪,都给照射得融化变成了水,流入了地鑫王国的小溪、河流之中……

接着,从天空中的那个金色的焰火球上,又散落了一缕缕的绿色奇光,只见那一缕缕的绿色奇光,刚散落到地面上,便见有一丛丛绿嫩嫩的小草,从那地层底下冒了出来。

一阵阵温暖、怡人的微风吹来,便见那小草绿芽,快速地向上生长着，并抽出了枝条，长出了一片片绿色的小叶子，在微风中，欣然地迎风招展着。

又一道七彩的奇光在他们的眼前一闪，便见那碧绿的四野里，顿时开满了那五颜六色的野花。

一切又恢复了从前那个地鑫王国清新自然的美丽风景，地鑫王国的国民们，顿时欢呼了起来，他们扔掉了那一个个空气净化面具，欢拥着上前迎接，那战胜魔雪山之王，夺回"空气净化魔法液"的小英雄浪儿、卡斯娜、小白龙、火鑫公主、灵儿、巨力人他们六人，并把他们给抬拥着，高高举起，抛向了半空中。

而国王与他的将军们，也欢喜、兴奋得流下了激动的泪水。

士兵们更是手舞足蹈地手牵着手，跳起了那节奏欢快的"欢欣舞"。

那天晚上，整个地鑫王国一片欢腾，到处燃放着七彩的烟花光，人们载歌载舞地欢庆他们又拥有了清新自然的绿色家园，表达着他们的兴奋、喜悦的心情。

国王为浪儿他们，在皇宫前的那片碧绿的大草坪上，摆下了一桌丰盛的宴席，而在他们宴席前边的不远处，则是那载歌载舞的地鑫王国的国民们。

那气氛尤为热闹、欢腾……

国王端起了酒杯，敬了浪儿他们几杯酒后，国王略带感慨地说道："很多年前，在你们没有来我们的地鑫王国的时候，我也曾很憎恨你们的地球人，因为那魔雪山之王，从你们地球上采集来了危害我们星球的魔幻之气——二氧化碳与二氧化硫，导致我们的星球失去了清新自然的绿色家园，还要戴上防毒面具，时刻提防那魔幻之气的危害……"国王忧伤的脸色，沉浸在伤感、恐慌的回忆之中，"当时，我真想跑去你们的地球去兴师问罪：为什么你们地球人不好好爱护自己的家园，保护环境，多植树造林，合理利用资源、能源？

竟然让那魔雪山之王，有机可乘，将那些多余的魔幻毒气，带到我们C星系的地鑫王国来，危害我们的生存与生活。

后来，直到后来，见到你们，几位来自地球远古年代与外星的少年英雄侠客，帮助我们战胜了邪恶的魔雪山之王，并用"空气净化魔法液", 帮我们找回了一个清新自然的绿色家园。

我很感谢你们, 我的国民们也很感激你们, 过去的一切不愉快的心情, 都将丢弃、消失。

地球人与我们的地鑫星球王国人, 依然是宇宙中的星际互助兄弟, 也是世世代代的朋友!

同时, 也希望: 不管是你们地球人, 还是我们地鑫星球王国的国民们, 都能够好好地爱护自己的星球, 多植树造林, 合理利用能源与资源, 保护好自己的美丽星球家园环境, 让我们地鑫星球王国与地球上的子孙后代们, 都能够世代安康、幸福地生活下去……" 国王的一番感人的肺腑之言, 赢来了一阵阵雷鸣般地掌声。

掌声过后, 国王又举起了酒杯, 神情严肃地往他面前的草坪上, 轻轻一倒。

而后, 慢慢地抬起头来, 深情感慨地说道: "这一杯, 是敬给我们伟大的母亲我们赖以生存的绿色星球的。是它, 默默无闻地哺育了我们地鑫星球王国世世代代的子孙, 所以, 我们地鑫王国的国民们, 要学会时刻谨记: 多植树, 保护环境, 合理利用能源与地下资源, 让我们赖以生存的星球母亲, 永远健康、美丽、年轻……来, 为我们各自生存、生活的绿色星球母亲干杯!"

浪儿与小白龙也从座位上站了起来, 代表地球人举杯道: "感谢地鑫王国国民的热情与国王的盛情款待, 我们帮助你们所做的一切, 都是我们应该做的。而且, 我们地球人也会像你们一样, 好好爱护自己的绿色星球母亲, 并时刻谨记: 爱护自然环境, 多植树造林, 合理利用资源, 地下能源, 让地球上不再有多余的魔幻之气影响人类, 让地球, 永远是绿色的家园……让地球母亲, 永远年轻、美丽、健康……这也是我们所有地球人的心声!"

浪儿的话, 赢来了大家一阵阵雷鸣般的掌声。

那天晚上, 大家在那草原上载歌载舞, 一直狂欢到很晚, 才慢慢散了去。

47 拿到幻影神镜回 V 星系的卡尔斯怪兽国

由于国王的盛情挽留，他们又在那地鑫王国歇息了两日。

第三天傍晚时分，卡斯娜便与大家一起去皇宫，向国王辞行道："尊敬的国王陛下，感谢您与您的国民们的盛情款待，只因我父王与母后现仍被那宇宙公敌"震嗣"，关押在 V 星系的卡尔斯怪兽王国的地道中，备受着"震嗣"酷刑的折磨，所以，我们几个得赶紧赶回去，把他们从那地狱般的苦难中拯救出来，我们打算明日一早起程，因此，特来向国王辞行。"

国王听后，微笑着说道："你们的心情我能理解，你们历经魔幻激战之难，帮助我们解除困境，我们非常感激，本想再多留你们歇息几日，既然如此，那我也就只好祝愿你们一路平安、顺利了！"说到这里，国王吩咐他身旁的卫兵道："快去，帮我去把国宝库中的"幻影神镜"取来！"卫兵连忙应声走了出去。

很快，便见卫兵一脸肃然、郑重地端捧着一个红色的锦盒走了过来。

国王接过来并打了开来，取出了一面金光闪闪的椭圆形的镜子。只见那镜子的边上，有一排凸出的数字按钮，国王举着那面镜子，对浪儿他们说道："这便是我们地鑫王国的镇国之宝——幻影神镜，你们可以先布下各种魔幻阵法，照入这幻影神镜中，在决战时，你们只要用这魔镜一照敌手，而后，按这魔镜边上的魔幻阵的序号，选取所需的魔幻阵法，对手便立即会陷入奇异的魔幻阵中……而你们便可以乘机取胜了。"国王说完，便把那面金光闪闪的幻影神镜，又放入了那个红色的锦盒之中。

并小心谨慎地把那锦盒交给了浪儿道:"这幻影神镜,我们本来是用它来对付那魔雪山之王的,而今,你们已经战胜了它。现在,我们就把这"幻影神镜",交给你们,让你们带着它,去宇宙中对付"震嗣"恶魔,并战胜这个宇宙公敌,恢复宇宙的和平、安宁的境界吧!"

说着,国王便把装着幻影神镜的锦盒,递送给了他身旁不远处的卡斯娜公主。

此时的卡斯娜,眼里闪烁着惊喜、激动的泪花儿,因为,自从他们的'利箭一号',降落在那蛇王星岛国起,他们六人便经历了无数的"魔幻太空战阵",这才终于拿到了"幻影神镜",你们说,她能不惊喜、激动吗?为这"幻影神镜",也为那同甘共苦,共患难的朋友们,她都感到高兴、激动呀!只见她十分激动地对国王说道:"谢谢您,我们一定不会辜负您的期望,为了整个宇宙的和平与安宁,我们一定会奋力拼搏,去战胜那宇宙公敌"震嗣"的!"

国王对他们的未来充满了信心,满脸慈祥地微笑着,赞许地朝他们点了点头道:"孩子们,加油吧,我相信你们一定行的!我在这里,等候着你们的凯旋!"

"好的,谢谢国王陛下的祝福,到时候,我们再来把镇国之宝"幻影神镜",送还给您!"卡斯娜走向前两步,微笑着答道。

浪儿像是突然想起了什么似的,走向前去,对国王行礼道:"不知国王陛下,是否还记得,在你们地鑫王国与那蛇王星岛国的边境处,有一处怪石森林的事?"

国王听后,低头沉思了片刻,抬起头来说道:"这是我们的祖先与他们蛇王星岛国的祖先,曾发生过战乱的象征,那片怪石森林是表示我们地鑫王国与他们的蛇王星岛国,不再是友好的星系邻邦了,就这个意思而已。"

"可我们这次是从那蛇王星岛国来到你们地鑫王国的,看得出来,他们的国民们,很后悔他们的祖先所犯下的过错,想向你们表示歉意,可又怕你们的地鑫王国不肯接受,所以……我在想,如果国王能够宽宏大量,原谅他们祖先所犯下的过错的话,我想,他们一定会很惊喜,高兴的!……说实在的,这次,要不是他们的国民指引,我们也不能来到你们的地鑫王国,更不能帮助你们解除困境了!"浪儿说到这里,便停住了。

而后，只见他们六人，一脸期盼地望着国王，似乎在等待他那重要的答复。

国王低头沉思了良久，这才抬起头来，为难地说道"这个……这个……这个是我们祖先们遗留下来的问题，我还真是有些难作决定，但是，既然是他们的国民指引你们，拯救了我们的地鑫王国，那我也就违背我们祖先当初的意愿，而与他们的蛇王星岛国重归于好吧。至于那片怪石森林，我会派人，去解除那条魔咒，从而把那里恢复成一片绿色的林海的，让我们的地鑫王国与那蛇王星岛国成为星系邻邦。"

浪儿他们不由得欣喜地拍起了手掌道："太好了，这要是让那蛇王星岛国的大王知道了，他一定会很开心的!"

"蛇王星岛国的大王，你们认识他吗?"地鑫国国王略带好奇地问向几个人。

"是的，他是我们的朋友，我们来这里，就是他指引我们来的!"浪儿他们一齐大声地说道，原来他们早已知道那黑衣怪兽蛇人，便是那蛇王星岛国的大王了，只是他们当时并没有道破而已。

"哦，既然如此，那你们托我做的事，就更不在话下了。"国王又满脸欢欣地补充道。

第二天一早，浪儿他们便告别了国王，往皇宫对面不远处的那座大山深处走去。

很快，他们便来到了大山深处的那座小城堡跟前，与他们走时白雪皑皑的情景不同的是，眼前的那座粉红色的尖塔城堡，已掩映在一片碧绿的树林间。

"波哩，波哩，我们已拿到了幻影神镜，请速赶到 C 星系的地鑫王国，我们在那片绿色森林中的城堡中等你!"他们一来到那城堡前，卡斯娜便用遥感呼叫器，呼叫机器人波哩道。

而此时的波哩，正在"利箭一号"的太空驾驶舱内的系统屏幕前，查询着太空系统信息。

只见它头上的遥感信息接收棒，不断地闪烁着红绿灯光，耳旁便传来了卡斯娜的呼叫声："波哩，波哩，我们已拿到了"幻影神镜"，请速赶到 C 星系的地鑫王国，我们在那片绿色森林中的城堡中等你……"

波哩连忙按照太空系统屏幕上的遥感呼叫系统“音波”所在的“太空系统坐标”位置，定位好了飞船前行的“目的地”的位置，并把“利箭一号”飞船，变形成一艘浑身长着“锯齿刺”的圆锥形的“钻地式”太空飞船，便直钻入了地层底下，往卡斯娜他们所在的“太空系统坐标”位置，钻地潜行而去。

浪儿他们几个，便在那城堡前的那片草坪地上的林子里等候着波哩……

小白龙与火鑫公主在那草坪上追赶、嬉戏着……而浪儿，却在那林子里陪着卡斯娜公主散步，看卡斯娜公主不时抬头看看，在空中寻找“利箭一号”太空飞船的踪迹。见她那急切的心情，浪儿在一旁安慰她道：“卡斯娜别急，波哩它很快就会来了……呵呵……”

而他们身后不远处的草坪上，巨力人与灵儿，却正在草坪上玩着抛石子的游戏。

这时，他们听到他们身前的那片草坪地下，传来了一阵地震般的“隆、隆！”的声响。

他们六人连忙带着惊诧循着声音，一齐来到了林子前边的那片青草坪上观望。

这时，他们耳边的隐形遥感呼叫器里，传来了波哩的声音，“我是波哩，我是波哩，我很快就开着“利箭一号”，赶到你们的面前了……”

波哩的话刚落音，卡斯娜他们便惊奇地发现，从他们面前不远处的碧绿的草坪上，“隆隆……”地钻出了一艘浑身长着“锯齿刺”的圆锥形的“钻地式太空飞船”。

只见银光闪闪的像刺猬一样的太空飞船，一来到地面上，随着几声“嚓哚嚓哚！”的声音响过，便倏地变形成了一艘利箭似的“航空式”太空飞船。

浪儿、卡斯娜、小白龙、灵儿、火鑫公主、巨力人他们几个，连忙惊喜地涌向前去。

这时，波哩从那飞船的步行式舷梯上走了下来，“哈哈哈……又见到你们了……”波哩扭动着机器身子，那银光闪闪的机器头上，闪烁着绿色的亮光。

"波哩，你这个大懒虫，这几天可睡够懒觉了吧?"浪儿走过去，轻拍了一下波哩的肩膀，带着调侃地说道。

"是呀，是呀，我们都快累死了！那魔雪峰下的太空魔幻之战，是又惊险又刺激，我们都快累死了！"小白龙也在一旁叫苦连天地附和道。

"谁说我波哩睡懒觉了，和你们分开的这些天，我一直都在忙，忙着在那宇宙太空星系图上，寻找一条通往"V星系"卡尔斯怪兽王国的，一条最近最快捷的"太空航道"。

忙了几天几夜，好不容易找到了，又把太空飞船的航控、航向系统调试好，而后，美美地睡上了一觉，起来后，刚准备呼叫你们，却接到了你们的呼叫声，便连忙赶过来了！"波哩很不服气地向浪儿他们辩解道，末了，它神气地摇头晃脑地说道："你们可别老说我是大懒虫，我可是太空智慧机器人波哩大博士哦……"它似乎想让大家相信，它所说的都是真的。

"太好了，波哩，你真了不起！……"卡斯娜走向前去，弯腰拥抱了一下波哩，非常惊喜地说道，"是呀，波哩，你太棒了!""哇，波哩，真了不起!"浪儿他们几个，也是非常欢喜地赞叹着走向前去，"嘀嘀嘀!"地欢呼着，就要伸手把波哩给抓着高举起来了。

"别，别，别……你们可不能把我给抱起来抛扔，那样，要是把我身上的零件给摔坏了，那我波哩博士，可就不能继续工作了!"波哩说着，连忙转身，快速地扭动着他的机器身子，往一边的树林里逃走了!

于是，就在那天下午，他们几人便乘坐波哩驾驶的"利箭一号"太空飞船，从那片大森林中起飞了。

"利箭一号"像一支银色的利箭似的，直冲入了茫茫的太空中。

波哩在太空航控机舱内，专注认真地坐在太空航控系统的电脑屏幕前，掌握着"利箭一号"太空飞船的航向、航控系统。

只见它不住地敲打着那面闪光的蓝色屏幕下的键盘，并用手点击着蓝色屏幕上的那张"太空航控系统图"上的闪光星体，每点击一个闪光的星体图标，便标志着他们的"利箭一号"太空飞船，又穿越了一个太空星球。

只见在那深蓝色的茫茫太空中，这艘银光闪闪的"利箭一号"太空飞船，在那茫茫的星际宇宙中，簌簌地飞越一个个星球，快速地往那V星系的卡尔斯怪兽星球飞去。

很快，他们便在三日内，赶到了卡尔斯怪兽星球的"太空坐标"的上空中，为了不引起"震嗣"的注意与知晓，他们利用飞船上的太空自卫魔幻系统"，给'利箭一号'太空飞船，先披上了一张'魔幻干扰网'的'外衣'，这样，'震嗣'的太空监控系统，便追踪不到他们的飞船降落的信息了。

他们这才把"利箭一号"飞船，降落向了卡斯娜小时候曾与父母一同生活过的美丽、茂盛的"怪兽森林"深处那个姹紫嫣红的美丽山谷之中。

48　卡尔斯皇宫地道中
　　惊险斗魔幻怪兽

再说此时，在V星系的卡尔斯怪兽王国的王宫内，"震嗣"正在他的指挥室内，训斥着逃回来的佐军团长："你这个超级大笨蛋，我把三分之一的魔幻太空军，交给你去抓卡斯娜公主、巨力人与那几个地球人，可你却丢盔弃甲地跑回来了……你真是给我"震嗣"的'无敌统治军'给丢尽了脸……"说着，'震嗣'竟飞起一脚，把佐军团长给踢倒在地，一甩他那金色的战袍，便气呼呼地走了出去。

再说在那片美丽、茂盛的"怪兽森林"深处的那个美丽的山谷之中，浪儿他们正在山谷中的草屋里商议着去营救卡斯娜的父王与母后的事。

他们决定，乘"震嗣"还不知道他们已来了，先试着去卡尔斯怪兽王国的皇宫地道中，去救卡尔斯的父母看看……而后，如果遇到困难，可以再另想办法吧。他们决定今晚上就动手。

于是，那天下午，卡斯娜便带领着大家，去草屋后边的森林里，采了一些野蘑菇回来，又去草屋前面的那条碧绿、清澈、淙淙流淌的小溪里，抓了一些鱼儿上来，大家一齐动手。

卡斯娜与灵儿、火鑫公主她们，烧了一锅鲜美的蘑菇汤；而浪儿、小白龙、巨力人他们三个，则烧起了一堆熊熊大火，并烧烤了一些香喷喷的烧烤鱼。

而后，大家便围坐在火堆旁，饿肚饥肠地边喝蘑菇汤，边啃吃起来那烧烤鱼来……

可让浪儿感到有些心疼的是，卡斯娜却端着碗，站在一旁的草坪上发呆。

"看来，她又想起她的父母了……"浪儿不由得在心里嘀咕道。

他连忙把手中的饭碗，放到一旁的一块大青石上，走过去，拍了拍卡斯娜的肩膀，安慰她道："卡斯娜，快加油吃呀，只有吃饱了，才能有力气去救你的父母哩！"

他这话倒是让那卡斯娜倏地一振，连忙端着碗，走过去，与大家一起，大口大口地吃烧烤鱼，喝蘑菇汤！

这让浪儿看在眼里，不由得欣喜地笑了。

这天晚上，半夜时分，天黑风高，卡尔斯皇宫，此时也沉浸在一片阴森的宁静之中。

而这时，在皇宫后的一片荒草地上，其中的一座怪石山后的那面弯拱形的石板下，有一个隐形的地道入口，只见那卡斯娜公主带头从那入口，跳钻了进去。

而后，灵儿、火鑫公主、小白龙、巨力人、浪儿他们几个，即也跟随跳钻了下去……

浪儿走在最后，只见他进去后没多久，便从那圆形的洞口内，倏地顶上来了一丛茂盛的野草，把那洞口处给掩盖了起来。

而此时，在皇宫底下的蜿蜒的，缭绕着紫色轻烟的地洞道中，浪儿他们六人，正猫着身子，小心谨慎地往前走去。

这时，浪儿感觉他胸前的口袋里一阵撞动，他猜想，一定是科莫尔怪兽又要出来了……

于是，浪儿连忙低头，小声地说道："科莫尔，你可以出来了，因为我们已到了卡尔斯怪兽王国皇宫下的地道中了……"

于是，只见一道绿色的奇光，在浪儿他们的眼前一闪，那只科莫尔玩具怪兽，便倏地从浪儿胸前的口袋里，飞蹿了出来。

并倏地化变成了一名身着黑白小道袍褂，头上扎着两个朝天"羊角辫"的小道童，站了浪儿的身旁，这让火鑫公主、灵儿、巨力人，小白龙他们几个，不由得惊诧地望着那小道童，而后，又诧异地望了望卡斯娜公主与浪儿，那样子仿佛在说："呵呵，什么时候添了一个新朋友，也不告诉我们一声！"

小道童仿佛看出了他们的心思似的，小声地说道："是我不让他们俩告诉你们的，你们要怪就怪我吧！"

可大家却望着它摇了摇头，暗示它道："不怪，谁也不怪了……"

于是，他们几个，又继续往前面的洞道中走去。

没多久，前面便来到了一个洞道拐弯处，卡斯娜在后面叫住了大家道："大家先隐形吧，要是让'震嗣'的守兵发现了我们的模样，那我们可就暴露了……隐身后，大家也得小心点，那'震嗣'的魔幻阵可厉害着呢！"

卡斯娜这番话，让本来不怎么担心的大家，连忙施展魔法术，隐了身体，然后，还是小心翼翼地往前走着。

可让他们感到奇怪的是，他们所经过的那石洞道内，竟然一名"震嗣"的守兵也没有出现。

他们沿着那条主洞道，往东南方向走，大约伍佰米左右，便来到了一间很大的石室洞口前。

只见里面是一间奇大的空旷石室，在那间奇大的石室的四周，是一个个奇形怪状的石洞口，而那些石室洞口处，都挂着一张张五颜六色的奇异网。看起来色彩缤纷的，美丽极了……

浪儿他们正要用手去触摸那些五颜六色的奇异蜘蛛网，卡斯娜连忙在他们的身后，急切地小声阻止道："别乱动，那是'震嗣'用怪兽蜘蛛网所布的奇异魔幻阵，一旦触动，便会被他们发觉！那我们可就暴露了……"

而后，隐形而去的卡斯娜与科莫尔所变的小道童，连忙走向前去，在一个个五颜六色的石洞网前，小心地往里探望着，可是，他们俩看了好几间石室洞，都没有看到自己的亲人。

他们俩又往前边走边望了一阵，还是没有见到卡斯娜的父王与母后，也没有见到科莫尔的父王。

这时，他们俩有些灰心失望地摇了摇头，抬头一望，见前面还有几间石室，便连忙又往前走去。

这时，他们听到身后的洞道中，传来了一阵怪兽兵的脚步声，隐形而去的他们几个，连忙息气凝神地靠站在石洞道边，等那些巡逻的怪兽兵走过去了，他们才又继续往前面的那几间刚才没来得及寻望的石室走去。

卡斯娜又往前走了几步，便来到了前面的一个六角形的石室洞口处，只见那里张挂着一张银光闪闪的"魔幻怪兽蜘蛛网"。

卡斯娜小心地走过去，往里一探望，却惊喜地发现，那里面关押着的竟是衣裳破烂、浑身是伤的卡尔斯国王。

"父王！"卡斯娜不由得惊喜非常地叫唤道。

"是你吗？我的女儿，卡斯娜！"卡尔斯国王惊喜地扑到那张银光闪闪的怪兽蜘蛛网前，欣喜万分地叫唤道。

"是啊，是我呀！您的女儿卡斯娜……父王，怎么就你一个人在这里，我的母后呢，她被关在哪里了?"卡斯娜不由得惊喜而又诧异地问道。

"我也不知道你母后被关在哪里？你走后没多久，我便听说，你的母后又被他们抓回来了，但我一直都不知道，她被关押在哪里?"这些年来，我一直都很想念你的母后，也很牵挂你，我的孩子！"卡尔斯国王伤心、难过得老泪纵横地说道。

"父王，您别伤心难过了，我们先救出你，然后再去找母后吧……"卡斯娜说着，便对着那张银光闪闪的"魔幻怪兽蜘蛛网"，施展起了神奇的"七彩魔法术"来。

只见她退后一步，朝那张银光闪闪的魔幻怪兽蜘蛛网，一挥双掌，并默念魔法咒语往前一推，便见从她的掌心中，倏地飞出了两道"利箭"似的"七彩魔幻之光"，直刺向了她面前的那张银光闪闪的"怪兽蜘蛛网"。

卡斯娜本想让那两道七彩的魔幻之光，把那张银光闪闪的"怪兽蜘蛛网"划破一道口子来，好让她的父王从里面钻出来……

可奇怪的是，那两道七彩的魔幻之光，一刺射到那张银光闪闪的"怪兽蜘蛛网"上，却又倏地被反弹了回来。

卡斯娜急了，连忙从腰间抽出了那把"七彩魔幻神剑"挥着往那张银色的"怪兽蜘蛛网"上砍去。

只见她的"七彩魔幻神剑"，刚一触着那张银色的"魔幻怪兽蜘蛛网"，便见那张银光闪闪的网上，倏地闪出了一只银色的巨大的"魔幻怪兽蜘蛛"，并快速地吐出银丝，一下子便把"七彩魔幻神剑"给黏住了，任凭卡斯娜怎么用力也拔不出来！

这时，浪儿也上前来，帮忙用力地拔那被黏住的"七彩魔幻神剑"，可奇怪的是，那只银色的"魔幻怪兽蜘蛛"所吐的银丝，却把那把"七彩魔幻神剑"给黏得紧紧的，怎么也拔不出来……

就在这时，更奇异的事情发生了，只见从他们身后的石洞壁上，爬出了一只只奇大的，五颜六色的魔幻怪兽蜘蛛，并快速地从那奇大的怪兽蜘蛛嘴里，吐出一根根五颜六色的怪兽蜘蛛丝，并边吐边爬织着那"怪兽蜘蛛网"。

竟一下子在洞空中，编织成了一张奇大的五颜六色的"魔幻怪兽蜘蛛网"，把卡斯娜他们六人，给围困在关押卡尔斯国王的石室前的石洞中的一小块地方了！

卡斯娜他们抬头一看，见那张五颜六色的"魔幻怪兽蜘蛛网"越织越高，便准备飞身而起，从那网顶上的一个缺口处冲撞出去。

而这时，那些五颜六色的"魔幻怪兽蜘蛛"们，竟快速地向那网顶上爬行而去，并快速地吐丝、编网。

当浪儿他们再一次抬起头来，准备往那张五颜六色的怪兽蜘蛛网的上方，爬出去突围时，那张银光闪闪的怪兽蜘蛛网，竟已被那些怪兽蜘蛛们，给吐丝"编织"到了石洞壁顶上，织成封顶网了……

这时，浪儿他们的耳边传来了"震嗣"的狞笑声："哈、哈、哈！……哈哈哈！……你们这几个臭小子，终于被我的"魔幻怪兽蜘蛛网"给网住了，我本来以为抓不到你们了，没想到，你们竟会自己送上门来，自投罗网！……哈哈哈！……今天你们是谁也跑不掉了……"

"'震嗣'，你这个臭恶魔，有种的话，你就站出来同我们单打独斗，布这些魔幻阵来困我们，算什么本事！"卡斯娜气急败坏地，直朝那张五颜六色的怪兽蜘蛛网外的空中大骂道。

"哈哈哈，就你们这么几个小娃娃，竟然还想同我单打独斗？告诉你们吧，对付你们这几个小东西，根本就用不着我出手，你们若是真有本事，就闯出我的"魔幻怪兽蜘蛛网"看看！……哈哈哈，哈哈哈……"那讥讽、嘲笑之声听来很是刺耳、恐怖！

"孩子们，都别乱动，那是'震嗣'所布的魔幻阵，你们要小心点！……"卡尔斯国王趴在石室内的那张银光网前，担心地招呼卡斯娜他们几个道。

而此时的卡斯娜、浪儿他们六个，是顾不上什么危险了！

只见他们各自从腰间掏出了利器，便直朝那张五颜六色的"怪兽蜘蛛网"上砍去，但是，很快，他们手中的利器，便都被那张五颜六色的"魔幻怪兽蜘蛛网"，给黏住了，而且，那张五颜六色的"魔幻怪兽蜘蛛网"，竟然越缩越小地直朝浪儿他们这边裹紧而来！

"想不到这网，竟然比我的"七彩魔幻网"还要厉害！……"卡斯娜不由得小声地嘀咕道。

她这话倒是一下子提醒了浪儿，只见他连忙急切地招呼道："快，组合变形……魔幻激光大炮"话刚落音，他们便站成了一排，并把"太空战斗变形"的能量芯片，往他们的额头上一贴，只见一道银光一闪，他们几个便倏地变形成了一台银光闪闪的"魔幻激光大炮"，并"轰隆、轰隆……"地炸向了他们面前的那张五颜六色的魔幻怪兽蜘蛛网……

只见一枚枚魔幻激光大炮，把那张五颜六色的魔幻怪兽蜘蛛网，给炸得先是一颤一颤的，而后，便倏地被射穿了一个圆形的大洞来……

而站在"魔幻激光大炮"后的科莫尔所变的小道童，竟然挥掌朝他身前的那台"魔幻激光大炮"一推，便把那台大炮，从那张五颜六色的怪兽蜘蛛中，倏地推钻而出……接着，自己也连忙跟后从那个圆形的大洞中，跳跃越出……

那张五颜六色的怪兽蜘蛛网，便倏地一下"噗"的一声爆炸了，化作一道道五颜六色的奇光，像烟花似的，在那洞空中一闪而过……浪儿他们六个，倏地变回原身，并转身，飞身接住从那洞空中飞落而下的，各自的利器。

而此时，在他们身前的洞道中，已围扑而来了身着黑色紧身太空战衣，外披黑色战袍的"震嗣"的魔幻怪兽兵。

只见它们一个个高举着一把银光闪闪的大刀，簌簌地挥砍着，围拢了过来。

浪儿他们连忙手握利器，飞身上前与那些魔幻怪兽兵打斗在了一起……

他们英姿飒飒地挥舞着手中的利器，把那些魔幻怪兽兵给杀得东倒西歪的仓皇逃窜着。

可是，没多久，只见一道奇异的紫光在浪儿他们的眼前一闪，那些奇异的怪兽兵，便倏地变形成了一只只奇异的紫色鳞甲、黑鳞甲、绿鳞甲的奇异怪兽，并张牙舞爪、凶猛地直扑向了浪儿他们。

而且，在他们身后不远处的那个三叉洞道口处，又有一只只奇异的怪兽，朝他们这边围扑而来。

看来，就算他们变形成魔幻激光大炮，也会被这些奇异的怪兽们，给踩得稀巴烂的。

眼见着四周的那些奇异的怪兽围涌而来，浪儿他们吓得浑身直战栗，惊慌失措然的，不知该怎么办好了！

"快，骑上我的身子，我们突围出去！"小白龙突然大声地招呼道，并倏地变成了一条银光闪闪的巨龙，趴倒在石洞地上，直摇头摆尾地示意大家坐上它的后背。

"那我在前面开路吧！"那道童小男孩说着，便倏地变形成了一只凶猛的科莫尔怪兽，狂然地咆哮着，站立在了那条银色巨龙的身前！

卡斯娜、浪儿、巨力人、灵儿、火鑫公主他们五个，连忙坐上了那条银色巨龙的后背，卡斯娜公主回过头来，急切地朝对面石室中的卡尔斯国王呼喊道："父王，多保重，我们很快便会来救你与母后的！"

而此时，那科莫尔怪兽在前面张牙舞爪地扑咬向了前面的那些奇异的怪兽们，而小白龙，便驮着他们，飞扬跋扈地跟在那科莫尔怪兽的身后飞行着。

那只巨大的科莫尔怪兽，奔腾地咬倒了一只只奇异的黑鳞甲、绿鳞甲、紫鳞甲的怪兽，它与小白龙直飞扬跋扈地往那来时洞口处的方向飞蹿而去。

眼见着身后的那些奇异的怪兽们，狂然地吼叫着，跟扑而来。

坐在小白龙身上的浪儿他们五个，连忙各自把那"太空战斗变形"的"能量芯片"，往自己的额头上一贴，他们几个便倏地"组合变形"成了一台魔幻激光炮，架放在小白龙的后背上，便直往后边跟追而来的魔幻怪兽们，簌簌地发射着2506型魔幻激光炮弹，只见一枚枚利箭似的魔幻激光炮弹，毫不客气地射击入了后面的那些奇异怪兽的身体之内。

把那些家伙给轰的得直哇哇大叫，并倏地扑倒在石洞地上，而后，"砰!"一声，便爆炸掉了，化成了一道道袅袅的轻烟，在洞道间缭绕而过，便不见了。

就这样，那台魔幻激光炮弹，簌簌地扫倒了，跟随在小白龙身后，追扑而来的一大群奇异怪兽。

这时，小白龙与科莫尔怪兽，已飞蹿到了洞道出口处的下方，只见它们俩一前一后地朝上面的洞口处一飞跃，便倏地从那洞口内飞蹿了出去!

49 荒草地上惊险的魔幻太空之战

让浪儿他们感到惊诧的是，只见他们眼前的那片皇宫后的十几里的荒草地上，火光通明，而四周包围着的，全是"震嗣"装备精良的怪兽魔幻兵，只见他们身着黑色紧身太空战衣，外披黑色的战袍，嚣张而又霸气十足地，围站在荒草地的四周。

这时，小白龙倏地变回了原身，而浪儿他们所变的那台魔幻激光大炮，便从小白龙的后背上甩落而下。

那台银光闪闪的激光大炮，刚一掉落到荒草地上，只见一道七彩的魔幻之光一闪，便倏地变回成了浪儿他们几个。

"喂，变回原身也不告诉我们一下！""是呀，害得我们屁股都被摔掉了半边，疼死了！""……"浪儿他们几个，狼狈地从荒草地上爬起身来，很是不满地嘀咕道。

"你们几个变成"魔幻激光大炮"，架在我的后背上，死沉、死沉的，都快把我累死了！"小白龙回过头来，毫不客气地回应道。

"呵呵！""嘻嘻！""哈哈！"这倒是让大家啼笑皆非地笑了……

"这个时候，你们竟然还有心情在这里开玩笑，快准备战斗……"卡斯娜在他们的身后，警惕地提醒他们道。

"等一下，"震嗣"这么多的魔幻怪兽兵，我们就这么几个人，是很难逃出去的！我们还不如紧急呼叫波哩来，帮助我们突围出去！"浪儿环视了一下，见在他们的四周，密密麻麻地包围着的全是那些"震嗣"的魔幻怪兽兵们，便急忙地建议道。

"也好，我这就呼叫！但大家在突围时，一定要小心保护好自己，只要能冲围出去，我们回去做好准备，再来对付这恶魔头！"卡斯娜关切地交待大家道。

这时，四周震嗣的怪兽兵们，已高举着他们手中那银光闪闪的魔幻大刀、激光枪，"嘀嘀！"地怪叫着，从四周围攻向了中间的浪儿他们几个。

"波哩，波哩，我是卡斯娜，我们在这里被震嗣的怪兽兵包围了，你快开着"利箭一号"，来卡尔斯皇宫后的那片荒草地上，帮助我们大家突围！"卡斯娜急切地撩起领口，用那领口内的隐形呼叫器，呼叫那波哩道。

"我是波哩，好的，我很快就赶到增援！"波哩在那"利箭一号"飞船内，扭动着它耳边的呼叫器（一根银光闪闪的弯曲状铁丝），大声地回应道。

之后，便见那科莫尔所变的巨大的"科莫尔怪兽"，已飞向了前面的怪兽大军群中，疯狂地扑向了那些身着黑色太空服的"震嗣"的怪兽兵们。

那些怪兽兵，见如此庞然大物的怪兽朝他们扑来，连忙举起了他们手中的激光枪，朝那只科莫尔怪兽射击而去。

可是，他们的激光子弹，击打在科莫尔怪兽那坚硬的皮上，却又倏地被反弹了回来。

见此情景，那些怪兽兵们，赶紧往后逃窜而去，有几个跑得慢的，竟然被那反弹回来的激光弹给击中了，直疼得哇哇大叫的，倒在那荒草地上挣扎着……

那只巨大的科莫尔怪兽，忽地张开嘴，摇头晃脑地吐出了一个个红彤彤的火球来，直朝它身子四周的那些怪兽兵们，喷了过去。

吓得那些怪兽兵们，东奔西闯地躲闪、逃窜着。

但很快就见从那些怪兽兵的身上，倏地闪过一道道紫光。

科莫尔怪兽身前的那些怪兽兵们，便倏地变成了一只只浑身披着紫鳞甲的怪兽，直朝那"科莫尔怪兽"包围着扑了过来。

只见又一道紫光在它们的身上一闪而过，便见它们的身上，长满了那紫光闪闪的锋利巨刺！直包围着朝那科莫尔怪兽，扑咬了过来。

那科莫尔怪兽连忙飞身而起，跃向了半空中，而后，飞扬跋扈地飞行着，直朝下面的怪兽群，喷吐着一个个红彤彤的焰火球，击打而去。

那些红色的焰火球，弹跳似的，击打向了那些奇异的怪兽群，直烫得那些怪兽们身上的利刺，"嗞啦，嗞啦……"地响着，并被点燃起火了！

只烧得那些魔幻怪兽们，满地打滚地挣扎着，灭掉了自己身上的火，东奔西闯地逃生而去。

而此时的波哩，却正在那圆锥形的"钻地式"利箭一号飞船内，用手指，点击向了它面前的那面蓝色航控系统屏幕上的卡斯娜"呼叫器信号"所在的"太空坐标"位置。

很快，那圆锥形的"钻地式"利箭一号太空飞船，便直往卡斯娜他们所在的位置，钻地而去。

而此时的浪儿他们六个，却变形成了一台奇大的旋转式的"魔幻激光大炮"，朝那四周的怪兽群们，发射着银光闪闪的 4017 型魔幻激光弹，只见那些圆筒形的魔幻激光弹，击打到那怪兽群中，便"轰隆、轰隆……"地爆炸了。

把那些怪兽兵们给炸得，幻变成了一道道袅袅的轻烟，飘然地散去。

但是，好一阵子之后，他们四周的那怪兽兵们，不但没有减少，却反而越围越多。

到最后，那些怪兽兵，竟然变形成了一只只奇异的怪兽，直奔浪儿他们所变的"魔幻激光大炮"，围扑了过来……

见此情景，浪儿他们逐渐感觉有些吃不消了……

累得筋疲力尽的他们几个，连忙变回原身，准备从怪兽包围群中飞跃出去。

可此时，他们却一个个的眼前直冒金花地站立那里，一副昏昏欲倒的样子。

眼见着四周的那些怪兽群，张开着它们那利齿毕露的怪兽嘴，就要向他们六个凶猛地围扑了过来！

正在这万分危急的时候，那波哩开着"钻地式"的利箭一号太空飞船，从浪儿他们身前的不远处的荒草地下，"隆隆！"地破地而出了。

把那些从四周围扑上来的奇异怪兽们，给吓得直站在那里，瞪愣地望着。

那波哩接着用呼叫器招呼浪儿他们道："我是波哩，快，过来上飞船……"

浪儿他们六个连忙站稳了身子，并急切地朝前面那刺猬状似的"利箭一号飞船"飞奔而去。

这时，四周的那些魔幻怪兽们，也似乎回过神来了似的，便直往中间奔跑着的浪儿他们几个飞扑而去。

而空中的那只巨大的科莫尔怪兽，听到波哩的呼喊声，便倏地一回头，化成了一道绿光，直钻入了浪儿胸前的口袋内而去。

波哩连忙打开了飞船舱门，浪儿他们连忙利索地钻了进去。

这时，那些奇异的绿鳞甲、紫鳞甲、黑鳞甲的怪兽，已围扑向了那艘"刺猬似的"的利箭一号飞船。

飞船内的浪儿他们，只见弦窗外，一只只凶猛的怪兽，直张开着它们那利齿毕露的大嘴，扑咬向了飞船的舷窗，一只只张牙舞爪地很是狰狞、凶猛、恐怖！

"赶紧启动飞船，钻地而去……"卡斯娜急切地招呼波哩道。

波哩连忙熟练地按下了操纵台上的那颗最大的"圆形绿色按钮"，

启动了飞船的发动系统。

便见飞船外面的那些银光闪闪的锯齿刺，快速地转动着，便直往那地层底下钻去，很快，便钻入了那荒草地下，不见了踪影。

那些魔幻怪兽们，眼睁睁地看着那个带刺的"怪物"，从他们的眼前溜走了，直急得张牙舞爪地在荒草地上跳蹦着。

它们正要低头、弯腰地刨地追击而去……

却听见震嗣气恼、低沉的声音，在他们的耳旁响起："一群废物！不用追了，卡斯娜的父母被关押在这里，我就不相信卡斯娜不来救她的父母，你们快回皇宫城去，别站在那里瞎丢脸了！"

那些奇异的怪兽们赶紧扭身，四散走开了。

而此时的浪儿他们几个，却正坐在飞船舒软的座位上，直擦着额头上冒出的冷汗……

余惊未了的他们几个，一声不吭的，仿佛还沉浸在刚才的那场惊险的"魔幻怪兽之战"里。

"好险，幸亏刚才我们跑得快！……"灵儿余惊未了地说道。

"是呀，如果那些魔幻怪兽，变形成了魔幻机器怪兽，那我们可就跑不掉了……"那天不怕，地不怕的火鑫公主，竟也惊讶地分析道。

"所以说，'震嗣'的魔幻怪兽大军，可不是容易对付的，我们这次回去，一定要想一个"万全之策"，布下一个奇门阵法，来对付'震嗣'才行！"卡斯娜却恰到好处地提醒大家道。

"哦……"大家小声地应道，从心底里感觉他们肩上的任务重了。

那天下午，卡斯娜、浪儿、灵儿、小白龙、巨力人、火鑫公主他们六人，便在怪兽森林里的那个美丽的山谷中的一片青草坪上，席地而坐地歇息、商议着他们下一步的行动作战计划。

一开始，大家都低头沉思着想办法，好一阵子之后，小白龙突然兴奋地抬起头来说道："有了，我们就用"幻影神镜"吧，我们可以先布好魔幻阵，照入"幻影神镜"中，然后，与'震嗣'打仗时，我们便可以用幻影神镜照向他们，这样，他们便会被魔镜中的魔幻阵给困住了！……"

"哦，这个办法很好……""是呀，我也觉得很不错！""哦，再也没有比这更好的办法了，卡斯娜，我们就用这办法吧！……""……"

大家一直赞同地说道。

卡斯娜低头沉思了片刻，便抬起头来，脸色凝重地对大家说道："办法是很好，可是，我们就那么几个魔幻阵法，早先与'震嗣'的怪兽军对恃交战时，就用过了。我想，他们会很快就破了我们的魔幻阵……"

"那怎么办？""那我们得想办法，布新的太空魔幻战阵才行了！""是呀，得用新的！"大家一直赞同地说道。

可是，该怎样去布那新的魔幻阵呢？大家的心里却又没底了。

51 学布太空魔法阵，
挑战震嗣

忽地，浪儿只感觉自己胸前的口袋里，一阵蹿动，而后，只见一道绿光在他们的眼前一闪，那科莫尔怪兽，便一下子从他那胸前的口袋里飞蹿了出来。

化变成一个小道童，飞身降落在他们面前的青草坪上。

"怎么样，大家遇到困难了吧？"只见他笑眯眯地问大家。

"呵呵，我们怎么又把你给忘了……"大家望着他，不由得又调侃地笑道。

"是呀，忘得太不应该了！也许我能帮你们这个忙！而且，我们大家是朋友嘛，更何况，那'震嗣'，也是我的仇敌哩！……所以，我们得一起来想办法，对付那'震嗣'。那科莫尔所变的小道童，口齿伶俐地说道。

小白龙却很不客气地反问道："听你那说话的语气，你是不是有什么好方法帮助我们呀？"

"呵，那当然……"那小男孩乐呵呵地说着，从他胸前的口袋里掏出了一个绿色的锦合来，然后，打开锦盒，从锦盒中取出了一颗银光闪闪的珠子。

这让卡斯娜与浪儿他们俩，倏地回想起了科莫尔的师父送给科莫尔的"千年魔珠"与"半截魔烛"，他们俩不由得惊喜异常地叫出声来："千年魔珠！"

可小道童却并没有说什么，只见他把那颗银光闪闪的"千年魔珠"与那半截"魔烛"摆在浪儿他们面前的那张小木桌上，用火点燃了那半截"魔烛"，只见一道圆形的幽蓝之光，在浪儿他们的眼前一闪而过。

便见在他们面前不远处的那青草坪上，倏地站着了一位鹤发童颜，身着飘逸的黑白仙道袍，手握仙拂尘的银须飘然老者，只见他笑吟吟地望着小道童科莫尔问道："徒儿，你找师父有何要事？"

科莫尔连忙欣喜地上前拜见道："徒儿拜见师父，师父远道而来，辛苦了……徒儿找您，是因为我们遇到困难了！"

"哦，原来如此，那你且说来听听……"那老者挥了一下手中的那仙拂尘，便在他们的面前盘膝坐下。

"这……这……唉，师父，事情是他们的，我也不知道具体是怎么一回事，还是由他们来说吧？"科莫尔磨磨蹭蹭地说道。

卡斯娜连忙站了起来，来到老者面前，先施一礼道："老爷爷，是这样的，我们有一面用来对付"震嗣"的"幻影神镜"，那面镜子只要照入一些"魔法阵"放里面。便可以在决战时，用魔法阵困住敌兵。

但是，我们却不会布厉害的魔幻阵，所以，想请您教我们布魔幻阵，不知您可否答应？"

"哦，原来是这样呀？科莫尔，你看看，人家多聪明，一下子就把事情给说清楚了……以后，要多向人家学习！"老者一脸郑重对科莫尔说道。

"是，师父！"科莫尔也一脸郑重地答道。

"那么接下来的几天，我就来教你们布魔法阵吧……"老者扭过头，笑吟吟地对卡斯娜他们说道。

这天晚上，老者便在草屋中，给浪儿他们讲解起了布魔法阵的释义诀窍："所谓布魔幻阵，也就是把你们平时所学的魔法术，组合到一起，灵活应用，去战胜对手。所以，你们首先要弄明白你们的对手的优势，只有弄懂了对方的优点，你们才可以扬长避短，用你们的优势，去战胜对手的缺点，这样一来，你们所布的魔法阵便能战胜对手了。"

这天晚上，老者教授了他们一些布魔幻阵的咒语，浪儿他们静气凝神地听着，学得很是仔细、认真。

第二天一大清早，他们便起床了。

老者又手把手地教他们，变幻出各种奇异的魔幻怪兽……

而后，又教他们如何变幻各种奇异的幻境……

当浪儿他们学会了变幻各种奇异的幻境时，老者便又教他们把那些魔幻怪兽与奇异幻境组合到一起，组合成一个个惊险的魔幻之境……

之后，才开始真正地教他们布各种魔法阵，老者先教他们变了一个"万兽魔幻阵"，而那些奇异的魔幻怪兽，却是由超强的科莫尔魔幻怪兽所组成的！并把那万兽魔幻阵，给照入了那个幻影神镜之中……

而后，又教他们布了一个"魔幻机器怪兽阵"，而那些机器怪兽，外表看起来，却与"震嗣"的黑鳞甲怪兽、紫鳞甲怪兽和那绿鳞甲怪兽一模一样，老者教他们布这种魔幻机器怪兽阵的目的，只是想迷惑"震嗣"的怪兽大军。

最后，老者又用幻影神镜，摄入了无数张"利箭一号"飞船发射太空导弹，发射激光大炮的惊险场面。

这天晚上，晚饭后，科莫尔的师父决定要走，可浪儿他们却希望他能留下来，帮助他们战胜"震嗣"再走。

"老爷爷，您就留下来，帮助我们战胜"震嗣"这个恶魔再走吧……"浪儿他们来到老者的面前，弯腰行礼，极力地的请求道。

"孩子们，布魔法阵，你们都已经学得差不多了，现在，以你们的力量，只要对自己有信心，便一定能够战胜'震嗣'了，所以，我还是走吧……"说着，只见他双眉紧锁，一副心事重重的样子，还是要走。

"可是，就算您想试试我们的能力，您也应该留在这里，看着我们对战那'震嗣'呀！""是呀，有您在，我们就会感觉心里踏实多了！""老爷爷，您还是留下来吧……""……"浪儿他们七嘴八舌地请求着。

只见那老者低头沉吟了片刻，最后，还是抬起头来，面色为难地点了点头，答应了他们的请求。

话要说回来，再说那魔雪山之王，自从那天在那魔雪山顶的山洞之中逃走后，他觉得无脸再去见那"0震嗣"，因为，以'震嗣'那德性，不把他给嘲笑死才怪哩！也因为怕"震嗣"的嘲笑，所以，他便化变成一道"魔雪利箭之光"，去了宇宙中的另一个荒僻的星岛上去疗伤、恢复功力、修炼他的魔法术去了。

而那佐军团长，更是直接地在"震嗣"的面前说，"那魔雪山之王，已被卡斯娜与那几个地球人给杀了，他的魔雪兵也全被他们消灭了。"

再说那"震嗣"，等了好些天，都不见卡斯娜来救她的父母，便有些着急了。

为了快些抓住卡斯娜他们几个，免去他的心头后患，他便命人写了很多的布告，贴在皇宫城门口处。

没几天，卡斯娜与浪儿他们进城买东西时，便看到了那张布告，只见那上面写着：

卡斯娜：

如果你不想让你的父母被国王震嗣处决的话，那么，你就来卡尔斯王国救他们吧……如果你过一段时间还不来营救你的父母，那么，我们至高无上的"震嗣"国王，就决定秘密处决他们俩了。

震嗣国王

即日宣

卡斯娜看到这张布告后，心里很是担忧、牵挂。

于是，他们又演练了几天那些奇异的魔法阵，便决定在两天后，正式对那"震嗣"发起进攻。

这天晚上，浪儿他们也写了一封挑战书，上面写着：

冒牌国王震嗣：

我们决定接受你的挑战，两天后，我们在卡尔斯皇宫前的那片大草原上，决一生死战！……到时，请你务必带上我的父母。

卡尔斯王国公主：卡斯娜

即日宣

两天后，在卡尔斯皇宫前的那片碧绿的大草原上，"震嗣"的怪兽兵们，搭建起了一个银灰色的大平台，平台后面的两根柱子上面，分别捆绑着卡斯娜的父母：卡尔斯国王与菱仙子王后。

平台的两边，则插着震嗣的怪兽王旗，只见那黄旗上画着一只只奇异的怪兽，正迎风飘舞着。

在那平台的前面，则摆着一口被烧得沸腾的油锅……

那气氛，让人感觉威武而阴森、恐怖……

在那平台的四周，包围着的全是"震嗣"的怪兽大军，只见那些怪兽大军，都穿着的黑色的紧身太空战衣，外披一件黑色的战袍，头戴一个黑色的甲壳虫似的花点太空头盔。

看来让人感觉诡异莫测……

在银灰色的平台上方靠后的正中间，伫立着两位身着银灰色的紧身战衣，外披银色战袍的怪兽军大将。

站在空中隐身而去的，浪儿他们几个仔细一看，站在左边的那位，竟然是以前曾与他们决战过的佐军团长。

"想不到这家伙，竟然没死，而且，这么快就把伤养好了！"浪儿不由得小声地嘀咕道。

"嘘……小声点，别让他们听见……"灵儿在他的身旁小声地提醒道。

而在他们左边不远处，伫立着的卡斯娜公主，却眼睛一动不动地盯着下面的平台，原来，她正在寻找合适的机会，准备下手去救她的父王与母后。

这时，只见那佐军团长，走到平台的正中间，高举着他那绿色鳞甲的双手，朝下面列队整齐的怪兽兵们，挥了挥手，大声地训话道："各位英勇的怪兽神兵，今天，让我们一起来见证这两个不服我'震嗣'大王统治的，顽固家伙的下场吧！"

"怎么不见'震嗣'那个老魔头……"卡斯娜不解地在心里嘀咕着。

51　斗震嗣的惊险，激烈的太空魔幻之战

这时，下面的平台上，走上来了几名魔幻怪兽军，只见他们凶恶地

推搡着，就要把卡斯娜的父王与母后，往前边那口沸腾着的油锅前推去……

"住手！"随着一声威严的喝叫，从空中便倏地飞身跳下了卡斯娜、浪儿、小白龙、巨力人、灵儿、火鑫公主他们六人。

而科莫尔与他师父，还在空中，静静地观战着，只见他师父——那位白发老者，手中拿着的正是那面金光闪闪的"幻影神镜"。

浪儿与卡斯娜飞身跳落到平台上，浪儿飞起一腿，踢倒了两名怪兽兵；卡斯娜也飞身上前，打倒了另两名怪兽兵。

随后，卡斯娜牵着她母后的手，浪儿牵着卡尔斯国王的手，并倏地飞身而起了。

这时，天空中传来了"震嗣"的狞笑声："哈哈哈，你们救走的只是他们的假身，他们的真身，还在我皇宫下的地道中关押着呃……哈哈哈……"

浪儿与卡斯娜应声回头一看：果真，他们手中牵着的卡尔斯国王与菱仙子王后，竟然倏地变成了两个木偶人，他们俩连忙甩手一扔，便把两个木偶，从那半空中扔了下去。

这时，下边的火鑫公主，灵儿，小白龙、巨力人他们已经飞身跃入了怪兽兵群中，挥舞着他们手中的利器，英姿飒飒地大砍大杀向那些从四周围攻上来的怪兽兵群。

而卡斯娜与浪儿，也连忙张开他们身后的那一对巨大羽翼飞身而下，杀入了"震嗣"的怪兽大军群中。

眼见着他们身前、身后的那些怪兽兵，如潮水般地围涌而来……

浪儿与卡斯娜公主他们知道，对付这巨大的怪兽军群，蛮打只会吃亏，唯一的办法，就是用魔法阵对付它们。

只见浪儿张开他身后的那一对巨大羽翼，挥舞着手中的"R头神剑"，旋风般地杀向了那些哇哇乱叫着，围扑而来的怪兽兵们；卡斯娜也从腰间抽出了那"七彩魔幻神剑"，一个燕子翻身，便飞身跃入了前面的那群怪兽兵中，挥剑簌簌杀向了那些黑衣怪兽兵。

只见一道紫光一闪，那些怪兽兵竟然倏地变成了一大群紫色鳞甲的蝙蝠怪兽龙，直扑腾着一双宽大的紫色薄翼，张着利齿毕露的怪兽嘴，朝浪儿与卡斯娜围扑了过来，他们俩赶紧张开身后的那对巨大的雪白羽翼，飞身而起，来到空中。

他们俩一齐挥掌，施展起了七彩魔法术，便见从他们俩的手心中，倏地飞出了一张奇大的"七彩魔幻网"，从空中铺天盖地的罩落而下，把底下围攻他们的那一大群紫鳞甲的蝙蝠怪兽龙，给网了起来。

他们俩站在空中，挥掌聚神地对着那张网施展着七彩魔法术，便见下边的那张巨大的"七彩魔幻网"上，倏地长出了一个个锋利的"七彩魔幻神刺"，而那一个个锋利的"七彩魔幻神刺"，竟像一支支锐利的"七彩利箭"似的，直从那张"七彩魔幻网"上，飞向了网中的那些蝙蝠怪兽龙们。

只把那些紫鳞甲的蝙蝠怪兽龙，给刺得扑腾着巨大的蝙蝠翼，在"七彩魔幻网"中，嗷嗷大叫，有的东奔西闯地扑腾着，有的则翻滚着身子，垂死挣扎着。

之后，便见网中的那些紫鳞甲蝙蝠怪兽龙，被"七彩魔幻神刺"给刺射得幻化成了一股股紫色的轻烟，从那张"七彩魔幻网"中，袅袅地飘出，悄然地消散而去。

卡斯娜与浪儿，赶紧张开身后的那对巨大羽翼，从空中飞身而下，又飞跃入了另一个怪兽军的包围圈中。

而灵儿与巨力人，此时正在大草原左边那个奇大的怪兽兵包围圈中。

巨力人挥舞着手中的那把银光闪闪的"音片神叉"，横扫千军般地刺向了那些手握魔剑，气势汹猛地包围着厮杀上来的怪兽兵们。

灵儿却挥舞着手中的"闪电神剑"，杀向了她身前的那几名奇异的怪兽兵。

可让他们感到奇怪的是，那些奇异的怪兽们，却越打越多，从他们身前碧绿的草原上，朝他们俩追击过来。

巨力人与灵儿，同那些怪兽兵，厮杀了好一阵子之后，便感觉累得有些喘不过气来了，他们俩急忙转身，往前面的那片碧绿的深草丛间，快速地飞奔而去。

眼见着身后的那些黑衣怪兽兵们，就要追上他们俩了……

灵儿望了望四周的那一大片茫茫的碧绿深草丛，灵机一动，拉着那巨力人飞身而起，来到那片碧绿深草丛上的空中，并倏地隐起身形。

而那些怪兽兵们，追到前面，却不见了小灵儿与巨力人他们俩的身影。

　　那些怪兽兵们，便直急得在那深草丛间，东奔西窜地用手中那银光闪闪的魔剑，翻开那深草丛，追寻着他们俩。

　　而此时，空中的小灵儿便默念了那句"千年魔幻草地阵"的魔咒。

　　之后，只见他们下面的那一片碧绿的深草丛地上，"簌"的一声，便变成了一片片飞碟般的"草地魔毯"，并倏地纷纷飞起，击向了那些黑衣怪兽兵们。

　　灵儿与巨力人，在半空中，欣喜地看见：那些飞碟般的草地魔毯，竟像一把利剑似的，时东、时西、时左、时右地飞撞着，把那些跟踪着的怪兽兵们，给击得是头转向地躲闪着。

　　只见底下已乱成一团糟了。

　　"嗬，嗬，太棒了……""那草地魔毯，把怪兽兵们撞倒了，撞倒了……呵呵……呵呵……"灵儿与巨力人还在那上空中，直乐得拍手欢呼着。

　　更精彩的还在后头哩！

　　只见灵儿与巨力人，趁这底下大乱之际，把那"太空战斗变形"的"能量芯片"往自己的额头上一贴，他们俩便倏地转身变形成了两台银光闪闪魔幻激光大炮，"轰隆、轰隆"地轰向了下边草地上，被"魔幻草地阵"困住的那些东奔西窜的黑衣怪兽兵们。

　　而"魔幻草地阵"中的那些东奔西窜的黑衣怪兽兵们，竟被银光闪闪的激光炮弹给轰炸得变成了一只只张牙舞爪，披着乌黑鳞甲的巨蜥龙怪兽，在下边的"魔幻草地阵"中，疯狂地东奔西窜着，想冲出眼前的草地魔毯直飞射而来的包围圈。

　　这时，巨力人与灵儿又在空中倏地变回原身，巨力人把手中的那把银光闪闪的音片神叉，倏地变长、变粗、变大。

　　而后，巨力人用那把巨大的银光闪闪的音片神叉，插向了下面的那个"魔幻草地阵"中间，并快速地旋转着，就见下边的那个"魔幻草地阵"，也跟着快速地旋转了起来，一会儿地下，就传来了天崩地裂般隆隆的声响，直把那些乌黑鳞甲的巨蜥龙魔幻怪兽们，给转得晕头转向的。

灵儿倏地飞身而下，默念着魔法咒语，用她手中的那把"闪电神剑"，围着那个旋转的"魔幻草地阵"四周，画下了一个大圆圈。

只听见"嘶啦！"一声，那个巨大的圆圈上，便燃起了一圈金色的焰火，并倏地往中间那个旋转着的"魔幻草地阵"中那些晕头转向的巨蜥龙怪兽们，蔓延燃烧过去。

把那些黑鳞甲的巨蜥龙怪兽们，给烧得哇哇大叫地挣扎着，变成了一道道紫色的轻烟消散而去。

巨力人与灵儿飞身而下，又跃入了另一个怪兽群中，嗬嗬地厮杀起来。

小白龙与火鑫公主正在他们左前方不远处的一个怪兽兵包围圈中，只见那小白龙变成了一条银色的巨龙，在怪兽兵所在的上空，催吐着一个个金色的火球，喷向了下面草原上的那些黑衣怪兽兵，直烤得那些黑衣兽兵们，直哇哇大叫地奔蹿、逃跑着。

火鑫公主则在空中，施展起了太空魔法术。

只见她朝下边草原上的怪兽兵，一合双掌，默念咒语，便见从她的手心中，飞落下了一张张银光闪闪的"闪电神刺网"，罩向了下面草原上的那些奔蹿着的黑衣怪兽兵们。

便见那些黑衣怪兽兵们，在一张张"闪电神刺网"中，惊慌失措地东奔、西撞着。

而这时，那一张张银色的"闪电神刺网"，却闪烁出了一阵蓝色的焰火花，并"嗞啦、嗞啦……"地响着，并倏地闪出了一个个银光闪闪的"闪电神刺"，嘶嘶地吐着焰火，直刺入了那些黑衣怪兽兵的身体之内。

直疼得那些怪兽兵们，哇哇大叫着昂头东摇西晃着他们的身子，竟变成了一只只凶猛，长着一颗鳄鱼头，身子巨大、体形如恐龙、披着赤黄鳞甲的魔幻怪兽，只见它们怒吼着，冲撞地扑向了，困在它们四周的银光闪闪的"闪电神刺网"。

此时，火鑫公主已在空中，又倏地变形成了一台银光闪闪的"旋转式魔幻激光大炮"，簌簌地朝底下的"闪电神刺网"中的魔幻怪兽，发射着利箭状、银光闪闪的2506型魔幻激光炮弹。

把那"闪电神刺网"中的那些赤黄鳞甲的魔幻怪兽们，给炸得昂首咆哮着，挣扎着那巨大的身躯，化成一股股黄色的轻烟，悄然消散而去。

这时，在空中另一边观战的"震嗣"，见下面大草原上，他的魔幻怪兽大军连战连败，便连忙施展魔法术，挥舞着手中的"怪兽旗"，把他所有的怪兽大军都给召集了过来，并一齐围攻着中间的浪儿他们六个。

眼见着他们四周的魔幻怪兽群们，咆哮、冲撞、密密麻麻地蜂拥而来……浪儿他们几个，感觉浑身直起鸡皮疙瘩！

几个人连忙把"太空战斗变形"的"能量芯片"往自己的额头上一贴，倏地变形成了六个银光闪闪的金刚石机械人，只见它们铿锵有力地走向了四周的那些魔幻怪兽群中。

并高举着他们那银光闪闪的金刚石机器手，"簌簌"地朝四周的那些围涌上来的魔幻怪兽们，发射着银光闪闪的 35135 型、4017 型、2506 型魔幻激光炮弹。

把从他们四周的大草原上飞奔而来的赤黄鳞甲的魔幻怪兽与那黑鳞甲的巨蜥龙魔幻怪兽，紫鳞甲的魔幻蝙蝠怪兽龙，还有很多奇异的魔幻怪兽们……给杀得哇哇大叫的地中弹倒下了……

可是，只见那些倒下的魔幻怪兽身上，倏地闪过一道道奇异的幽蓝之光，便见那些倒下的魔幻怪兽们，又翻身爬起。

而且那些魔幻怪兽，是一下子长高、长大的，变巨大了很多倍。

只见这些巨大的魔幻怪兽们，眼里闪烁着魔幻的幽蓝之光，从四周凶猛地咆哮着，围扑向了浪儿他们所变的六个巨大的机器人。

浪儿他们所变的金刚石机器人，也赶忙变形，每个机器人的手上便都握着了一把银光闪闪的激光利剑，铿锵有力地挥舞着，刺杀向了那些围扑上来的巨大的魔幻怪兽们。

有的魔幻怪兽，被机器人手中的激光利剑给砍到了，流出了一些蓝色的血液，奇怪的是，它们巨大的身子一摇晃，昂天咆哮了几声，便见那伤口又神奇地合上了，而后，便又凶猛地咬扑向了浪儿他们所变机器人，并与那些机器人扭打在一起。

眼见着那些巨大的魔幻怪兽们，疯狂地围攻着，就要把几个机器人给推倒在地、踩得粉碎了。

在这危急的时刻，波哩开着"钻地式"的"利箭一号"太空飞船，从那大草原上的地层底下钻了出来。

只见那些浑身长着"锯齿刺"的圆锥形的"钻地式"太空飞船，一钻出地面，便倏地变形成了一艘"利箭式"的太空飞船，并从那飞船身上，探出了好几个银光闪闪的，近距离"激光导弹"发射口。

波哩在太空舱内，快速调整好了飞船"战略系统"的各个发射口的方向，并瞄准了四周的那些魔幻怪兽们。

"轰隆、轰隆！……"飞船朝四周的那些魔幻怪兽们，发射起了银光闪闪的激光导弹来。

把那些巨大的魔幻怪兽们，给炸得高高飞起，摔下来时，却又幻变成了一股股紫色的轻烟，倏地飘散不见了。

没多久，那些魔幻怪兽们，便被波哩发射的激光导弹，给击中了数百只。

浪儿他们六个所变的机器人，终于从那魔幻怪兽的包围圈里，被解救了出来。

只见他们扭动着巨大的机器身子，走到了波哩那边，并点头朝波哩打着笨拙的机器人手势，示意着：好棒……

但这一下，波哩也惹恼了草原上那些残留的魔幻怪兽，只见那些身子巨大的家伙，竟发疯似的，一只只咆哮着，从四周直朝那"利箭一号"飞船，狂奔而来。

见此情景，波哩本来还想探出飞船的发射口，去轰那些魔幻怪兽们，但由于那些凶猛的魔幻怪兽们已逼近过来了，波哩又怕会误伤浪儿他们几个，于是，连忙熟练地操纵着飞船的变形系统，把飞船又变形成了那圆锥形的，浑身长着锯齿刺的"钻地式"太空飞船，便倏地又钻入那地层底下躲起来了。

而此时，地面上的战况，又很是危急了……

只见四周的那些凶猛扑来的巨大的魔幻怪兽们，围涌向了那六个机器人而去。

而浪儿他们所变的金刚石机器人，连忙又举起了它们那银光闪闪的金刚石机械手，朝前面草原上飞扑而来的凶猛的魔幻怪兽们，发射起了那 35135 型、4017 型、2506 型魔幻激光炮弹。

奇怪的是，那些银光闪闪的魔幻激光炮弹，只是让那些巨大的魔幻怪兽们，摇晃了几下身子，根本就无法射入它们坚硬的身体之内。

那些巨大的巨蜥龙魔幻怪兽、蝙蝠魔幻怪兽龙、赤黄鳞甲的魔幻怪兽群们，依然铿锵用力地朝浪儿他们所变的机器人咆哮着、张牙舞爪地扑奔而来。

这让空中，正站在师父身边观战的科莫尔很是担忧……

只见他忙扭头，急切地恳求他身旁的师父道："师父，请您快把"幻影神镜"，去照向"震嗣"的那些魔幻怪兽们！我们得设法，用幻影神镜中的"魔幻阵"，去套住底下草原上的那些魔幻怪兽们，救出浪儿他们几个了！"

可那位鹤发童颜的老者，却用手捋了捋他那雪白、飘逸的长胡须，摇了摇头，笑吟吟地扭头对科莫尔说道："急什么呀，还不是时候，你下去帮帮他们去吧！"原来，他是想试试徒儿科莫尔的法力与胆量。

"是，师父！"科莫尔欣然地答道，便飞身一跃，直往下面的大草原跳去……

只见他一跃下去，身子便倏地幻化成了一道绿光，而那道绿光，刚一飞落到那大草原上，便倏地变成了一只巨大、凶猛的科莫尔怪兽，然后，它又用"分身术"，倏地变出了两只巨大的科莫尔怪兽来！

便见那三只巨大的科莫尔怪兽，倏地冲入了前面的那怪兽群中，张开巨大的科莫尔怪兽嘴，嗷嗷地咆哮着，张牙舞爪地咬向了那些正拱撞、撕咬向机器人的魔幻怪兽们。

那些魔幻怪兽：巨蜥龙魔幻怪兽，魔幻蝙蝠怪兽龙与那赤黄鳞甲的魔幻怪兽们，连忙扭身朝这三只巨大的科莫尔怪兽，凶猛地扑过来。

而浪儿他们几个，赶紧变回原身，汗流满面地从大草原上飞身而起，跃出了那个巨大的魔幻怪兽包围圈，来到了半空中的那位鹤发童颜的老者身旁，准备边观战、边歇息片刻。

只见底下的那三只巨大的科莫尔怪兽，把那些围扑过来的魔幻怪兽们，一口一只地咬倒在地，而那些魔幻怪兽刚一倒地，便幻变成了一道道紫色的轻烟，消散而去。

此时的"震嗣"，又在半空中，挥舞着手中的怪兽旗，施展太空魔法术，把那一只只奇异的巨蜥龙魔幻怪兽，魔幻蝙蝠怪兽龙、赤黄鳞甲的魔幻怪兽们，变形成了一只只魔幻机器怪兽。

只见那些魔幻机器怪兽的眼里，直闪烁着两道银色的激光，张牙舞爪地挥起了它们那银光闪闪的机器怪兽爪，直朝前面不远处的三只科莫尔怪兽，发射起了银光闪闪的激光炮弹。

眼见着那三只科莫尔魔幻怪兽，在簌簌射击而来的激光炮弹的攻击下，就要摇头晃脑地中弹倒下了。

浪儿他们六个，正准备飞身下去，救助科莫尔所变的怪兽……

却不料，那位鹤发童颜的老者，却扭头急切地阻止他们道："别下去了，你们是无法破解'震嗣'的这个"魔幻怪兽阵"的，唯一的办法，就是用'幻影神镜'！"

说着，只见那老者伸手朝下面大草原上的那三只"科莫尔怪兽"一指，便见那三只巨大的"科莫尔怪兽"，倏地化变成了三道绿光，从那大草原上，飞射般向着空中的老者的身前而来。

浪儿他们惊喜地发现：当三道绿光飞射到那老者的身前时，竟倏地聚拢到一起，变回成了那身着小道袍的道童科莫尔。

只见科莫尔急切地对他师父说道："师父，您怎么不让我杀了那些魔幻机器怪兽后，再上来！"

可他师父却笑吟吟地说道："我不想你再多杀魔兽，触犯戒律了。你看，我们不是有这"幻影神镜"嘛，让它来陪那些魔幻怪兽们玩吧……"说着，老者高举起那面金光闪闪的"幻影神镜"，照向了下边那片大草原上的那些张牙舞爪地咆哮着，坡度腾着的那些魔幻机器怪兽们。

只见老者伸手按下了那个"万兽魔幻阵"的按钮，只见一道金色的幻影之光，从那金色的幻影神镜上，反射而出，直往下边的大草原上射去！

便见大草原上，有千万只巨大的科莫尔怪兽，狂吠地咆哮着，从草原的四周，利箭般地朝"震嗣"的机器魔幻怪兽群，围扑而去。

那些机器魔幻怪兽，还未来得及举起它们的机器怪兽爪，那些巨大的科莫尔魔幻怪兽们，便凶猛地来到了它们的跟前，凶恶地咬向了奇异的巨蜥龙魔幻机器怪兽、蝙蝠魔幻机器怪兽龙与那赤黄鳞甲的魔幻机器怪兽们。

把那些魔幻机器怪兽们，给咬得直嗷嗷大叫着；有的科莫尔魔幻怪兽，竟一脚踢倒了它们身前的那些魔幻机器怪兽，并从那些魔幻机器怪兽们的身上践踏而过。

只把那些魔幻机器怪兽们，给踩得咔嚓、咔嚓地散了架……

很快，便见大草原上的那些魔幻机器怪兽们，有的被科莫尔魔幻怪兽给咬倒了；有的被科莫尔魔幻怪兽给踩得散架了的，竟倏地化成了一股股紫色的轻烟，消失不见了。

而天空中的"震嗣"，还在那半空施展魔法术，指挥着他的魔幻怪兽大军，只见他一挥手中的怪兽旗，很快，便从那草原的四周，又围涌上来了一大群魔幻机器怪兽。

只见那些奇异的魔幻机器怪兽们，就要举起了它们那银光闪闪的机械手，朝前面不远处的那些奔腾着的科莫尔怪兽射击而去。

情况紧急，空中的那科莫尔的师父，将了将他那雪白的长胡须，不慌不忙地按下了"魔幻激光大炮群剿阵"的按钮，又一道金色的幻影之光，朝下边的大草原上，射击而去……

大草原上，"震嗣"的那些魔幻机器怪兽们惊然地发现，在它们身前不远处碧绿茂盛的大草原上，竟倏地出现了一台台银光闪闪的魔幻激光大炮。

把那些魔幻怪兽们给吓得扭身就跑，可没跑几步，它们又发现，前面的那些巨大的科莫尔怪兽，正朝这边追击过来。

那些魔幻怪兽们，连忙又扭头，飞蹿然地往另一方，那空旷的草原上跑去……

而空中的那白发老者，此时又按下"魔幻机器怪兽阵"的按钮，便见一只只与那些震嗣的魔幻机器怪兽们，长得一模一样的魔幻机器怪兽，从那边空旷的大草原上，直朝震嗣的那些魔幻怪兽们，凶猛地飞扑了过去。

开始，"震嗣"的那些魔幻机器怪兽们，还以为是来了增援的同伴……

可直到那些飞蹿到跟前的魔幻机器怪兽们，凶猛地咬到了它们的机器怪兽身子，它们这才知晓，是来了"敌手"了！

第五十一章

只见这些从"幻影神镜"里射出的魔幻机器怪兽们,举着它们的机器怪兽手,朝面前震嗣的魔幻机器怪兽们,发射起了银光闪闪的"魔幻激光炮弹",直把"震嗣"的那些始料未及的魔幻机器怪兽们,给击得直东奔、西撞地躲闪着。

这下,在大草原上,震嗣的魔幻机器怪兽们,遭受的是三面夹攻的险境了……

一面受科莫尔怪兽的追击,一面是银光闪闪的魔幻激光大炮的攻击,另一面却是那酷似自己的机器怪兽军的魔幻机器怪兽的攻击。

弄得"震嗣"的那些魔幻机器怪兽们,前后、左右受攻击,惊恐、惶然的东奔西闯着。

再看"震嗣"的那些魔幻怪兽们:有的被科莫尔怪兽咬死了;有的则被魔幻激光大炮给轰炸得化成了一道道紫烟,悄然飘散而去;还有的,则被从"幻影神镜"中出来的那些魔幻机器怪兽们给咬死、射击倒下了。

很快,在大草原上的"震嗣"的那些魔幻机器怪兽们,便被三个"幻影神镜魔幻阵"给围困得直东奔、西蹿得筋疲力尽的一只只被攻击得跄促倒下,并被那些巨大的科莫尔魔幻怪兽给围剿、消灭尽了……

52　收服震天宇回地球探访

这时,那边空中,身着黑色紧身太空战衣,外披黑色战袍的"震嗣",竟倏地飞身而出,变成了一条奇大的乌黑怪兽蛇,就要扑向科莫尔师徒身旁的浪儿他们。

老者连忙用他手中的雪白飘逸的拂尘,朝那怪兽蛇倏地一甩,并大喝一声,"劣畜,哪里逃去!"

话刚落音,只见一道金光在浪儿他们眼前一闪,那位鹤发童颜的老者，竟倏地变成了一位头戴圆形金色皇冠，身着金色的宽松太空战衣，外披金色战袍的宇宙之王的模样。

只见他手握金光闪闪的长剑，飞身朝前面的那条乌黑、巨大的怪兽蛇，追击而去。

可怪兽蛇，扭过头见他这等模样，更是快速地往前面的云海间逃窜而去。

宇宙之王倏地一飞身，便来到了那条巨大的乌黑怪兽蛇的上空，而后，便见他用手中那金光闪闪的长剑，朝那条蜿曲着巨大蛇身、扑腾着的怪兽蛇，画了一个大圆圈，只见一道金光闪过，便见那条巨大的怪兽蛇，竟然一动不动地盘蜷在那个金色的圆圈之中，不动了。

而后，宇宙之王，又快步上前，用手中的那把金光闪闪的长剑，朝那条怪兽蛇的蛇头一击，便见从那条盘蜷着的怪兽蛇身上，倏地又闪过一圈金光……

再看那条乌黑的怪兽蛇，倏地变成了一个身着金色软盔甲装，头戴金色圆盔，外披金色战袍的，宇宙之王的第三个儿子震天宇的模样！

只见那震天宇，连忙朝那空中的宇宙之王，单膝跪地地行礼道："孩儿知罪，孩儿知罪！……望父王能够海涵、恕罪！给孩儿一次悔过自新的机会……"说着，便见那震天宇又捣蒜般地在半空中，朝宇宙之王磕起了头来。

宇宙之王，一脸严肃地望了望自己身前的孽子，叹着气，摇了摇头道："整个宇宙中的人，都在说宇宙公敌'震嗣'厉害，可没想到这个危害整个宇宙的'震嗣'，竟然是你这个孽子震天宇所变！孽畜逆子！你是老实地回太空达摩园闭门思过，还是让我今天把你就地正法？"

震天宇被那话吓得浑身战栗地连忙又捣蒜般地朝宇宙之王磕头恳求道："孩儿知罪，理当悔过自新，孩儿这就同父王回达摩园去闭门思过，悔过自新，重新做人，望父王能够给孩儿一次悔过自新的机会！"

宇宙之王，仍一脸冷峻、严肃地望了望自己身前的震天宇，直叹气着摇了摇头，而后，扭头威然怒斥道："那你还不快点把被你所抓的那些无辜的宇宙国民们，释放出来！"

"是，是，父王，我这就放了他们……"说着，只见那震天宇伸手朝那左前方下边的卡尔斯皇宫一指，便见从皇宫后的那片荒草地上，倏地现出一个洞口来，而后，便从那洞口内走出了一大队被关押的衣服褴褛的囚犯们。

卡斯娜、浪儿他们几个，连忙飞身而下，来到了那队囚犯的跟前，科莫尔也连忙欣喜地启禀师父道："师父，那我也下去找找我的父王与母后吧！"宇宙之王点了点头，赞许地说道："嗯，下去找吧……"

那个小道童科莫尔，连忙欣然地飞身而下……

很快，卡斯娜便在囚犯队伍中，看到了她那衣服破破烂烂的父王与母后，只见她惊喜地呼叫道："父王，母后，我是卡斯娜呀！"

"孩子，我的孩子，我们终于见到你了！"卡斯娜的母后菱仙子，与卡斯娜抱头痛哭着！

而卡斯娜的父王，也在一旁，用那破烂的衣角，直擦着眼泪。

那个小科莫尔，却从那队长长的囚犯身旁，走上前去，一个一个地仔细辨认着，可找了很久，却都没有见到他的父王与母后。

直到最后几个衣裳破烂，头发凌乱的囚犯走过来，那担心会找不到的科莫尔，竟然先用手拦住了眼睛，而后，放开来，一个个地仔细向前盯望去，竟在"最后三个"内，看到了他那面黄肌瘦的父王与母后。

他欣喜地一下子扑上前去，一边一个地搂住了他们的脖子道："我终于找到你们了，我的父王、母后……我终于找到你们了……呵呵……呵呵……"而后，他竟欣喜地用嘴，亲着他们那脏分分的额头。

那情景，看得他们身前不远处的灵儿，巨力人，小白龙，浪儿，火鑫公主他们，都感动得流着眼泪地笑了。

这时，宇宙之王押着手上锁着一条金光闪闪的长镣链的震天宇，从空中飞身而下，来到了那队长长的囚犯队伍前。

震天宇朝那群囚犯们，低头请罪着，鞠了三躬，而后，对一旁的浪儿他们几个人说道："他们身上的魔咒已被我解除了，你们只要送他们，回各自的星球便可以了……"

"你，过来，我把这个'幻影神镜'还给你们！……"宇宙之王，伸手招呼浪儿他们道。

浪儿连忙走过去，接过那面金光闪闪的幻影神镜，并小心、珍爱地放入了他胸前的口袋之中。

而后，震天宇便被宇宙之王，牵着那根金色的长獠链，飞身而起了。并化变成一大一小两个金色的焰火球，往深蓝色的天际边飞去。

卡斯娜与她的父王、母后，还有浪儿他们，把那些因犯都给带到卡尔斯怪兽王国的皇宫中，让他们洗过澡，换上干净的新衣裳，而后，在那里歇息几日，便让波哩与浪儿、小白龙他们，驾驶着那"利箭一号"飞船，把那些异域星球的国王、皇后、王子们，都给送回了他们各自所在的星球国中。科莫尔与他的父王母后，也被浪儿他们送回了那 J 星系的科莫尔怪兽王国。

"哦，这些礼物，我们是不能接受的。因为，维护宇宙的和平与安定，是我们每一个宇宙星际人的责任！""所以，无论如何，我们也不能接受您的礼物！""是啊，谢谢您了！我们得走了……"那些星球国，热情好客地要送浪儿他们很多珍稀的礼物，但都被浪儿他们给婉言谢绝了。

他们带着众多的谢意与祝愿，又乘坐"利箭一号"太空飞船，回到了 V 星系的卡尔斯怪兽王国。

几天后，浪儿他们决定回地球一趟，卡斯娜遵守她的诺言，决定陪浪儿去地球上寻找他失散的亲生父母，灵儿与巨力人、火鑫公主、小白龙他们当然也一同前往了……

当利箭一号飞船降落在那蓝色地球的南海中的那座浪基岛上时，浪儿他们透过弦窗，看到四周全是那高耸的高楼大厦，他们还以为自己又回到了 C 星系的地鑫星球王国哩！

他们连忙责备波哩道："波哩，你不会开错方向了吧，这里根本就不像是地球上呀！"

"哪里呀，这里明明是地球上的浪基岛，我是照着"太空宇宙系统图"上的"返回航线"飞回来的，怎么会错了呢？"波哩委屈而又理由十足地辩解道。

"可是，你看看，这四周的一切，哪里还像是从前的浪基岛呀？"原来，在浪基岛对面的四周陆地上，是一座座高耸的高楼大厦，而且，那大厦的每一个窗口处，都挂着一个个奇异的四方小盒子。

左边的不远处，还耸立着一个个奇特的烟囱，直往那天空中喷吐着浓浓的烟雾。

那烟雾却变成了一朵朵乌云，云集在那天边……

"哦，你们是说那些呀！"波哩望着浪儿他们所指的前面，释然地说道："地球上与你们走时肯定是不一样了。你们在宇宙中走一圈，要花掉近一千年的时间，而今，已是一千年后的地球了，这里的一切风景，都是一千年后的地球上的风景了！"

"波哩，你怎么会懂那么多呀！"

"是呀，波哩，你不会又是瞎编故事，来诓我们吧?""就是的，波哩，你这玩笑，也开得太大了吧?"

浪儿他们，七嘴八舌地，在一旁责备波哩道。

"我所说的都是真的，我没骗你们，我说的这些，都是我在进行系统休眠、充电时，在"宇宙新闻网"上下载到的宇宙新知识！"波哩用严肃认真的语气，同浪儿他们解释道。

"那这么说，我的父母，在我们离开地球后的几十年内就去世了，那现在他们都已经不在人世了，是吧?"浪儿像是突然想起了什么似的，带着遗憾地问道。

"你还不算太笨，终于想明白了……"波哩略带调侃地扭头对浪儿说道。

听到这里，小白龙连忙跳下那蓝色的大海中，去寻找他的海底龙宫去了，可没多久，便见他一个猛子，钻出了水面，很是伤心、委屈地抹着脸上的海水，对浪儿他们说道："我们的南海龙宫不见了，那海底全是一艘艘的大船，还有很多的海底垃圾……"

"难道地球真的变成了地鑫国国王所说的，满是魔幻废气二氧化碳、二氧化硫的地球吗?"他们不由得一齐小声地嘀咕道。

大家一下子陷入了低沉的情绪中，"不行，为了我们对地鑫国国王的承诺，也为了地球母亲的健康、美丽与繁荣、昌盛，我们应该做点什么再离开了！"浪儿不由得心底颤抖地小声嘀咕道，为他那没找到的父母难过，也为这个空气不再清新自然的地球母亲而难过。

卡斯娜却惊喜地问道："浪儿，愿意回我们的卡尔斯怪兽王国了吧?"

浪儿直摇头叹气道："除此之外，我还能去哪里呢?"

"太好了，浪儿，我太高兴了！"卡斯娜不由得拍着手欢呼道。

"你愿意与我一同回火星吗?"一旁的火鑫公主，连忙像是想起了什么似的，问她身旁的小白龙道。

"依我看，我们还是与浪儿他们一起回 V 星系的卡尔斯怪兽王国的那片大森林中生活吧，那里空气清新、自然，风景美丽、怡人……如果你愿意的话?"小白龙神情向往地反问火鑫公主道。

"那好吧，我陪你一起回去吧。"火鑫公主低头沉思了片刻，便抬起头来，一脸幸福微笑地答复小白龙道。

于是，在浪基岛上，卡斯娜的魔幻茅草屋中，由卡斯娜代笔，他们连夜写了一封关于"保护环境，爱护地球"的倡议书，然后，他们一齐施展七彩魔法术，把那份倡议书，幻变成了千万份，贴在了地球上每一户人家的墙壁上，只见上面写着：

亲爱的地球人同胞们：

为了我们美好的未来，也为了地球母亲永远年轻、健康、美丽，让大家都能过上没有自然灾害的平安、康乐、安宁的好日子，请大家从现在起，务必做到：保护地球环境，爱护自然，多植树造林，合理利用资源，不要让外星人再说我们地球是个魔幻废气的垃圾站了……醒醒吧，亲爱的地球人同胞们，为了你们的子孙后代，请必务记住：爱护自然、保护环境，少放废气!

来自外星界的地球同胞们警言

于即日

底下，却是他们几个的亲笔签名

浪儿、灵儿、火鑫公主、卡斯娜公主、巨力人、小白龙。

因为怕地球人看不懂他们那弯弯曲曲的字，所以，他们的签名也很独特：浪儿挥笔画了几片浪花，灵儿画了一个手拿一朵野花的小姑娘，火鑫公主画了一个胖乎乎的像太阳一样的火球，而卡斯娜公主则画了一个一头金色长发身着七彩裙的小姑娘，巨力人则画了一个身材高大的怪兽人，小白龙则画了一条银光闪闪的飞扬跋扈的巨龙。

而后，他们便又乘坐"利箭一号"飞船，途经 C 星系的地鑫星球国时，他们去那地鑫国的皇宫中，准备把那"幻影神镜"送还给那地鑫国的国王，可地鑫国的国王却婉言谢绝道："为了宇宙的和平与安定，那幻影神镜还是留在你们身边吧。"并极地挽留他们在那里多住几日。

三天后，"利箭一号"飞船，便从那地鑫星球王国起飞，载着几个人回到了 V 星系的那卡尔斯怪兽王国。

几个人谢绝了卡尔斯国王要他们在卡尔斯王国当官的邀请，一齐去了卡尔斯怪兽王国的那片美丽而又宁静自然的大森林里，在那个美丽的山谷中，日出而作，日落而歇地过着平凡而又温馨快乐的生活。

历经了千辛万苦的魔幻之战，他们终于取得了宇宙和平之战的胜利，也实现了他们美丽童话般爱情梦。

53　宇宙风云再起，新的
太空之战拉开序幕

现实却总是不平静的，这天，他们正在山谷中辛勤劳作，这时，他们发现，在前面不远处的那山道上，身着道袍衫的科莫尔，竟急匆匆地朝他们这边走来。

"科莫尔，多日不见，想念我们了吧？"浪儿一脸微笑地问道。

"哟，怎么小王子不在科莫尔怪兽国享福，却跑到我们这山林里来做啥？"火鑫公主却略带调侃地说道。

"是这样的，我师父让震天宇绝食七日，昨日已到期。今日一大清早，我师父命人打开达摩园，给震天宇送饭时，却发现他早已不在那里了……师父掐指一算，竟然算出那魔雪山之王，已在宇宙中的一个荒岛上，疗好了伤，正准备再度复出，危害宇宙！"说到这里，科莫尔接过灵儿递过来的甘甜的泉水，咕咚、咕咚地连喝了几口，接着说道："所以，师父特派我来，找到你们，一起去宇宙中，把震天宇与魔雪山之王给捉拿回太空达摩园，正法处置，以免他们再危害宇宙……"

"哦，原来是这样呀！"

"那我们把'幻影神镜'也带上！"

"我们现在就准备出发吧!"

"……"

大家七嘴八舌地说道,看来,宇宙中又要风云再起了,浪儿他们能否再度战胜震天宇与魔雪山之王?

英勇无畏的浪儿与他的太空战友们,将一起乘坐"利箭一号"飞船,去宇宙中迎接新的太空之战……新的太空魔幻之战的探险之旅,又开始了……

(完)